Corina Bomann

# L'angelo di vetro

Traduzione di
Fiammetta Giorgi

GIUNTI

Titolo originale:
*Winterengel*


*Realizzazione editoriale:* Studio Editoriale Littera, Rescaldina (MI)

www.giunti.it


Via Bolognese 165 – 50139 Firenze – Italia
Piazza Virgilio 4 – 20123 Milano – Italia

Prima edizione: ottobre 2018

# 1

## 1895

*«Il vetro è come l'amore» disse mio padre aprendo la porta del laboratorio. «Può durare decenni e poi andare in frantumi da un momento all'altro. Va trattato con cura, se non vuoi incrinarlo. Ma se ci riesci, la felicità che ne trarrai sarà eterna.»*

*Era la prima volta che mi portava con sé nella sua vetreria. Il calore mi avvolse, mentre il fuoco brillava come l'occhio di un drago attraverso l'oblò dello spesso sportello che chiudeva il forno di fusione. All'inizio le tenaglie, le grandi vasche e gli innumerevoli attrezzi mi intimorirono, anche se, già a sei anni, sapevo perfettamente che a tutte quelle cose dovevamo la nostra intera vita: il tetto che ci riparava, il pane che mettevamo in tavola, i letti in cui dormivamo e gli abiti che indossavamo.*

*Non sapendo nulla dell'amore, non capii subito il significato delle sue parole. Papà mi fece una carezza sulla spalla e mi portò in giro, fino a che non ci trovammo di fronte al grande specchio: il suo capolavoro.*

*Sembrava la porta per un altro mondo. Un mondo dove esistevano un'altra Anna, con un mantello rosso e un cappello in testa, e un altro padre che, con la giacca scura e i capelli corvini, pareva un re senza corona. Il Re dello Specchio.*

*«Dio non mi donerà un figlio maschio, e sarai tu un giorno a ereditare tutto questo» mi disse, fermandosi alle mie spalle. «Diventerai una creatrice di specchi, come tutti i tuoi antenati. Im-*

*parerai a produrre il vetro e, con esso, molti degli oggetti più desiderabili per gli esseri umani. In passato qualcuno ha ucciso per uno specchio, sebbene non valgano niente una volta rotti. Tanti considerano il proprio viso il bene più prezioso.»*

*Io fissavo con gli occhi sgranati la sua immagine riflessa.*

*I volti dei miei antenati mi scrutavano dall'alto dei ritratti appesi nel suo laboratorio. Temevo i loro sguardi cupi e carichi di rimprovero.*

*Ma gli occhi di mio padre non avevano nulla in comune con quelli dei defunti dei dipinti. Erano vivaci e luminosi, come il riverbero di un raggio di sole su un vetro azzurro.*

*«È vero che se fissi a lungo in uno specchio vedi il diavolo?» domandai senza riuscire a distogliere lo sguardo dal nostro specchio. Era un detto che avevo sentito pronunciare pochi giorni prima da una vecchia per strada, che considerava gli specchi un gioco di vanità, uno strumento di peccato. Secondo la mamma, però, l'anziana non doveva avere tutte le rotelle a posto.*

*«No, non si vede il diavolo» mi tranquillizzò mio padre. «Ma a volte possiamo intravedere nel nostro cuore, scoprendone le passioni e la cupidigia. O possiamo riconoscere la nostra intima bruttezza, a prescindere da quanto possa essere gradevole il nostro aspetto. Uno specchio non si lascia ingannare, mostra il mondo così come lo vede. E se ora guardo nello specchio, non vedo il diavolo, ma il mio futuro.»*

«Ehi, Anna, di nuovo con la testa tra le nuvole?»

Trasalii. Il calore, che un secondo prima mi pareva di sentire ancora, scomparve, lasciando il posto a un soffio di aria gelida sulle mie guance.

Wenzel, il figlio di mastro Philipps, mi sorrideva divertito. Con i suoi capelli rossicci e un'infinità di lentiggini, assomigliava a un folletto malizioso. Non avevo idea del perché ogni volta che mi stava vicino o mi rivolgeva la parola il mio cuore cominciasse a battere impazzito. Ed era anche peggio quando mi sorprendeva nel bel mezzo dei miei sogni a occhi aperti.

«No, no… stavo solo riflettendo.»

«Capita spesso ultimamente» ribatté lui, mettendosi a sedere sul bancone.

«No, non farlo!» lo avvertii alzando le mani in posizione di difesa. Quel bancone era instabile, e stavamo sempre ben attenti a non caricarlo troppo. Appena Wenzel ci appoggiò il peso si sentì un cigolio minaccioso e gli diedi uno spintone.

Lui barcollò all'indietro. «Ma che ti prende?»

«Non devi sederti lì sopra» lo rimproverai. «E se si rompe? Avremo lavorato tutto il giorno invano. Il vetro quando cade non perdona, lo sai!»

«Calmati» mi rispose, facendomi segno di tranquillizzarmi. Si avvicinò e io mi irrigidii, mentre mi scostava una ciocca di capelli dalla fronte e il calore della sua pelle scottava quasi sul mio viso gelido. «Lo so che non è facile per te, ma troveremo una soluzione. Te lo prometto.»

Quanto avrei voluto che avesse ragione. La vetreria di mastro Philipps andava piuttosto bene, ma lo stipendio non mi bastava affatto. Le statuine in vetro che realizzavo erano un buon introito aggiuntivo… purché si riuscisse a venderle e non andassero in mille pezzi perché qualcuno si era seduto sul bancone traballante.

Quel giorno, tra gli oggetti venduti non c'era stato neppure un angelo.

Forse era troppo presto, visto che mancavano ancora cinque settimane al Natale. Solo nel fine settimana successivo sarebbe cominciato il periodo dell'Avvento.

Per tutto il giorno il colore del cielo aveva continuato a passare dal grigio scuro al color piombo e viceversa. Sicuramente sarebbe arrivata la neve. A quel punto la gente avrebbe preferito rimanere in casa e, se proprio fosse venuta al mercato, si sarebbe limitata a comprare l'essenziale.

«Mettiamo via tutto» propose Wenzel. «Ormai non venderemo altro e rischiamo che il gelo faccia crepare il vetro.»

Alla faccia della soluzione che mi aveva appena promesso! Dubitavo che ne avesse davvero una.

Riposi delicatamente le statuine negli scomparti della scatola che avevo rivestito di ovatta perché non si rompessero: angeli rossi e porpora, stelle dorate e candidi cristalli di ghiaccio, la mia ultima creazione. Poi chiusi il coperchio e mi misi la scatola sottobraccio. Era piuttosto pesante, ma sebbene fossi minuta la forza non mi mancava.

Appena Wenzel ebbe sistemato la bancarella, salimmo sul suo carro. Ogni sabato, dopo il mercato, mi riaccompagnava a casa, anche se in mezz'ora avrei potuto arrivarci a piedi, come facevo normalmente in settimana. Non era necessario, ma mi piaceva che si prendesse cura di me.

Cullata dal rumore delle ruote sul selciato gelato, ripensavo al sogno fatto durante il giorno.

Della lussuosa officina di mio padre non rimaneva molto. Dopo la sua morte avevamo presto scoperto la montagna di debiti che aveva accumulato.

Forse avevano ragione i tanti convinti che fosse una follia cercare di far rivivere in zona la manifattura di specchi. Erano ormai remoti i tempi in cui un principe poteva decidere di rivestirne un intero castello. E anche le richieste di specchi di grandi dimensioni erano sempre più rare. Ultimamente la produzione si limitava a brocche e bicchieri da osteria. La concorrenza olandese, che già secoli prima aveva causato la chiusura delle grandi officine vetrarie, ci rendeva ancora la vita difficile.

Forse era stato proprio questo cruccio a causare l'arresto cardiaco che all'improvviso si era portato via mio padre.

La prima notte dopo la sua scomparsa avevo sognato che il suo cuore, di vetro color rubino, si era frantumato in mille pezzi. Per settimane non avevo più tollerato la vista del cristallo rosso.

Pochi giorni dopo la sepoltura si erano presentati i funzionari della banca e avevano posto sotto sequestro l'officina e tutto quel che conteneva, compresa la nostra abitazione. Eravamo stati costretti a trasferirci in un appartamento minuscolo, perdendo da un giorno all'altro la nostra fonte di sostentamento.

Per me era stato un miracolo trovare occupazione in un'officina a Jux, il paesino vicino al nostro. La paga come aiutante era misera, ma almeno guadagnavo qualcosa e potevo lavorare con il vetro.

«Anna?» sussurrò delicatamente Wenzel, e la sua voce provocò nel mio corpo un'ondata di tepore.

«Sì?»

«C'è una cosa che volevo chiederti da tempo» cominciò, esitando.

«Cosa?»

«Be'... vorresti...» Prese un respiro profondo e concluse con voce ferma: «Domenica, dopo la messa, ti va di fare una passeggiata insieme?».

Lo guardai sorpresa. Aveva le orecchie rosse, come se fosse stato troppo tempo vicino alla stufa.

Cosa gli prendeva?

«Perché?» chiesi. Voleva parlarmi della soluzione che aveva

in mente, oppure... Improvvisamente capii quali potessero essere le sue intenzioni.

Ci conoscevamo dai tempi della scuola. Lui aveva due anni più di me. Lo invidiavo, allora, perché poteva già aiutare suo padre in officina, mentre io dovevo ancora stare sui libri. Era sempre avanti rispetto a me e qualche volta mi aiutava, se non ce la facevo. Gli volevo bene già da allora e ancora di più adesso che lavoravamo insieme.

Però non ero mai andata a passeggiare da sola con lui.

«Insomma, vorrei discutere di una questione con te» proseguì, rosso in viso.

Le sue parole mi misero in agitazione. Era bello fantasticare su di lui, così attraente e sempre affettuoso. Ma non volevo sposarmi, per quanto a diciannove anni avessi già l'età per farlo.

«D'accordo» risposi comunque.

«Bene» commentò lui felice, senza accorgersi della mia perplessità. «Dove ci incontriamo? Ti va se ti passo a prendere?»

«No, non occorre» tagliai corto. «Troviamoci sotto quella quercia nodosa che è stata colpita da un fulmine un paio di anni fa. Sai dov'è?»

«Certo.» Pareva vagamente irritato. Sperava davvero che lo avrei invitato a casa? Mia madre si sarebbe convinta che mi stesse facendo la corte! Forse le sue attenzioni mi avrebbero anche fatto piacere, ma per qualche motivo non volevo che la mamma lo pensasse.

«Ti pare un buon posto?» domandai.

«Lo sai che un paio di persone sono rimaste gravemente ferite dal fulmine proprio mentre cercavano riparo lì sotto?»

«Lo so, ma questo non significa che porti sfortuna.»

Strinsi le mani intorno alla scatola. Avevo i palmi bagnati di sudore.

Cosa avrebbe detto mia madre? Sicuramente sarebbe stata felice se mi fossi trovata un buon compagno, ma in quel caso non avrei più potuto prendermi così tanto cura di lei. E di certo Wenzel non avrebbe gradito se mi fossi portata la mia intera famiglia nella nostra futura casa.

«Allora troviamoci sotto la quercia» concluse lui, scuotendo la testa con un sorriso.

«Cosa c'è?» gli chiesi.

«Niente. A volte sei... buffa.»

Avrei potuto chiedergli il perché, ma lasciai perdere. C'era qualcosa di sbagliato nel non voler fissare il primo appuntamento proprio a casa di mia madre? Non era meglio essere un po' più discreti?

Rimanemmo in silenzio per il resto del tragitto fino a Spiegelberg, quando Wenzel si fermò di fronte all'edificio in cui vivevamo, al piano superiore.

«Allora a domani» disse e, prima che potessi immaginarlo, mi strinse brevemente a sé dandomi un bacio sulla guancia.

Lo fissai stupita, poi scesi dal carro. D'un tratto avevo le vertigini. Gli feci un rapido cenno di saluto e lo guardai allontanarsi lungo la strada.

Il pensiero di sposarlo mi pesava sul petto. Qualsiasi altra ragazza probabilmente ne sarebbe stata felice. Ma io avevo paura. Temevo che, facendolo, nulla sarebbe più potuto cambiare nella mia vita. Eppure sapevo che era infantile desiderare di più.

Quando di notte non riuscivo a dormire, spesso sognavo di viaggiare verso paesi lontani per vedere cose che poi avrei rappresentato con il vetro. Ero sicura che avrei attirato nuovi clienti, creando piante e animali esotici di cristallo.

Tirai un profondo sospiro e mi incamminai con la mia scatola su per le scale, verso la porta di ingresso.

La casa che avevamo affittato era di Michael Niedermayer, il proprietario della drogheria del paese. Era un vecchio conoscente di mia madre e si era subito offerto di aiutarci.

L'appartamento era costituito da un unico stanzone che dividevamo in soggiorno e camera da letto grazie a un paravento. Non avevamo una vera e propria cucina ma potevamo usufruire di quella dei Niedermayer.

L'affitto non era alto, ma dovevamo risparmiare perché le visite mediche e i farmaci per mia madre erano costosi. E non avendo venduto neppure un angioletto oggi, avremmo dovuto stringere la cinghia ancora di più.

Mentre salivo le scale, fui investita dall'odore della zuppa di cavolo. Minka, la gatta dei Niedermayer, come al solito si era acciambellata sull'ultimo gradino. Più di una volta avevo rischiato di cadere per colpa sua.

Mi guardò altezzosa senza spostarsi di un centimetro. Non mi rimase che scavalcarla e solo allora si alzò stiracchiandosi per poi scomparire nella porta aperta della lavanderia.

Scossi la testa e mi augurai che mia madre non inciampasse mai in quella palla di pelo.

Appena entrata, notai il freddo. Evidentemente Elisabeth aveva dimenticato di aggiungere legna. Mamma dormiva sul divano, avvolta in una pesante coperta di lana. Di mia sorella nessuna traccia.

Appoggiai la scatola sull'ampio davanzale e mi avvicinai alla stufa di maiolica. Avrebbe dovuto essere rovente, se non ci si scordava di caricarla. Invece le piastrelle erano tiepide.

Per fortuna la brace non era del tutto spenta. La smossi un po' e, quando la fiamma riprese vigore, ci buttai sopra qualche ciocco e il carbone che eravamo autorizzati a prendere dalla cantina della drogheria. Ci sarebbe voluto del tempo perché la stanza tornasse calda, ma almeno era un inizio.

«Elisabeth?» mormorò mia madre, con la voce impastata. Evidentemente non mi aveva sentita arrivare.

«No, mamma, sono Anna.»

«Sei già di ritorno?» mi squadrò assonnata.

«Sì. Oggi al mercato non c'era troppo movimento e Wenzel mi ha accompagnata.»

Si sollevò a fatica, con una smorfia di dolore. I reumatismi dovevano essere più acuti del solito. La tormentavano dalla morte di papà, e sarebbero peggiorati di anno in anno.

Prima pensavo che solo i vecchi ne soffrissero, ma il dottor Mettelmann ci aveva spiegato che anche persone più giovani potevano esserne colpite. E in quei casi, anzi, si aggravavano in poco tempo.

D'estate stava relativamente meglio, poteva persino lavare i panni, ma d'inverno era quasi sempre condannata all'inattività e aveva spesso brutti attacchi. Era soprattutto la schiena a farle male. Non importava che stesse in piedi, seduta, ferma o in movimento: il dolore non le dava tregua. Massaggi e pillole le regalavano un sollievo solo momentaneo.

Se poi l'appartamento era freddo era anche peggio.

«Quel Wenzel è proprio carino» disse appena trovò una posizione più confortevole.

«Sì, lo è.» Mi domandai se raccontarle quello che mi aveva chiesto. No, non ora, mi dissi. Forse stasera, quando ci sarà un bel tepore e avremo qualcosa nello stomaco. «Ma dov'è Elisabeth? Oggi non c'è scuola.»

«La signora Niedermayer le ha chiesto una mano per rammendare le lenzuola.»

Il che significava che Elisabeth era al calduccio nel soggiorno di sotto a cucire e rimpinzarsi di biscotti. Non che invidiassi mia sorella, ma mi faceva rabbia che per questo trascurasse nostra madre.

«Hai fame?» le chiesi. «O ti serve qualcosa?»

«No, non preoccuparti, bambina mia. Raccontami com'è andata al mercato. Hai venduto molto?»

Scossi il capo. «No, purtroppo no.»

Chiunque altro avrebbe forse mentito per tranquillizzarla, ma io non potevo. E comunque mi avrebbe scoperta.

Allungò la mano verso di me. «Vieni qui, signorinella.»

So che in quel momento mi vedeva come la bambina con le trecce che correva per casa con il grembiulino. E in quell'istante non volevo nulla di diverso. Per una volta volevo dimenticare che mamma era malata, che mio padre non c'era più e che la mia unica possibilità di avere una vita migliore era sposare un uomo benestante.

Mi accoccolai accanto a lei e poco dopo sentii la sua mano sui miei capelli.

«Andrà tutto bene» sussurrò. «Non è ancora Natale. La gente comprerà i tuoi angeli come fa tutti gli anni. E forse l'anno prossimo starò meglio e potrò trovarmi un lavoro.»

«No, non ce n'è bisogno» esclamai. «Tra due anni Elisabeth potrà cominciare l'apprendistato. Visto come cuce l'assumeranno di sicuro da qualche parte.»

Mia madre tirò un sospiro. Sapeva fin troppo bene che non sarebbe mai guarita del tutto. Era un'illusione pensare di poter contribuire al nostro sostentamento, le mie riflessioni erano senz'altro più vicine alla realtà.

«Io continuerò ad andare al mercato e mastro Philipps mi paga bene» aggiunsi.

«Hai ragione» concordò lei, «ma un solo stipendio non basta per noi tre. E per realizzare i tuoi angeli devi trascorrere lunghe serate in officina.»

Era vero. A patto che io la tenessi in ordine, mastro Philipps mi permetteva di attardarmi nella sua officina per fondere i rimasugli di vetro e realizzare le mie statuine. Sapeva che poi le avrei vendute, ma non mi chiedeva niente in cambio. Forse era convinto di doverlo a mio padre, che aveva conosciuto bene.

«È sufficiente, invece» ribattei. «Elisabeth e io non abbiamo bisogno di molto. E la vendita delle statuine non è che un piccolo contributo in più.»

La mamma mi passò una mano tra i capelli, poi cominciò a cantare. Era la stessa melodia che intonava quando ero malata e lei vegliava accanto al mio letto. Il ricordo mi fece salire le lacrime agli occhi. Nessuno può rimanere per sempre bambino, ma a volte rimpiangevo i giorni passati. I giorni in cui il futuro pareva ancora colmo di speranza.

La porta si aprì, interrompendo il canto. Elisabeth non doveva vedermi accoccolata accanto alla mamma mentre cercavo di non piangere. Non volevo mostrare la mia fragilità.

Quando spuntò da dietro il paravento aveva il viso roseo e radioso, per il calore e i biscotti che si era goduta di sotto.

«Anna!» esclamò spaventata.

Io mi portai le mani ai fianchi. «Perché non hai ravvivato la stufa? Lo sai che il freddo penetra nelle ossa della mamma e la fa stare peggio.»

Il mio tono di rimprovero la fece trasalire. Sgranò gli occhi, mentre il colore rosato le abbandonava le gote. «Io… solo per un attimo…»

Respirai profondamente. Non volevo essere brusca con lei, ma cosa potevo fare? A volte avevo la sensazione che il peso sulle mie spalle mi schiacciasse. Sapevo che Elisabeth non poteva fare molto per aiutarmi, ma in certi momenti proprio non riuscivo ad arginare la rabbia che mi saliva dentro.

«Tieni» disse timidamente, porgendomi una moneta. La signora Niedermayer le aveva dato un marco per il lavoro. «Pensavo che un po' di denaro potesse servirci.»

Mi avvicinai per stringerla fra le braccia. Adesso mi sentivo ancora più triste.

Mia sorella pativa la povertà esattamente come me e la mamma. Con i soldi che aveva guadagnato avrebbe dovuto comprarsi qualcosa di bello, ma non potevamo permetterci di sognare.

«Grazie» le dissi, cercando di ingoiare le lacrime. Certo, lei si era dimenticata della stufa, ma non era colpa sua se oggi non avevo venduto nulla. Quello era solo un problema mio.

«Cosa ne dici se ci facciamo una zuppa? Abbiamo ancora un paio di carote.»

Elisabeth annuì. «Posso aiutarti!»

«No, rimani qui e fai compagnia alla mamma. E fai attenzione che il fuoco rimanga acceso, intesi?»

Assentì e io le feci una carezza sui capelli.

Presi la porta e imboccai le scale. Della gatta non c'era traccia.

Per la verità ero troppo infreddolita e stanca per mettermi subito all'opera, ma, appena il tepore della cucina cacciò il gelo che avevo addosso, anche la rabbia tornò ad accucciarsi nel suo angolino.

# 2

Nella notte fui svegliata da uno scalpitio di zoccoli che riecheggiava nella strada, del tutto incurante di destare l'intero vicinato.

Erano forse degli ubriachi usciti dalla locanda? Di tanto in tanto, nel fine settimana, venivano dalle nostre parti soldati in libera uscita.

Incuriosita, andai alla finestra. La luna illuminava la coltre bianca di nubi, rendendole quasi spettrali. Un velo di delicati cristalli di ghiaccio copriva i tetti e il selciato. Brillavano persino sui mantelli di entrambi gli uomini a cavallo, che per proteggersi dal gelo indossavano pesanti cappelli di pelliccia. Un berretto simile avrebbe fatto comodo anche a Elisabeth per andare a scuola, pensai.

I due si fermarono di fronte a casa nostra. Si guardarono intorno un momento, poi uno di loro scese di sella e salì per le scale. Stavano andando dai signori Niedermayer?

Un istante dopo i colpi alla porta fecero risuonare l'intera casa. Sbirciai preoccupata mia madre e mia sorella. Elisabeth si muoveva, mentre mia madre dormiva tranquilla. Le medicine la stordivano un po' e speravo continuasse a riposare.

Ma i colpi alla porta si ripeterono, ancora più forti, svegliando Elisabeth.

«Che succede?»

«Niente. Probabilmente hanno sbagliato porta. Continua a dormire.»

Sapevo che non lo avrebbe fatto. Era così raro che capitasse qualcosa dalle nostre parti che il minimo evento destava la curiosità di mia sorella, come pure la mia.

Al piano di sotto si aprì la porta e, allungando il collo, vidi uscire il signor Niedermayer. Si era infilato una vestaglia scura sulla camicia da notte e gesticolava vivacemente verso i due.

L'uomo di cui ora vedevo solo il cappello di pelliccia gli fece cenno di calmarsi, poi frugò sotto il pastrano e ne estrasse una busta di piccole dimensioni. Non capii le parole che rivolse a Niedermayer, ma il nostro padrone di casa lo guardò stupito, si rigirò la busta tra le mani, annuì e si congedò.

Avevo ragione, recavano un messaggio per il signor Niedermayer! Ma di cosa poteva trattarsi? Non sapevo se avesse parenti all'estero, ma doveva essere successo qualcosa di grave. Perché altrimenti si sarebbero affrettati a portargli la notizia di notte?

Prima di risalire a cavallo, uno dei due alzò lo sguardo. Avrà avuto una decina d'anni più di me. Persino nella pallida luce lunare notai che aveva occhi grigi come le nubi cariche di neve. Quando mi intravide, gli apparve sul viso un sorriso strano.

Mi ritrassi subito dalla finestra. Chissà perché, il cuore mi prese a battere veloce. In realtà non c'era nulla di male nell'essermi affacciata. Con il chiasso che avevano fatto di sicuro non ero l'unica. Eppure d'un tratto mi infastidiva che mi avesse sorpresa nella mia lisa camicia da notte. Un pensiero stupido, perché non poteva certo aver visto molto.

Mentre i due si allontanavano a cavallo, tornai a letto, ma non avevo ancora fatto in tempo a scivolare sotto le coperte che sentii dei passi salire le scale.

Poco dopo udimmo bussare.

Elisabeth si alzò. «Chi può essere?»

Non le risposi e andai all'uscio.

Aprendo, mi trovai di fronte il signor Niedermayer. In una mano teneva una lampada, nell'altra la busta che gli avevano appena consegnato.

Trattenni un istante il respiro, mentre il cuore mi galoppava ancora più forte nel petto.

«Questa è per te, Anna.»

Aggrottai stupita le sopracciglia, cercando di spiare cosa ci fosse scritto. Cosa poteva contenere?

«Ma chi potrebbe mai scrivermi? E chi erano quegli uomini?»

«Non me lo hanno detto.»

Presi l'involucro sigillato, studiai lo stemma inciso nella cera e sfiorai pensierosa la carta. Com'era liscia, e sembrava pesante... Ruppi il sigillo con il cuore in gola ed aprii la busta.

Il foglio che ne tirai fuori era decorato con uno stemma e una corona, la scrittura era chiara e molto elegante, ma non ne comprendevo nemmeno una parola.

Scossi la testa confusa e lo mostrai al signor Niedermayer. «Voi ne capite qualcosa?»

Lui scorse rapidamente le righe e fece cenno di no. «No, non è tedesco.»

«Ma quegli uomini non vi hanno detto chi sono? Da dove vengono?»

Alle mie domande si strinse nelle spalle come bersagliato da gocce di pioggia.

«Non hanno detto niente. Purtroppo non posso aiutarti.»

Abbassai la testa, inquieta. Chi mai poteva avermi mandato un messaggio in una lingua straniera? Forse era un errore...

«Ti consiglio di andare dal vecchio professore che sta alla

periferia del paese domattina» suggerì Niedermayer. «Non conosco nessun altro che sappia le lingue.»

Annuii. Lo conoscevo di vista. Una volta era venuto in vetreria a ordinare dei bicchieri da vino che voleva regalare. Non ci eravamo detti altro, ma mi era sembrato un tipo singolare.

«Lo farò. Buonanotte, signor Niedermayer, e grazie.»

«Non c'è di che.» Girò sui tacchi e se ne andò. Io tornai a letto con la busta in mano. Nel frattempo si era svegliata anche mia madre.

«Cos'è successo?» chiese assonnata.

«Non lo so» ammisi, facendo scorrere il pollice sulla ceralacca. «Due uomini a cavallo hanno consegnato una missiva per me, ma non riesco a leggerla. Il signor Niedermayer mi ha suggerito di portarla al professore.»

«Al professore?» Le medicine le offuscavano ancora la mente.

«Te lo spiego domattina, mamma» le dissi. «Dormi pure, è tutto a posto.»

Accettò evidentemente il mio consiglio, perché poco dopo il suo respiro tornò regolare.

Lo stesso non si poteva dire per Elisabeth, che si alzò dal letto e scivolò sotto le mie coperte. «Fammi vedere!» pretese afferrando la busta.

«Da quando conosci altre lingue?» le chiesi mentre lei era completamente assorta a osservare il blasone con la corona.

«Sembra il sigillo di un re» affermò. «Forse sei stata invitata a un ballo?»

«Non siamo in una favola» ribattei, sebbene quella prospettiva mi allettasse. Danzare fino a mezzanotte con un meraviglioso principe, avvolta in un abito stupendo, poi perdere una scarpetta in modo che lui potesse cercarmi... Da bambina adoravo ascoltare storie simili. Me le raccontava la mamma quando mi portava a letto e anche nostro padre, mentre eravamo in cammino. Tra gli oggetti che avevamo dovuto cedere per appianare i debiti c'era anche una splendida coppia regale in vetro: una principessa in abito azzurro e un principe dai riccioli scuri. Nessuna delle creazioni di mio padre mi era rimasta impressa nella memoria più di quella.

Eppure dopo la sua morte avevo dovuto imparare che non esistono fate buone che donano splendidi vestiti e carrozze incantate, facendo sì che un principe si presenti alla porta di una ragazza povera pronto a salvarla.

«E tu come fai a saperlo?» mi incalzò Elisabeth. «Il maestro a scuola ci ha spiegato che i fratelli Grimm hanno raccolto le loro fiabe dalla gente semplice. Sono stati i popolani a raccontarle e loro si sono limitati a riscriverle. Magari c'è qualcosa di vero.»

«Qualcosa di vero in una principessa che dorme per cento anni? O in una sguattera che riceve in dono un vestito d'oro da una colomba posata su un ramo?»

«Forse dovresti andare sulla tomba di papà e parlare con lui. Magari potrebbe aiutarti.»

Quelle parole mi lasciarono ammutolita. Dalla sua morte, raramente ero andata a trovarlo al cimitero. L'idea che se ne stesse da solo sotto terra in una bara mi strappava il cuore. Guardando il suo tumulo non potevo cancellarmi dagli occhi l'istante in cui il falegname aveva chiuso su di lui il coperchio della bara.

«Mi dispiace» disse infine Elisabeth, notando che mi aveva intristito. «È meglio che torni nel mio letto.»

«No, rimani, tranquilla» le dissi, cingendola con un braccio. Quando eravamo piccole, Elisabeth sgattaiolava spesso sotto le mie coperte. Ci raccontavamo storie in cui gli specchi costituivano spesso portali verso altri mondi, dove una principessa coraggiosa poteva affrontare avventure.

Adesso mi chiedevo se da qualche parte oltre lo specchio ci fosse un'altra Anna, la cui vita scorreva come l'aveva sognata mio padre. Una Anna felice che poteva guardare con leggerezza al proprio futuro.

# 3

Lo scampanio della domenica si diffondeva nell'aria volando sopra i tetti di Spiegelberg. Durante la notte aveva nevicato ancora e dovevamo fare attenzione a non scivolare, mentre ci allontanavamo da casa.

Nonostante le sue condizioni, la mamma aveva insistito perché andassimo insieme in chiesa. Voleva pregare il Signore di farla stare un po' meglio.

Mi faceva male vederla faticare tanto. Se avessi potuto l'avrei portata con un carretto a mano, ma l'avrei umiliata, perciò Elisabeth e io la sostenevamo come meglio potevamo.

Le case accanto alle quali passavamo erano coperte da un'alta coltre di neve, quasi portassero cappelli e sciarpe di lana immacolata. Nel giardino del calzolaio si stagliava un alto abete, come un vetusto guardiano di ghiaccio. Avevano pulito in parte le strade, ma nei vicoletti si ammucchiava ancora la neve. Il sentiero accanto al muro della chiesa però era sgombro.

Davanti al portone sostava un folto crocchio di persone che ci guardavano con uno sguardo misto di curiosità e compassione. Il destino di mio padre, Martin Härtel, aveva commosso molti in paese, in quanto emblematico della situazione generale di Spiegelberg.

Da quando le grandi manifatture di specchi erano state chiuse più di un secolo prima, e dopo che anche le speranze di trovare giacimenti di argento e carbone si erano rivelate vane, molti erano stati costretti a trasferirsi nelle cittadine vicine. Alcuni erano andati a Sulzbach an der Murr, ma la maggior parte aveva preferito Heilbronn.

Dopo la morte di papà, molti avevano raccomandato di cuore anche a noi di fare lo stesso, ma era stato impossibile. Mia madre era malata, io avevo sedici anni ed Elisabeth dieci.

Mia sorella riusciva a stento a cavarsela con ago e filo, e io avevo appena imparato a produrre vetro. Parenti a cui rivolgerci non ne avevamo più, così avevamo deciso di rimanere.

Condussi mamma alla nostra panca in chiesa e la aiutai a sedersi. Si faceva coraggio, ma lo vedevo che soffriva.

Rivolsi gli occhi all'altare: era già sfarzosamente addobbato, ma lo sarebbe stato ancora di più a partire dalla domenica successiva, con l'inizio dell'Avvento. Quando tutti i fedeli furono entrati, vennero chiusi i portoni e io mi guardai intorno.

Ad ascoltare le parole del pastore c'erano quasi due terzi degli abitanti del paese, che ormai non arrivavano più nemmeno a quattrocento anime. Sarebbero mai tornate a migliorare le cose? E la povertà ci avrebbe mai abbandonato?

Quando cominciò la predica, infilai una mano nella tasca del mantello. Era sicuramente un'impressione, ma sembrava che la lettera emanasse un calore ardente. Avevo nutrito una flebile speranza di incontrare il professore, ma non lo vedevo da nessuna parte.

O si era seduto in un sedile appartato o era rimasto, come spesso faceva, a casa. Propendevo per la seconda ipotesi e decisi di andare a trovarlo, prima di incontrare Wenzel.

Non avrei saputo dire quale delle due prospettive mi inquietasse di più.

Con il professore non avevo mai parlato ed era possibile che non fosse disposto ad aiutarmi. D'altra parte, mi offriva un buon pretesto per non dire alla mamma del mio appuntamento con Wenzel. Che cosa voleva da me? Mi credeva disposta a divenire sua moglie o mi avrebbe proposto qualcosa di sconveniente? E che cosa sarebbe successo se gli avessi opposto un rifiuto? Avrei rischiato di dover dire addio al mio lavoro presso mastro Philipps?

Finita la funzione, aiutai la mamma ad alzarsi e la portai fuori. Nel farlo notai lo sguardo indagatore di Elisabeth. Dalla sera prima non avevamo più parlato della lettera e neppure mia madre aveva chiesto spiegazioni, al risveglio. Probabilmente pensava di aver sognato.

Se non avessi toccato con mano il foglio che in quel momento avevo in tasca, se non avessi visto il sigillo e assistito con i miei occhi all'arrivo dei due uomini a cavallo, anch'io mi sarei convinta di aver immaginato tutto.

«Mamma, ti dispiace se dopo pranzo torno a fare un giro in paese?» le chiesi non appena ci fummo allontanate di un breve tratto dalla chiesa, riavvicinandoci alla casa del calzolaio. La temperatura si era fatta più mite, ma non ancora abbastanza da sciogliere i ghiaccioli che scendevano dai tetti.

«Devi incontrare qualche giovanotto, Anna?» mi chiese. Io la fissai stupita ed Elisabeth sollevò le sopracciglia. Non sapeva nulla dell'invito di Wenzel, ma evidentemente aveva scorto qualche indizio sul mio viso.

«No, io... In realtà ieri è arrivata quella lettera e io non sono in grado di leggerla. Volevo chiedere al professore di tradurmela. Mi ha consigliato il signor Niedermayer di rivolgermi a lui.»

Mia madre mi guardò dubbiosa, ma poi annuì. «Vai pure. Mi farà compagnia Elisabeth.»

«Grazie» le dissi, stringendo un po' più forte il suo braccio.

Dopo il pranzo, costituito dagli avanzi della zuppa del giorno prima, mi infilai il mantello e misi anche un foulard sulle spalle. Morivo di curiosità. Cosa mai poteva contenere la lettera? Avevano solo sbagliato destinatario?

Scendendo le scale, incontrai la signora Niedermayer, che avevo già visto anche in chiesa.

«Dove vai, Anna?» mi chiese.

Le volevo bene perché era sempre gentile e aveva un debole per Elisabeth. Senza contare la mia riconoscenza per il marito, che ci concedeva di abitare al piano di sopra per un prezzo ragionevole. Talvolta, però, la sua invadenza mi infastidiva.

«Vado dal professore» le risposi. «Non so se lo sa, ma ieri notte sono venuti due messaggeri.»

«Sì, me lo ha detto mio marito. Che emozione! Una lettera da un paese straniero.»

Ero quasi felice che neppure lei avesse capito più di me di cosa poteva trattarsi.

«Forse è solo un errore» svicolai, cercando di celare l'impazienza che mi divorava. «Magari hanno solo sbagliato casa. O paese. Lo scoprirò se il professore mi fa la gentilezza di tradurmi il contenuto.»

«Allora ti auguro buona fortuna» rispose lei. «E magari dopo mi dirai cosa c'è scritto.»

«Se davvero è indirizzata a me, volentieri» ribattei prendendo finalmente congedo. In realtà, in un caso o nell'altro non le avrei detto nulla. D'altra parte nemmeno lei mi raccontava cosa riceveva per posta. Però, essendo la nostra padrona di casa, non volevo irritarla.

Mentre attraversavo la piazza del mercato, il vento mi soffiava sul viso minuscole schegge di ghiaccio. Il selciato era quasi completamente nascosto dalla neve, punteggiata da migliaia di orme di piedi e di zoccoli. Camminando, suscitavo il latrato dei cani: erano pochi i passanti in strada a quell'ora. Molti erano ancora a tavola e per altri era troppo freddo per trattenersi all'aperto.

Percorsa la via principale, svoltai in numerosi vicoli più piccoli finché non passai accanto all'edificio che un tempo ospitava la manifattura di specchi, diventata poi una fabbrica di prodotti alimentari. Mi si strinse il cuore. Mio padre parlava spesso della vecchia manifattura. Lui stesso non l'aveva mai vista in attività, ma suo nonno sì, e non si stancava mai di raccontarne la storia.

Una folata di vento più forte da una stradina laterale mi indusse a riprendere il cammino.

Circa un quarto d'ora più tardi arrivai alla casa del professore. Era piccola e sembrava nascondersi tra i due edifici più massicci che la affiancavano.

Sulla cassetta delle lettere c'era scritto il suo nome, ALOIS BEZELIUS, ma in paese nessuno lo chiamava così. Era per tutti «il professore», che si aggirava per le vie con la sua finanziera all'antica, il cilindro, i capelli bianchi e un fazzoletto a righe intorno al collo.

Non parlava con nessuno e sembrava sempre un po' assente.

Forse il signor Niedermayer si sbagliava, forse nemmeno lui capiva le lingue. Eppure era la mia unica speranza.

Spinsi la porta che dava sul giardino ed entrai.

La coltre di neve sul vialetto in pietra era ancora intatta. Evidentemente oggi non era ancora uscito.

Il giardino appariva scarno, ma lo era anche d'estate. Un salice piangente lasciava penzolare malinconicamente la chioma dai contorni irregolari, mentre alcuni steli rinsecchiti sbucavano dalla neve nelle aiuole accanto alla porta. Non riuscivo a immaginare che lì ci fossero mai stati dei fiori.

Sull'uscio c'erano un piccolo campanello e un battente, con un anello nella bocca di un leone. Lo usai e rimasi ad ascoltarne il riverbero.

Poi il silenzio. Forse dormiva o era sordo? O non voleva sentire?

Riprovai.

Di nuovo sentii i colpi risuonare all'interno. Cercai di immaginare come fosse. Sicuramente c'erano alti scaffali colmi di volumi polverosi. Forse aveva anche magnifici sofà imbottiti in cui lasciarsi sprofondare? Dipinti? O solo stanze spoglie?

Il cuore prese a battermi ancora più rapido. E se fosse morto assiderato? Non c'era alcun motivo per uscire con quel tempo e in chiesa non l'avevo visto, ma se fosse stato in casa non si sarebbe almeno affacciato alla porta per vedere chi era?

Poco dopo udii dei passi avvicinarsi e mi si dischiuse in petto il sollievo. Allora c'era! Anche se questo non significava che mi avrebbe aperto e avrebbe accettato di leggere la mia lettera, né che conoscesse la lingua in cui era scritta. Ma volevo almeno tentare.

Sentii tirare il chiavistello.

Non indossava la finanziera, ma una camicia azzurra e pantaloni con le bretelle. Al collo aveva però il suo fazzoletto.

«Buongiorno, cosa ti conduce alla mia porta?» Aveva una voce profonda, molto più dolce di quanto me l'aspettassi.

«Mi scusi, professore, volevo chiederle se potrebbe tradurmi una lettera...»

«In che lingua?» chiese, aggrottando le folte sopracciglia.

«In tedesco.»

«Perché, non sai leggere e scrivere?»

«Certo, ma non capisco che lingua è.»

Mi fissò un istante. «Va bene, vieni dentro che diamo un'occhiata.»

Si fece di lato e io misi un piede esitante sulla soglia. In casa c'era un tepore gradevole, ma nell'aria aleggiava un odore di muffa. Mi guardai intorno e verificai che in effetti l'ingresso era piuttosto disadorno. Da una delle porte aperte filtrava però una luce calda e fu lì che mi indirizzò il professore.

Presto scoprii che era il suo studio, effettivamente colmo di scaffali carichi di volumi polverosi. Numerose pile di libri occupavano anche l'alto scrittoio. Evidentemente stava lavorando a qualcosa, un romanzo o forse una traduzione.

«Dammi la lettera e accomodati» mi invitò, tendendomi la mano tutta macchiata di inchiostro scuro.

Gli passai il biglietto e mi sedetti sulla sedia rivestita di una stoffa a righe grigie e blu. Il mio peso provocò un cigolio così poco rassicurante che non osai più muovermi.

Lo osservai aprire la busta, scrutare la lettera e poi portarla allo scrittoio. Mentre i suoi occhi scorrevano il testo, il professore corrugò la fronte, come se non potesse credere a quanto vedeva.

«Riesce a leggerla? Io non ho idea di che lingua sia» chiesi.

Non mi rispose e continuò a esaminarla per un po', prima di sollevare lo sguardo.

Non mi aspettavo nulla di buono. Forse non riusciva a capire nemmeno lui.

«Sei la figlia del vetraio, vero?» domandò, studiandomi in viso. «Martin Härtel, l'artigiano morto un paio di anni fa.»

«Sì, sono io. Mi chiamo Anna.» Ci eravamo visti molte volte in paese, ma non pensavo che mi riconoscesse.

«Bel nome. E tuo padre era una brava persona. Non mi ha

mai allontanato quando mi fermavo ad ammirare le sue creazioni. Devi sapere che adoro il vetro, è così facile da capire.»

Capire il vetro? Forse aveva ragione chi lo reputava mezzo matto.

«In che senso?» gli domandai.

«Be', al contrario della mente umana, è facile vederci attraverso. È solido, utile, e tutti sanno che va trattato con cura. Dovrebbe valere lo stesso per gli esseri umani, ma non è possibile entrare nella nostra mente e a volte siamo tutt'altro che utili.»

Poi tornò a concentrarsi sulla lettera.

Le sue parole mi ricordarono il commento di mio padre a proposito della somiglianza tra il vetro e l'amore. Rimasi a fissarlo, delusa che non mi avesse detto se riusciva a decifrarla.

Dopo qualche minuto prese un foglio pulito e impugnò la stilografica. Mentre vergava le prime parole la penna produsse uno stridio fastidioso, al quale lui però non fece caso, come se ci fosse abituato. Aveva di nuovo assunto l'aria svagata di prima. Si era per caso dimenticato che ero lì?

«Ecco» disse invece allungandomi il foglio. Io gli lanciai uno sguardo confuso.

«Che cos'è?» chiesi alzandomi e provocando uno sbuffo di sollievo della sedia.

«La tua traduzione. Era in inglese e non mi è difficile interpretarlo. Se si fosse trattato di un dialetto cinese ci avrei messo del tempo, questo invece era un gioco da ragazzi.»

«Sapete il cinese?» domandai stupita. Non avevo mai visto cinesi, e tanto meno avevo letto o udito parlare in cinese.

«Il cinese, come altre lingue. Evitando i contatti con gli esseri umani, rimane molto tempo per imparare.» Mi osservò. «Ma non vi insegnano l'inglese a scuola?»

Scossi il capo. «No, non che io sappia. Forse al ginnasio, ma è da tanto che ho lasciato la scuola.»

«Davvero? Sembri così giovane!» ribatté lui. «Forza, leggi la lettera.»

Fissai il foglio. Non c'era da meravigliarsi del rumore della penna. Sembrava che sulla carta avessero corso zampe di ragno intinte di inchiostro. Dopo qualche istante riuscii però a capire la grafia.

*Egregia Miss Härtel,*
*ricevete la presente missiva per disposizione di Sua Maestà la regina Vittoria d'Inghilterra. Grazie a una visita da parte di Lord Sandhurst, è venuta a conoscenza delle vostre pregevoli produzioni in vetro e desidera procurarsene alcune. Vi preghiamo dunque di volercene presentare una selezione.*
*In caso foste disponibile al viaggio, il cui costo sarebbe ovviamente sostenuto dalla casa reale, vi preghiamo di comunicarlo al nostro messaggero, che vi istruirà in merito e sarà ben lieto di accompagnarvi in Inghilterra.*
*Speriamo nella vostra visita e vi mandiamo distinti saluti,*

*Andrew Stafford, maggiordomo reale*

Fissai il professore. «Non è possibile.»

«Perché no? È scritto nero su bianco! Da quando mi occupo di lettere mi è capitato spesso di leggere parole prive di senso. Ma qui il messaggio è molto chiaro. È un invito alla corte inglese, mia signorina, che tu lo creda o no.»

Mi porse la lettera originale, ma io esitavo a prenderla. Era davvero possibile che un nobile inglese – e il termine «Lord» indicava senz'altro un titolo nobiliare – fosse venuto a conoscenza del mio lavoro? E cosa ci faceva nel nostro minuscolo paesino?

Scorrevo febbrilmente nella mente i volti dei clienti delle ultime settimane. Eppure, non avevo notato nessun signore altolocato...

Forse qualcuno mi stava giocando uno scherzo malevolo.

Alla fine ripresi la lettera piegandola meticolosamente.

«Io ti consiglierei di metterti in viaggio. Non è mai bene lasciare aspettare le teste coronate.»

«Ma... ma non posso piantare in asso la mia famiglia.»

«E, a tuo parere, lo faresti se partissi o se invece ti lasciassi sfuggire questa opportunità?»

Lo guardai. «Io... non so. Mia madre ha bisogno di assistenza, ma...»

«Probabilmente le saresti di maggiore aiuto con qualche risorsa economica in più... e con nuove immagini in testa. Questa sì che sarebbe una vera ricchezza.»

Non sapevo cosa ribattere. E men che meno cosa fare.

«Le devo qualcosa?» chiesi.

«Solo un racconto, quando tornerai. E, se devo essere sincero, non mi dispiacerebbe neppure uno dei tuoi angioletti di vetro per il mio centrotavola natalizio. In fin dei conti se piacciono a una regina dovrò possederne uno anch'io!»

Mi fece l'occhiolino e tornò a rivolgere lo sguardo al suo scrittoio.

«Grazie» mormorai avviandomi alla porta. «Arrivederci.»

«Arrivederci, signorina Härtel» rispose senza alzare gli occhi dalle sue carte.

# 4

Wenzel era seduto su un masso coperto di neve e si strofinava le mani. Non pareva del tutto a proprio agio sotto quella quercia possente che, pur essendo stata spaccata a metà dal fulmine, d'estate esibiva ancora una chioma verdeggiante.

L'aria si era fatta più gelida e il vento portava di nuovo con sé qualche fiocco. Il paesino pareva racchiuso in una palla di vetro con la neve. Le colline lo cingevano, morbide e protettive, e sulla loro cima la neve si accumulava più alta che nelle valli. Il tappeto di alberi lasciava intravedere qualche chiazza verde, dove si levavano gli abeti, mentre gli altri alberi protendevano malinconicamente i rami spogli verso il cielo grigio azzurro.

«Scusami se ti ho fatto aspettare» gli dissi senza fiato, per aver corso lungo tutta la strada, «ma avevo una questione da sbrigare.»

Wenzel levò gli occhi. Aveva il naso rosso, lacrimava per il freddo, ma pareva sollevato. «Anna, eccoti! Mi stavo preoccupando.» Si alzò. «Sta bene tua madre?»

«Sì, tutto bene, ma... ieri ho ricevuto una lettera.»

«Una lettera?»

La estrassi dal mantello insieme alla traduzione che mi aveva dato il professore.

Lui la prese per leggerla. All'inizio non parve reagire, poi scosse la testa. «Che storia è questa? Il maggiordomo della regina ti invita alla corte inglese per i tuoi angioletti?»

«Sono stupefatta quanto te» risposi, lasciandomi cadere seduta accanto a lui sul masso.

«Quando l'hai ricevuta?»

«Ieri notte. Mi sono svegliata quando sono arrivati due uomini a cavallo, avvolti in pastrani scuri.» E gli raccontai gli eventi della sera prima.

Lui mi guardava a occhi spalancati. «Vuoi dirmi che sono venuti per te?»

«Pare di sì» risposi. «E dovrei dare subito una risposta al messaggero. Ma non c'è indicato alcun indirizzo cui rivolgermi.»

«Allora sarà di sicuro lui a tornare.» Si scurì in viso. «Pensi di andarci?» mi chiese, restituendomi la busta.

«Io... non lo so» risposi, e davvero non lo sapevo. «Insomma, è un grande onore, ma...»

«Magari è tutto un imbroglio. Chissà, forse vogliono farti qualcosa.»

«Ma come farebbero a sapere chi sono?» ribattei. «E che interesse potrebbero avere per un'artigiana che lavora come aiutante in una minuscola vetreria di Jux?»

«Forse vogliono rapirti.»

Scossi il capo. «Non credo proprio. Ma chi potrebbe aver parlato di me alla regina Vittoria?»

Trasalii mentre mi tornava un'immagine alla memoria. Un uomo dal mantello foderato di pelliccia che sollevava alla luce uno dei miei angioletti. Non aveva proferito parola, solo osservato. Era stato il suo accompagnatore a comprare qualcosa, tra cui dieci angeli: due bianchi, due azzurri, tre rossi e tre porpora.

Gli afferrai il braccio.

«Cosa c'è?» mi domandò preoccupato. «Non stai bene?»

«No, mi è solo venuto in mente chi potrebbe essere il nobile.»

«E cioè?»

«Ricordi quella sera di un anno fa, quando aveva appena cominciato a nevicare fitto fitto?»

Wenzel aveva un'espressione confusa.

«Stavamo per raccogliere tutto, quando arrivarono alla bancarella due uomini. Uno portava un lussuoso mantello di seta con il collo di pelliccia e stringeva in mano un bastone molto particolare. Aveva la barba curata, come se ogni singolo riccio fosse stato passato al calamistro. L'altro invece era vestito in modo molto semplice ed era stato lui a comprare dieci dei miei angioletti, dopo che l'altro li aveva rimirati con attenzione. Immagino che il compratore fosse il servo e l'uomo con il mantello il Lord.»

«Sicura?» Wenzel scuoteva il capo. «Io per la verità non me ne ricordo.»

«Io sì.» Il cuore mi batteva impazzito. Ora che ci pensavo bene, lo sconosciuto con il mantello aveva proprio un'aria nobile. Lui non aveva parlato, ma il suo accompagnatore aveva un accento particolare: allora avevo pensato che fosse un olandese che parlava molto bene tedesco.

«E se in realtà fossero olandesi?» chiese anche Wenzel prendendomi le mani. «E se ti imprigionassero per scoprire come realizzi i tuoi angeli?»

«Ma non è certo un segreto!» risposi. «Non ricordi quando è venuto da noi il borgomastro a tessere le lodi delle palline di Natale di Lauscha? Chiunque sappia come si lavora il vetro può produrne degli oggetti.»

«Ma nessuno ha dita abili quanto le tue.»

«No, è un'assurdità, Wenzel. Nessuno vuole rapirmi. Probabilmente era davvero un Lord e a breve tornerà il suo messaggero per chiedermi una risposta.» Avevo di nuovo di fronte a me il viso e gli occhi grigio argento dell'uomo quando aveva sollevato lo sguardo su di me. «Se riesco a vendere i miei angeli...»

«Anna...» Wenzel mi strinse le mani più forte. «Credi davvero che possa portarti qualcosa di buono intraprendere un viaggio tanto lungo?»

«Non saprei.»

Strinse le labbra, lanciò un'occhiata di lato e poi tornò a guardare me. Sembrava angosciato. Come se temesse di non potermi difendere da una sventura.

«Ti prego, Anna, non andare. Il motivo per cui oggi ti ho voluto incontrare è che desideravo chiederti se potresti mai immaginare...»

Mi irrigidii. Le carezze, i sorrisi che mi rivolgeva, tutte le sottili allusioni dei mesi passati, ora portavano a un'unica conclusione.

«Volevo chiederti se potresti immaginare di diventare mia moglie.»

Rimasi senza fiato e Wenzel notò il mio smarrimento.

«Lo so... lo so, la mia proposta ti giunge inaspettata» si affrettò ad aggiungere. «Ma ci conosciamo da tanto e sono certo che saresti per me una buona compagna.»

Non sapevo che dire. Certo, avevo intuito cosa provasse per me. Forse ero troppo giovane e non sapevo nulla dell'amore, ma mi ero accorta che mi trattava in modo diverso rispetto alle altre ragazze.

Ma io? Sì, gli volevo bene e avevo il batticuore ogni volta che mi sfiorava, ma volevo davvero essere sua moglie?

Sarebbe stato il modo più facile per assicurare la vita mia, di mia madre e mia sorella perché Wenzel non si sarebbe opposto se avessi voluto aiutarle.

Ma era questo il futuro che sognavo? Certo, desideravo sposarmi, come lo desidera ogni ragazza, ma così presto, senza aver visto nulla del mondo?

Se avessi accettato avremmo avuto dei figli e io avrei dovuto badare alla casa. Sarebbe stato impensabile mantenere la mia occupazione in vetreria e meno che mai affrontare un viaggio per il mondo.

«Anna?» mi pungolò Wenzel, vedendomi rimanere in silenzio. «Va tutto bene?»

Lo guardai. Era attraente con i suoi capelli rossicci e gli occhi scuri. Per quanto si radesse con cura sembrava sempre che la lama del suo rasoio non fosse abbastanza affilata, ma quel velo di barba, abbinato alle labbra piene, accresceva il suo fascino.

A prima vista, era un marito ideale, ma sentivo già tintinnare le catene che mi avrebbe messo addosso.

Finché mio padre era stato in vita, avevo sempre sognato di gestire un giorno la sua officina e di viaggiare all'estero per ammirare le più magnifiche creazioni in vetro. L'Inghilterra sarebbe stata solo l'inizio.

Ma tutto questo non sarebbe mai successo se avessi accettato la proposta di matrimonio.

«Anna?» mi chiamò un'altra volta, riscuotendomi dai miei pensieri.

«Sì, sto bene» risposi, sforzandomi di riportare l'attenzione su di lui. Non era facile però, perché la lettera mi pesava in tasca come fosse una pietra.

«E cosa rispondi alla mia domanda?» insistette lui. «Potresti immaginare di essere mia moglie?»

«Io... io non lo so» dissi, per non ferirlo con un no, ma anche perché ignoravo la risposta.

Alla notizia che una regina desiderava i miei angeli, avrei dovuto precipitarmi a casa, correre su per le scale e annunciare felice alla mamma cos'era successo. Invece mi sentivo oppressa.

Avevo in testa due voci diverse. Quella di Wenzel, che mi voleva in moglie e considerava la lettera una follia, e quella del professore, secondo il quale con i miei guadagni avrei potuto alleviare le condizioni di mia madre.

Mostrare i miei angioletti a una regina sarebbe stato un grande onore, come sosteneva Bezelius. Anzi: un sogno diventato realtà! Quante volte avevo fantasticato di trovarmi in un castello! Quante volte papà mi aveva raccontato del grande specchio in una reggia principesca! Quante volte avevo sognato di partecipare a un ballo nella sala degli specchi.

Tutto questo poteva diventare realtà... A un alto prezzo, però.

Wenzel non lo aveva menzionato, ma sapevo anch'io che mastro Philipps non avrebbe gradito una mia assenza prolungata dalla manifattura. In fondo mi aveva presa solo perché conosceva mio padre. Se me ne fossi andata si sarebbe preso un altro assistente.

E poi chi mi assicurava che la regina, dopo aver visto i miei angeli, li avrebbe voluti? Magari al ritorno mi sarei trovata con nulla in mano, il che significava perdere la casa, e non avere più il denaro per le medicine della mamma e la retta per la scuola di Elisabeth.

Papà non mi aveva insegnato a vivere di sogni.

A chi dovevo dare retta? Al professore? A Wenzel? O a me stessa? Avrei forse dovuto chiedere consiglio alla mamma?

Spazzai via la neve dalla ringhiera delle scale e guardai i cristalli di ghiaccio sciogliersi al calore della mia mano. Se mio padre fosse stato ancora in vita, mi avrebbe rincuorato. Forse avrei dovuto parlarne con lui.

Sollevai gli occhi verso la nostra finestra, dove già brillava la luce. La mamma ed Elisabeth si stavano di sicuro chiedendo dove fossi finita. Ma non volevo tornare subito da loro, dovevo andare da papà: i suoi consigli mi avevano sempre aiutata.

Era incredibile il silenzio che calava all'imbrunire. I corvi si ritiravano nel nido e i fiocchi cadevano al suolo in un'assenza quasi totale di rumore. Si sentiva solo un delicato fruscio. Il gelo mi si insinuava sotto i vestiti, facendomi correre un brivido lungo la schiena. Mi formicolavano le dita per il gelo, ma non ci pensavo neppure a rincasare.

Avevo appena raggiunto il cancello del cimitero, quando la nevicata si infittì. Non era difficile individuare la tomba di mio padre. Avevamo scelto un posto vicino alla cappella minore, che si era appena liberato perché era stata rimossa un'antica sepoltura. Da lì mio padre avrebbe goduto di una vista sul paese, se aveva ragione chi sosteneva che i morti indugiassero sulle proprie tombe a osservare i luoghi in cui erano vissuti.

Mi fermai di fronte al tumulo coperto d'edera e ornato di una croce, pronunciai una breve preghiera e infine dissi: «Ciao, papà, sono io, Anna».

Non sentii altra risposta che l'ululato del vento, ma riuscivo a immaginare la voce di mio padre. Anche se non ricordavo più tutti i dettagli del suo viso avevo ancora nelle orecchie la sua parlata.

«Io... ho appena ricevuto una lettera, dall'Inghilterra» proseguii. La mia voce suonava attutita e avevo un filo di paura perché a poco a poco stava diventando buio. «Ne conosci di sicuro il contenuto, però io non so cosa fare.»

Mi sedetti e allungai la mano sul tappeto d'edera. Il gelo apparentemente non l'aveva intaccata.

«È meglio che io parta per l'Inghilterra o devo dare ascolto a Wenzel? Potrei sposarlo se lo volessi. Ma non so perché... non ne sono convinta.»

Il vento imperversava sopra la terra consacrata. Sugli alberi spogli si erano posati due corvi, immobili come fossero di porcellana.

I primi tempi dopo la sua morte, mio padre mi era apparso in sogno di frequente, esortandomi a riprendere la mia strada. Ogni volta, al risveglio, mi ero sentita terribilmente triste, ma finché sognavo potevo illudermi che tutto fosse come prima. Appena mi risvegliavo, però, tornavo alla mia vita presente, una vita senza di lui.

Forse avrei dovuto chiudere gli occhi e appoggiarmi alla tomba. Solo un attimo, perché mio padre avesse il tempo di raggiungermi.

Mi chinai e cinsi la croce con le braccia. Poi vi appoggiai il viso. Sentivo il freddo, ma non mi disturbava. Non volevo rimanere lì a lungo. Solo quanto bastava perché l'anima di mio padre potesse entrare in contatto con me.

# 5

*I fiocchi di neve mi cadevano sulle guance. La tormenta si stava intensificando, presto non sarei potuta più rimanere. E poi le tenebre della notte erano vicine. Il mercato si sarebbe chiuso solo mezz'ora più tardi, ma molti dei commercianti avevano già raccolto le proprie mercanzie a causa del maltempo.*

*«Dovremmo andare» disse Wenzel, già impegnato a riporre gli oggetti invenduti nelle loro scatole foderate di ovatta. «Ormai non arriva più nessuno di sicuro.»*

*Mi strinsi le braccia intorno al corpo, infreddolita. Aveva ragione. Le probabilità che qualcun altro mostrasse interesse per i miei angioletti erano minime.*

*Alla fine cominciai anch'io a riordinare le mie statuine nella scatola. Gli angeli sembravano ghiaccio, al tatto.*

*A quel punto però si avvicinarono alla nostra bancarella due uomini. Uno non soffriva certo il freddo, nel suo mantello rosso con l'interno di pelliccia, ma neppure l'uomo che lo accompagnava, anche se vestito in modo più semplice, sembrava patire la temperatura rigida. Indossavano entrambi berretti di pelliccia, sotto i quali si intravedevano a malapena i volti.*

*Notai però che l'uomo dal mantello rosso aveva una barba boccoluta e il naso pronunciato. L'altro era molto più giovane. La cosa che si notava di più erano gli occhi, che brillavano argentei sotto le sopracciglia nere. Aveva solo un'ombra leggera di barba sul labbro superiore, il mento e le guance.*

*«Mi scusi, è ancora aperto il vostro banco?» chiese in tono amichevole, con uno strano accento.*

*«Sì, io... Certo.»*

*«Splendido» ribatté lui voltandosi verso il compagno. «Trattate angioletti di vetro, vero?»*

*«Sì, ma ho anche fiori e animaletti, se volete.»*

*Il mio sguardo corse furtivo al signore in rosso. Aveva un'espressione insolitamente rigida, come fosse disturbato dal freddo o dalla mia merce esposta. Gli occhi del giovane risultavano, in contrasto, ancora più luminosi.*

*«Mostrateci per cortesia cosa avete» rispose, sfilandosi un guanto. Apparve una mano che non pareva avvezza a lavori pesanti. Evidentemente servire un elegante signore non comportava eccessivi sforzi fisici.*

*Tirai fuori tutte le statuine che già avevo messo via e le schierai sul bancone accanto agli oggetti ancora in mostra. Al mio fianco, Wenzel continuava a trafficare. O non voleva apparire curioso, oppure davvero non era interessato.*

*Lo straniero passò in rassegna la mia merce, mentre l'altro rimaneva lì a scrutarmi. Gli sorrisi, ma lui non ricambiò. Pareva ibernato, il viso rigido quasi fosse intagliato nel legno.*

*«Questi angioletti, come li realizzate?» chiese il giovane.*

*«Li fondo» risposi brevemente, perché ai miei occhi la cosa non rappresentava nulla di speciale. Tra l'altro, mio padre mi aveva insegnato che non dovevo spiegare a nessuno in dettaglio come ero solita crearli. Ogni vetraio aveva la propria ricetta, la propria miscela di colori e la propria tecnica affinata in modo personale.*

*Ma la mia risposta allo sconosciuto parve bastare.*

*«Prendo questi, questi e quelli» disse, e io trasalii nel vedere*

*quanti ne indicava. Erano praticamente tutte le mie decorazioni natalizie. Soprattutto angeli, ma anche uccellini e cuori. Più di quanti ne avrei venduti in un'intera domenica molto fortunata.*

*«Siete sicuro?» chiesi guardando il signore in rosso. Un paio di cristalli di ghiaccio gli erano rimasti impigliati tra le sopracciglia. Il suo sguardo incrociò il mio, ma la cosa non mi dette fastidio né mi mise in alcun modo a disagio. Erano occhi privi di vita, come la sua figura stessa.*

*«Sua Signoria ne è sicuro» rispose lui. «A meno che alcuni di questi oggetti non siano più in vendita?»*

*«No, assolutamente» mi affrettai a rispondere. Se quell'uomo desiderava gli angioletti li avrebbe avuti. Li impacchettai tutti insieme e presi silenziosamente congedo dai miei piccoli amici, poi gli allungai il pacco al di sopra del banco.*

*Nonostante l'accento strano, pagò con moneta locale, per poi lanciarmi uno sguardo e un sorriso che rischiarono di paralizzarmi. Mai nessuno mi aveva rivolto un sorriso simile... neppure Wenzel. Fissavo i due estranei neanche mi fosse apparsa davanti la Santa Vergine e quasi non mi accorsi che se ne stavano andando.*

*«Magari ci rivedremo» soggiunse l'uomo toccandosi il berretto. Il suo compagno mi diede le spalle senza un saluto e senza volgere uno sguardo indietro. Gli angeli erano di sicuro stati comprati per lui, ma gliene importava davvero qualcosa?*

Qualcuno mi scosse una spalla, facendomi sussultare, e mi accorsi di avere la guancia intorpidita. Mi guardai intorno frastornata. Ormai era quasi notte e, sopra le ultime strie di luce, all'orizzonte brillavano le stelle.

«Ragazzina, non puoi dormire qui!» esclamò una voce, in tono di rimprovero. «Rischi di finire all'altro mondo!»

Saltai in piedi spaventata. Mi ero davvero addormentata sulla tomba di mio padre, e lui non mi era nemmeno apparso in sogno! In compenso avevo rivisto i due uomini che quella volta mi avevano comprato dieci angioletti. Uno dei due assomigliava molto al messaggero.

Chi mi aveva svegliato, però, non era uno dei due ma Hans Decker, il becchino del paese. Lo conoscevo perché ero stata io a concordare con lui la sepoltura di mio padre, visto che mia madre non era in grado di farlo.

«Tutto a posto, ragazza mia?» mi chiese con aria preoccupata l'anziano.

«Sì, la ringrazio» ma poi fui attraversata da una vampata di calore. «Oddio.» Mia madre e mia sorella dovevano essersi spaventate a morte. «Devo scappare» gli dissi, cominciando a correre. Avrei dovuto ringraziare il becchino per avermi salvata dal sicuro assideramento, ma lì per lì non ci pensai.

Mi precipitai in strada più in fretta che potevo. Le finestre delle case erano già tutte illuminate. L'alone giallo dei lampioni fendeva il selciato, facendo brillare la neve. In giro non c'era già più nessuno, mentre con la coda dell'occhio intravedevo delle sagome dietro le finestre.

In passato Elisabeth e io a volte passeggiavamo fuori per spiare di nascosto la gente. Era interessante, ma ci beccavamo puntualmente una pioggia di rimproveri per essere tornate tardi. Dopo la morte di papà però avevamo smesso.

Poco dopo sbucai davanti casa nostra. Anche la finestra dei Niedermayer era illuminata, ma non avevo alcuna voglia di sbirciare nella loro cucina o nel loro soggiorno.

Quando entrai nel portone, ero madida di sudore. Col respiro affannoso, aspirai avidamente l'aria tiepida. Profumava di zuppa di cavolo e legna. Elisabeth era in piedi sulle scale con indosso il mantello, come fosse intenzionata a uscire.

«Dov'eri?» mi chiese vedendomi. «Stavo giusto venendo a cercarti.»

«Ero da papà» risposi. «Volevo chiedergli consiglio.»

«Perché?»

Prima che potessi rispondere, apparve la signora Niedermayer. «Che succede? Qualche problema con la mamma?»

«No, signora, tutto a posto. Io mi sono solo trattenuta fuori più del dovuto ed Elisabeth era preoccupata.»

«Con questo tempo, ha ragione» commentò lei, senza accennare a voler rientrare in casa.

«Buona serata, signora Niedermayer» le augurai, avviandomi su per i gradini. Appena arrivata di sopra, trascinai Elisabeth dentro casa.

«Mi spiace avervi fatto spaventare. Sono stata dal professore e poi...» Non dissi dell'incontro con Wenzel.

«Perché sei andata da papà?»

Le raccontai cosa avevo scoperto mostrandole la traduzione.

«La regina Vittoria vuole che tu vada a farle visita?» Elisabeth scuoteva la testa incredula.

«Sì, quanto meno qui sta scritto così. Non so nemmeno io cosa pensarne.»

«Ma temi che possa trattarsi di uno scherzo?»

*È Wenzel a pensarlo*, stava per sfuggirmi, ma per fortuna riuscii a tenere a freno la lingua.

«Non lo so, per quello sono andata da papà, per chiedergli consiglio. Per avere un segno che mi aiuti.»

Elisabeth si fece seria. «E lo hai avuto?»

«No... Mi sono addormentata sulla tomba.»

«Cielo!» esclamò. «Saresti potuta morire di freddo.»

«Mi ha svegliata il becchino» risposi mentre cominciavano a formicolarmi le guance. Il sangue tornava in circolo.

«E ti pare un buon auspicio?» ribatté lei. «Il becchino non significa certo nulla di buono.»

«Credi che dovrei lasciar perdere?»

«Parlane con la mamma» suggerì lei, riappendendo il mantello al gancio.

Mia madre non si era preoccupata della mia assenza perché dormicchiava sulla chaise longue, avvolta nella coperta.

«Mamma?» la chiamai scuotendole delicatamente una spalla.

Aprì gli occhi, lanciandomi uno sguardo stupito. «Anna! Sei tornata?»

Elisabeth si era seduta sul letto e mi fissava ancora leggermente imbronciata.

«Sì, sono qui, e il professore è stato così gentile da tradurmi la lettera, il cui contenuto è davvero sorprendente.»

Le passai il foglio, che lei studiò in silenzio, per poi rivolgermi un'occhiata incredula, quasi quanto quella di mia sorella.

«Credi che sia vera? Mi pare assurdo che una regina chieda di te.»

«L'anno passato ho avuto uno strano cliente, che mi è rimasto impresso perché indossava un mantello sontuoso. Potrebbe essere il Lord cui si fa cenno qui. Viaggiava con un servitore che parlava al posto suo.»

«Gente di quel rango non si ricorda mai di noialtri.»

«Ma i miei angeli evidentemente gli piacevano. E ora la regina vuole comprarne qualcuno.»

«E se fosse una trappola? Se qualcuno ti avesse adocchiata?» La mamma mi prese una mano. «Ammesso che la lettera sia vera, il viaggio sarebbe comunque pericoloso. L'Inghilterra non è un luogo selvaggio, ma è pur sempre un'isola ed è tanto lontana da qui.»

Ma allora che ne sarebbe stato del mio sogno di viaggiare per il mondo? Il destino mi stava offrendo un'opportunità unica.

Forse però era il momento sbagliato per assecondare il mio desiderio. La mamma era malata e non potevo darle ulteriori crucci.

«D'accordo» dissi. «Rimango qui. Meglio un uovo oggi che una gallina domani, giusto?»

Mia madre mi accarezzò i capelli con aria malinconica, quasi avesse intuito quel che pensavo davvero. «Se tuo padre fosse ancora qui, ti avrebbe sicuramente incoraggiata ad andare. Sarebbe venuto con te. Ma i tempi sono cambiati e la fortuna non è più con noi.» Il suo sguardo si perse lontano.

Mi salirono le lacrime agli occhi. Avrei voluto trattenermi ma non riuscivo, così mi girai rapida e mi avvicinai alla finestra.

*La fortuna non è più con noi.*

Era vero? La morte di mio padre ci aveva condannate a rimanere lì per sempre? A condurre una vita di povertà?

Quella convinzione mi ripugnava. Anche se al momento le prospettive non erano rosee, esisteva comunque una possibilità di ricominciare da capo!

E in ogni caso, non volevo diventare la moglie di Wenzel e rimanere incatenata in paese per tutta la vita.

Strinsi i pugni con rabbia, accartocciando la lettera, e presi a fissare l'oscurità e i fiocchi che battevano contro i vetri. Guardai il riflesso del mio viso, vidi le lacrime brillare e per una volta desiderai essere in un posto lontano.

Speravo che papà venisse a trovarmi in sogno durante la notte, ma non lo fece. Davvero pareva non ci fosse nessuno pronto a spronarmi a partire. E io? Io avevo paura. Paura di perdere tutto. E se invece, azzardando, avessi avuto la possibilità di vincere tutto? E se il viaggio a corte avesse significato ritrovare la fortuna?

# 6

Passò una settimana e del messaggero non si vide ombra. Evidentemente non aveva fretta di scoprire la mia risposta. Meglio per me, perché ancora non sapevo cosa dovevo fare. Così mi concentrai sulle incombenze che mi aspettavano quel giorno.

L'apertura del mercato, la domenica mattina, mi faceva sperare che qualcuno comprasse i miei angioletti, anche se potevo scordarmi che questa volta Wenzel mi avrebbe dato un passaggio con il carro.

Negli ultimi giorni era stato piuttosto taciturno, parlandomi solo lo stretto necessario. Era chiaro che la mia indecisione lo aveva ferito.

Anche con Elisabeth c'era qualche ruggine, e da metà settimana avevamo a stento scambiato qualche frase. Al mio ritorno dal lavoro, il venerdì sera, l'avevo trovata seduta al tavolo della cucina, a fissarsi le mani. La mamma si era riaddormentata ma era meglio così. La stufa quanto meno era calda e i medicinali provvedevano a non farle patire troppi dolori.

«Buonasera, Elisabeth» la salutai, senza ottenere risposta. Continuava a guardarsi la punta delle dita, come se ci fosse qualcosa di particolarmente interessante. «Tutto a posto?» le chiesi mettendomi lo scialle e appoggiando le mani sulle piastrelle calde della stufa.

Di nuovo nessuna risposta. Cominciavo a preoccuparmi.

Era forse arrivata qualche altra cattiva notizia? Le avevo già promesso che non sarei partita!

«Elisabeth, parlami» la incalzai. «Che succede?» Le sbirciai le mani. Era già successo che Werner, il direttore della scuola, la colpisse sulle dita con la riga. Allora però era ancora vivo mio padre, che aveva provveduto a strapazzarlo come si doveva e a dissuaderlo dal ripetere una cosa simile. Da allora tutto era filato liscio, ma era possibile che lo avesse fatto di nuovo.

Eppure non vedevo segni di percosse. Le misi una mano sulla spalla. «Elisabeth, topolino mio» la apostrofai usando il suo soprannome da bambina.

D'un tratto si voltò verso di me con un lampo d'ira negli occhi. «Come puoi fare questo?» chiese.

Io mi ritrassi scioccata. Non l'avevo mai vista così. In genere era lei la più dolce tra noi due.

«Fare cosa?» chiesi con il cuore in gola. Le era forse giunto all'orecchio che Wenzel mi faceva la corte?

«Rimanere qui!» esplose, spingendo via la mia mano.

«Ma...»

«Hai ricevuto la lettera di una regina, Anna. Vuole comprare i tuoi angioletti e probabilmente potresti guadagnare abbastanza per comprare medicine migliori alla mamma. E tu vuoi rimanere qui!»

Le sue parole mi mozzarono il fiato e mi lasciai cadere sulla sedia della cucina.

«Quindi vuoi che io vada?» le chiesi stupita. «Una settimana fa non mi pareva che la pensassi così.»

«Ma allora non era ancora venuto il dottore a dire che presto la mamma non potrà più camminare.»

La guardai frastornata. «Quando è venuto?»

Non potevo credere che non me lo avesse detto.

«L'altro ieri. Non lo hai notato, ma ormai non riesce ad alzarsi dal letto. I dolori sono troppo forti e il medico è convinto che a breve non potrà più muoversi.»

Scossi il capo senza parole. Mi ero accorta che non stava bene ma lo avevo imputato ai rigori dell'inverno.

«Ha detto che esiste una cura più efficace?» chiesi.

«Dice che ce ne sarebbe una, ma molto più cara.» Mi guardava con aria triste e io le presi la mano al di sopra del tavolo. Questa volta non la ritrasse, ma i suoi occhi penetrarono inflessibili nei miei.

«Credo che dovresti farlo» insistette. «Vai dalla regina, Anna, e forse così potrai cambiare il nostro destino.»

«E se invece perdessimo tutto? Per di più starei lontana a lungo, e tu non puoi prenderti cura della mamma da sola.»

«Ce la posso fare!» Adesso era la sua mano a coprire la mia. «Se viene il messaggero digli che partirai con lui. Promettimi che glielo dirai.»

Sapevo che avrei dovuto farlo, ma la preoccupazione per mamma era più forte. Tra l'altro avevo detto a Wenzel che non avrei accettato la proposta e se avessi cambiato idea si sarebbe arrabbiato di sicuro.

«Io...» Dovevo davvero farle quella promessa?

Fortunatamente proprio in quell'istante si svegliò la mamma. «Elisabeth, dove sei?» chiese.

«Qui, mamma! È appena tornata anche Anna.»

«Bene.»

Mia sorella si alzò, staccando la mano dalla mia e lasciandomi una sensazione di fresco sulla pelle. La guardai. Le leggevo la paura negli occhi. Paura per le sorti di nostra madre, e per le nostre. Paura che, come la mamma aveva presagito, non ci sarebbe stata più fortuna per noi.

# 7

Il mattino dopo sentimmo battere così violentemente alla porta che per un attimo pensai fossero tornati i messaggeri della regina. Io ero già in piedi perché avevo un paio di faccende da sbrigare prima di andare al mercato.

Non avrei nemmeno dovuto curarmi di quei colpi alla porta, ma andai comunque alla finestra. L'uomo, con un pastrano nero simile a quello del messaggero che si era presentato domenica notte, passava impaziente da un piede all'altro.

Poco dopo il signor Niedermayer andò ad aprirgli. Parlarono un momento, poi il padrone di casa lo invitò a entrare.

Io mi ritrassi dalla finestra. Forse era un fattorino o un suo conoscente. Io avevo cose più importanti di cui occuparmi.

Il fuoco ardeva già nella stufa, ma la stanza tardava a riscaldarsi. Mi avvicinai al letto di Elisabeth e le scossi una spalla. «Alzati! Io devo andare al mercato.»

Mi rispose con il suo solito brontolio, ma sapeva anche lei che non poteva indugiare oltre sotto le coperte.

«Ho imburrato il pane e preso tre mele dalla cantina. Ci pensi tu a far mangiare qualcosa alla mamma prima di uscire?»

Elisabeth mi guardò assonnata, ma annuì.

Una voce per le scale mi fece aguzzare le orecchie. Che succedeva? A volte la signora Niedermayer chiamava se aveva bisogno dell'aiuto di Elisabeth per qualche faccenda, ma così presto? Di sicuro non era ancora in piedi.

«Vado» dissi, avviandomi fuori. Ai piedi delle scale scorsi il signor Niedermayer.

«Ah, bene, Anna. Vieni un po' giù.» Scossi il capo perplessa. Mi lisciai l'abito e scesi le scale.

Il padrone di casa era con lo sconosciuto arrivato pochi minuti prima. Era davvero il messaggero che mi aveva rivolto quel sorriso così singolare.

«Buongiorno» salutai esitante, mentre i miei occhi rimanevano imprigionati nel suo sguardo d'argento. Tutto in lui mi pareva familiare: il viso sottile, il naso dal bel profilo pronunciato, le labbra lievemente increspate. Il pesante cappello gli nascondeva i capelli, ma a giudicare dalle sopracciglia dovevano essere neri come il piumaggio di un corvo.

Un istante dopo lo riconobbi: era il giovane che accompagnava lo strano Lord! Il cuore quasi mi schizzò fuori dal petto.

«Ah, ecco la ragazza di vetro» mi salutò cordiale, tendendomi la mano. La «ragazza di vetro»? Perché mi definiva così? Strinsi la sua mano mentre lui si presentava: «Mi chiamo John Evans. Vi è stata consegnata la lettera?».

Un turbinio di pensieri si sovrapponevano l'uno all'altro nella mia mente. La lettera. Il Lord. Gli angeli. D'un tratto avvampai.

«Sì, il signor Niedermayer me l'ha portata subito.» Sapevo quale sarebbe stata la domanda successiva.

L'uomo mi scrutava con sguardo penetrante. «E qual è la vostra risposta?»

Avevo di nuovo davanti agli occhi il viso di mia sorella. La delusione che avrebbe provato se mi fossi lasciata sfuggire un'opportunità simile.

«Io... non ne ero ancora sicura» balbettai. Avevo la strana sensazione di rimpicciolire sotto lo sguardo di quell'attraente straniero. Mi trovava senz'altro goffa e brutta... Perché mai si interessava a me?

«Capisco. Non capita tutti i giorni di ricevere una missiva dalla sovrana d'Inghilterra» ribatté. «Però in genere la gente non sta troppo a pensarci. E voi avete avuto una settimana intera...»

«Già... In un primo momento non ero sicura che il messaggio fosse autentico. Tra l'altro non parlo inglese, la figlia di un vetraio non è solita studiare le lingue straniere.»

Nei suoi occhi balenò una fiammata di stupore: «E non c'era nessuno che potesse tradurvelo?».

«Sì, certo. Ma ero comunque abbastanza incredula.»

Ora mi scottavano le guance, come se le avessi poggiate direttamente sulla stufa.

John Evans aggrottò le sopracciglia. «E quale garanzia di autenticità avreste desiderato? Non vi bastavano il sigillo e la corona reale?»

«Non sono cose cui siamo avvezzi» risposi. «Difficilmente arrivano dalle nostre parti lettere di sovrani. Una volta un principe addobbò il suo castello con i nostri specchi, ma era tanto tempo fa.» Non so perché glielo avessi raccontato. Di sicuro non gli interessava.

«Vi posso assicurare che la missiva è autentica, l'ho ricevuta io stesso dalle mani del mio signore.»

«L'elegante uomo dal mantello rosso che venne al mercato un anno fa?»

Evans sorrise. «Ve lo ricordate, dunque?»

«Ho frugato a fondo nella memoria, ma sì, me ne sono ricordata. E ho riconosciuto anche voi.»

«Allora avete le prove che desideravate!»

«Sì, ma...»

«Ma?» incalzò Evans, inarcando di nuovo le sopracciglia.

«Ma non so se accettare.»

«Cosa vi preoccupa?» chiese, quasi incredulo. Evidentemente gli risultava inimmaginabile che si potesse rifiutare una simile proposta.

«Mia madre è malata e bisognosa di assistenza. Ha solo me e mia sorella Elisabeth, che ha appena dodici anni. Io lavoro in una vetreria nel paese vicino.»

Lo guardai e per un istante mi persi nei suoi occhi color della luna. Erano tutti così gli inglesi? Il suo signore senz'altro no. Nemmeno Wenzel era così attraente.

«Se decidessi di venire con voi, come arriveremmo in Inghilterra?» domandai.

Ebbi l'impressione che Evans stesse quasi per scuotere la testa. Di certo pensava che fossi una sciocca. Come si arriva in Inghilterra? In nave! Lo sapevo, ma mi ero lasciata sfuggire quella domanda stupida.

«Andremo in treno da qui fino a Colonia, e da lì in Francia. A Dover ci imbarcheremo su un traghetto diretto a Londra. Ho disposizione di farvi riposare in una locanda prima di presentarvi al cospetto della regina.»

Sembrava tutto così emozionante. Non mi ero mai spinta oltre Heilbronn. Il lungo viaggio fino ad Amsterdam mio padre lo aveva intrapreso da solo e da lì ci aveva portato oggetti meravigliosi.

«E quanto ci metteremo?»

«Probabilmente una o due settimane. A seconda di quanto vorrà trattenervi Sua Maestà.»

«Quindi rimarrei lontana da qui al massimo un paio di settimane.»

«Forse anche tre» replicò lui.

Quella possibilità mi inquietò. Avrei dovuto trascorrere quasi un mese in giro per il mondo? Mastro Philipps non me lo avrebbe mai perdonato. E rischiavo addirittura di non essere a casa per Natale. «È tanto tempo» mi sfuggì.

«Tanto? L'Inghilterra è lontana e ci vorrà del tempo. E non è detto che Sua Maestà vi riceva subito, al vostro arrivo. È una donna molto impegnata.»

«Mi spiace, ma... purtroppo non posso accettare la proposta della vostra regina.»

Le mie parole furono seguite dal silenzio. Da fuori filtravano solo i lamenti del vento.

«È la vostra ultima parola?» chiese Evans, gelido. Mi aspettavo un'esplosione di rabbia, invece nei suoi occhi leggevo unicamente delusione. A quanto pare sapeva dominarsi bene.

«Cercate di capirmi. Se rimango lontana così a lungo, il mio datore di lavoro non mi vorrà più in officina. Perderei il posto e a quel punto faremmo la fame.»

Lui rifletté qualche istante, annuì e tornò a rivolgersi a me. «E se la regina vi comprasse innumerevoli angioletti, tanti quanti ne può accogliere un abete immenso? Suo marito era un principe tedesco, lo sapete?»

Feci cenno di no. Come potevo saperlo? Il piccolo quotidiano di zona non si occupava certo di matrimoni reali.

«È stato lui a introdurre alla corte inglese l'uso dell'albero di Natale, e ogni anno ne vengono rinnovate le decorazioni. Volete davvero lasciarvi scappare l'occasione che centinaia di ospiti del ballo possano ammirare le vostre creazioni? E soprattutto volete rinunciare a questo guadagno eccezionale? Una regina non è una cliente qualsiasi.»

«Io non imbroglio mai i miei clienti, che siano nobili o semplici frequentatori del mercato. Credete forse che per i miei angeli farei pagare la regina più di quanto valgano?»

Evidentemente non si aspettava una simile obiezione.

«Sua Maestà potrebbe offrirvi una somma molto maggiore.»

«Ma prima dovrà almeno vedere i miei angeli! Potrebbe rimanerne insoddisfatta e rimandarmi indietro.»

«In tal caso verreste adeguatamente ricompensata per il disturbo.» Mi osservava, come in attesa. «Davvero non volete?» chiese infine.

Strinsi le labbra. Se fosse dipeso dalla mia volontà, lo avrei seguito all'istante. Mio padre, adesso ne ero sicura, mi avrebbe appoggiato. Mi avrebbe accompagnato a Londra per poi raccontare a tutti del grande onore che ci era toccato in sorte.

«Allora va bene, cercherò di spiegare al mio signore che i vostri impegni non vi consentono di soddisfare il desiderio di Sua Maestà.» Si calcò il berretto in testa e uscì.

Io lo seguii con lo sguardo, smarrita. Ma come? Si arrendeva così facilmente?

Un istante dopo fece capolino dal buio delle scale il viso di mia sorella. Doveva essere rimasta tutto il tempo a metà tra un piano e l'altro, a origliare.

Ci fissammo un attimo, poi mi sentii investire dall'ira che emanava dai suoi occhi. Aveva udito le mie obiezioni ed era sicuramente delusa dalla mia irresolutezza, dal fatto che avessi cercato delle scappatoie sebbene lei mi avesse assicurato che si sarebbe presa cura della mamma.

Ma avevo torto a preoccuparmi di mastro Philipps?

Mentre ci riflettevo, udii a un tratto una vocina: *Ma cosa potresti mai aspettarti da mastro Philipps? Che ti nomini sua socia? No, di certo. Al massimo potresti esserne la nuora, sempre che nel frattempo Wenzel non abbia cambiato idea.*

Fu come se un fulmine mi fosse passato attraverso. Trasalii e corsi alla porta, la spalancai e mi precipitai fuori.

Il servitore del Lord era già accanto al cavallo.

«Aspettate!» gridai. Lui si fermò, voltandosi. «Io... ci ho ripensato.»

«Verrete con me, dunque?»

Annuii, prima che i dubbi tornassero ad assalirmi. Probabilmente già sul treno avrei rimpianto la mia decisione, ma a quel punto sarei già stata in viaggio. «Sì, vengo con voi.»

Sembrava sollevato, forse perché non avrebbe dovuto subire rimbrotti dal suo signore.

«Bene. Passo a prendervi domattina alle nove. Avvisate il vostro datore di lavoro e vostra madre. E ricordatevi di mettere nel bagaglio i vostri angeli: Sua Maestà vuole vedere tutti quelli che avete.»

«D'accordo» assicurai, mentre lui già montava in sella.

Quando rientrai in casa, ci misi qualche secondo per riprendermi. Mi appoggiai all'uscio, con la testa china. Sentivo ancora il batticuore. Mi auguravo di non aver fatto un enorme errore.

«Quel giovane era piuttosto carino» disse una voce, mentre il signor Niedermayer si affacciava alla porta. «E per essere uno straniero parlava bene il tedesco.»

«Sì, è vero» concordai.

«Pareva serio, ma posso capire che tu non voglia accompagnarlo a corte. Tua madre necessita di assistenza e avete bisogno del denaro che guadagni nel laboratorio.»

«Partirò con lui. Gliel'ho appena detto.»

Un sorriso illuminò il suo volto. «Credo che tu faccia la cosa giusta, ragazza mia. Se la regina compra le tue creazioni potrete di sicuro permettervi una casa vostra. E mastro Philipps non avrà motivo di adirarsi se potrà riaccogliere nella propria officina un'artigiana tanto celebre.»

No, no, Mastro Philipps si sarebbe infuriato, Wenzel aveva ragione. E mia madre sarebbe stata in pena durante la mia assenza. Più ci pensavo, più cresceva il mio disagio.

L'unica che avrebbe vissuto con sollievo la mia decisione sarebbe stata mia sorella. E il professore, che mi aveva consigliato da subito di accettare.

«Be'... ora devo andare al mercato.»

«Giusto» disse il signor Niedermayer, ritirandosi.

Su, nel nostro appartamento, Elisabeth era accanto al tavolo, intenta a tagliare le mele a pezzetti.

«Elisabeth...» esitai.

«Cosa c'è?» sibilò, lanciandomi uno sguardo torvo. «Vuoi per caso dirmi che hai deciso di abbandonarci?»

«Ma cosa dici?» le chiesi stupita. Mio padre sarebbe andato su tutte le furie se l'avesse sentita parlarmi in quel modo. Adesso non le andava bene che intraprendessi il viaggio? «Tutti i giorni vado al lavoro per assicurarti la possibilità di frequentare la scuola. In che senso vi starei abbandonando?»

Elisabeth strinse le labbra. «Rimanendo qui e sprecando così l'opportunità che ci viene offerta.»

«Sono appena uscita per annunciare allo straniero che partirò con lui.»

Mia sorella sollevò di scatto la testa. «Davvero?»

Annuii. «Forse hai ragione. Se la regina compra i miei angeli potrei tornare a casa con molto denaro.»

«Sono così belli» commentò lei. Ora aveva una voce più dolce, anche se la collera abbandonava il suo volto solo a poco a poco.

La raggiunsi per abbracciarla.

«Vieni qui, topolino» le dissi, accarezzandole i capelli. «Andrà tutto bene. Pensa solo a badare a te stessa e alla mamma.»

«Lo farò» promise. «È quello che faccio sempre, quando tu sei al lavoro.»

# 8

Al mercato c'era una ressa di chioschi e bancarelle come non si vedeva da tempo. Ormai era iniziato l'Avvento: finalmente avrei venduto qualche angioletto. Il profumo di spezie, biscotti e cera di candele aleggiava nell'aria. C'erano alcuni commercianti nuovi e altri che tornavano dopo tanto tempo. Il Natale era vicino.

Mi fermai a un banchetto che offriva cristalli scintillanti. I produttori di articoli simili avevano vita facile: bastava prendere un cristallo e incidervi delle figure, mentre io dovevo creare per ciascuna appositi stampi di fusione.

Rimasi per un attimo ad ammirarne con invidia la brillantezza, poi ripresi il cammino.

Faticavo a farmi largo tra la folla con la mia scatola sotto braccio e, quando riuscii a raggiungere la nostra bancarella, Wenzel stava decantando di fronte a una cliente la qualità di certi bicchieri che avevamo realizzato la settimana prima. Mastro Philipps ci aveva incaricati di capire se incontravano il gusto della gente.

Poggiai la mia scatola sulla porzione sgombra del banco e allungai un'occhiata furtiva in direzione di Wenzel, che invece fingeva di non vedermi. Forse dipendeva dalla presenza della cliente, ma avevo la sensazione che mi portasse rancore per il mio rifiuto.

Quando finalmente la donna si allontanò – effettivamente dopo avere acquistato una serie completa di bicchieri – mi decisi a rivolgergli la parola.

«Buongiorno. Perdonami se sono arrivata così tardi.»

«Ultimamente ti sta capitando spesso» brontolò scontroso. Non credevo alle mie orecchie. Nei giorni precedenti, nonostante la neve, ero sempre arrivata puntuale in laboratorio.

«Ma cosa dici?» ribattei. «Sono sempre arrivata in orario al lavoro, e la sera mi sono persino trattenuta di più!»

«Non è questo» grugnì lui. «Mi riferivo al nostro appuntamento, la settimana scorsa: anche a quello sei arrivata tardi.»

«Lo sai che ero dal professore per via della lettera...»

«E questa volta qual è il motivo?»

*Forse perché non sei passato a prendermi come fai di solito con il carro?* stavo quasi per ribattergli, ma mi trattenni. Già sarebbe stato abbastanza sgradevole dirgli del viaggio in Inghilterra.

«L'uomo che mi ha consegnato la lettera... Oggi è venuto a casa nostra per chiedere la mia risposta.»

Wenzel serrò le labbra sorvolandomi con lo sguardo, quasi fossi fatta d'aria. «E dunque? Gli hai detto che non partirai?»

«Perché avrei dovuto?» risposi, senza distogliere i miei occhi di suoi.

Tornò a guardarmi. Stringeva la mascella, visibilmente adirato. Il Wenzel con cui avevo scherzato fino alla settimana prima pareva scomparso. Adesso in lui vedevo solo un ragazzo incapace di comprendere perché non avessi accettato subito di diventare la sua consorte.

«Quindi andrai?»

«Sì» confermai, stringendomi le braccia al petto.

«Ma è una follia!» sbottò con un sorriso beffardo. «Credi davvero che la regina sia lì ad aspettare te e i tuoi stupidi angioletti? Probabilmente ti spediranno oltremare per venderti come schiava.»

«Adesso sei tu che dici sciocchezze» risposi. «John Evans, il messaggero, è un emissario della corona inglese. È stato lui a convincermi che non potevo respingere questa offerta. Capiscimi, mia madre ha bisogno di medicine! E non posso certo chiedere a tuo padre di alzarmi il salario.»

«Potresti sposarmi!» ribatté lui. «Ma questo non vuoi farlo.»

Non lo avevo detto esplicitamente, ma a quanto pare lui aveva interpretato così il mio silenzio. «No, non lo voglio!» urlai. «E tu sei uno stupido se credi che basti chiedermelo per farmelo desiderare.»

Wenzel chiuse i pugni, mentre la sua espressione si irrigidiva. D'un tratto i suoi occhi parevano voragini scure. Indietreggiai di un passo.

«Quindi sono uno stupido» sussurrò minaccioso. «Vero, lo sono stato. Volevo offrirti una buona vita, ma tu riesci solo a pensare al tuo Lord e alla tua regina. Sei una folle e sono felice di averlo scoperto prima che fosse troppo tardi.»

Le sue parole risuonarono alte sopra la piazza. Di sicuro la gente avrebbe avuto un buon argomento di conversazione quella sera.

Fissavo la mia scatola con le statuine. Nonostante tutti i miei dubbi, quello scatto d'ira mi dimostrava che era stato un bene non aver risposto alla sua proposta. Chi poteva sapere che tipo di compagno sarebbe stato una volta sposati? Si sarebbe potuto rivelare persino violento.

D'un tratto mi pareva insensato restare lì. Perché mai ero andata al mercato? Mi sarei potuta risparmiare quella scena. Tanto mastro Philipps si sarebbe arrabbiato in ogni caso.

«Meglio che me ne torni a casa» conclusi, decisa a non rimanere un secondo di più accanto a lui. Mi veniva da piangere e non volevo che se ne accorgesse.

«Sì, vai pure. Fai quello che vuoi. Dirò a mio padre che non deve più contare su di te. Probabilmente tornerai ricca e non avrai più bisogno di produrre stupidi angeli. Tra l'altro li trovo penosi, e non so proprio come facciano a piacere a quel tizio.»

Lo fissai allibita. Di sicuro non sarei più potuta tornare al lavoro dopo il mio viaggio: ci avrebbe pensato lui a impedirmelo.

«Vai al diavolo, Wenzel!» gridai, stringendo forte la mia scatola con mani tremanti.

Sentivo addosso gli occhi degli altri commercianti, ma non mi importava. Mi allontanai a lunghi passi e riuscii ad attraversare tutto il mercato finché, arrivata in un vicolo, non potei più trattenere le lacrime. Mi rannicchiai su me stessa e cominciai a piangere. Avevo la scatola sulle ginocchia, ma il suo contenuto ormai mi sembrava privo di valore.

Dopo un po' riuscii a tranquillizzarmi. *Te la farò vedere, Wenzel*, mi dissi. *Se tu sei soddisfatto della tua vita tientela pure, ma a me non basta.* Avrei colto quella opportunità: lo dovevo anche a mia madre e a mia sorella.

Quando mi rialzai notai una donna piccolina, ma abbastanza in carne, che mi guardava con compassione. «Va meglio?» mi chiese preoccupata.

Feci cenno di sì. Non la conoscevo e non volevo il suo aiuto.

«Il tuo ragazzo si calmerà» riprese. «Li conosco gli uomini. Un giorno strepitano e quello dopo sono buoni come agnellini.»

Evidentemente aveva ascoltato il nostro litigio, ma più che quello mi disturbava il fatto che lo avesse creduto il mio fidanzato. Non ero la ragazza di nessuno, e così volevo rimanere.

«Grazie» risposi riprendendo la mia strada. Lei mi gridò ancora dietro qualche consiglio, ma io non ci badavo più.

# 9

Trascorsi l'intera notte a riporre ogni angioletto in una scatolina da fiammiferi imbottita di ovatta per evitare che si rompessero durante il trasporto.

Nel farlo mi accorsi di come ero migliorata, nel tempo. Non avevo venduto tutte le statuine realizzate con i diversi stampi di fusione e, essendo rimasto qualche esemplare di ogni serie, potevo vedere chiaramente come la mia tecnica si fosse man mano affinata.

Poiché gli stampi venivano distrutti dopo ogni colata, mio padre la definiva la «tecnica della forma persa», e ogni volta dovevo crearne una nuova. Era una fatica perché dovevo ripartire sempre dal modellare la cera. Poco prima di morire aveva avuto l'idea di realizzare una forma in negativo composta da due pezzi di legno nei quali si poteva versare la cera fusa.

Nemmeno questo accorgimento era semplicissimo da mettere in pratica, perché bisognava immaginare perfettamente la forma dell'angelo, ma al contrario. Dove volevo una bombatura dovevo creare una rientranza, e viceversa.

Io disegnavo bene, però, e dopo qualche tentativo mal riuscito avevo creato un modellino in cera perfetto. E questa tecnica ripagava. Dopo aver versato la cera nelle forme, dovevo solo rifinirle e infine realizzare uno stampo di gesso e argilla.

Non ne avevo detto nulla a mastro Philipps e smaltivo sempre con molta cura le mie forme in gesso. Lui era convinto che fondessi i miei angeli uno per uno, perché dopo il lavoro riportavo sempre a casa i calchi in legno. Gli ero grata perché mi permetteva di realizzare i miei lavori nella sua fornace, ma non volevo che prima o poi gli venisse in mente di farmi pagare per quel servizio, intaccando quindi i miei guadagni.

Quando presi l'ultima scatolina della pila, capii immediatamente cosa conteneva. Sentii come un'energia magica scorrermi attraverso la mano.

Era il primo angioletto che avevo realizzato, ancora sotto la supervisione di mio padre, con uno stampo in pezzo unico che avevo poi distrutto. Non ne avevo più fatti di simili perché si era dimostrato troppo complicato. La massa di vetro non aveva riempito completamente lo stampo, perciò la statuina aveva un piede solo, ma per il resto era molto carina. Le ali avevano la punta azzurra. Ne andavo ancora molto fiera. Ovviamente a causa del difetto non c'era stato verso di venderlo, ma per me era diventato una sorta di portafortuna.

Mi bastò estrarlo dalla custodia per sentirmi pervadere da una sensazione di fiducia. Perché non portarlo con me?

Poi mi venne in mente un'altra cosa. L'ultima volta che lo avevo tenuto in tasca era stato il giorno prima che morisse mio padre e in seguito lo avevo riposto tra gli altri, senza più degnarlo di uno sguardo. Poi però avevo capito che niente e nessuno – e non certo un medaglione, amuleto o portafortuna – avrebbe potuto impedire la sua morte.

Quell'angelo era la mia prima opera d'arte. Non poteva far male portarselo dietro. Lo estrassi dalla scatolina e lo avvolsi in un fazzoletto, prima di infilarmelo nella tasca della gonna.

Dopo qualche ora avevo imballato tutti gli angioletti. Li impilai in una borsa, facendo attenzione a frapporre tra l'uno e l'altro uno strato di ovatta per proteggerli ancora meglio. Dovevano essere una cinquantina. Ero contenta di averne prodotti un buon numero proprio un paio di settimane prima.

D'un tratto mi sentii il cuore pesante. Al mio ritorno non avrei avuto un forno di fusione a disposizione, né un lavoro. Venni travolta dai dubbi, ma ormai non potevo cancellare la lite con Wenzel. Tra l'altro, risentivo nelle orecchie le parole del professore. Non sapevo perché avessero tanto effetto su di me, ma la mia ragione voleva credergli. Avevo bisogno di credere che quella fosse la mia grande occasione per cambiare la nostra vita.

Stanca morta, mi trascinai finalmente a letto. Nella borsa che avevo preparato oltre a un semplice abito azzurro c'era anche il mio vestito migliore, che volevo indossare al cospetto della regina. Me lo aveva comprato papà poco prima di lasciarci. Era di seta beige con i fiorellini rossi. Era una delle poche cose che ancora possedessi della mia vita precedente ed ero sicura che con quello avrei fatto bella figura.

Per il viaggio avrei usato il mio vecchio vestito verde, ormai fuori moda ma non troppo rovinato. Alla fine aggiunsi qualche capo di biancheria e le calze.

Sprofondai nel sonno, ma non per molto. Mi risvegliai in preda a una strana inquietudine, mentre fuori era ancora buio pesto.

Avevo a malapena aperto gli occhi, quando udii un fruscio sommesso. Si era forse intrufolato in casa un topolino? Scansai le coperte e attraversai la stanza in punta di piedi. Se fosse entrato un topo, per prima cosa si sarebbe diretto verso la dispensa. Fosse stato per me, avrei piazzato da tempo una trappola, ma Elisabeth provava pena per quei piccoli roditori e non tollerava di vederli con il collo spezzato dalla tagliola. Così non mi restava che ucciderli con la scopa, rapida e spietata.

Non che la cosa mi lasciasse indifferente. Mi dispiaceva per quelle bestioline, ma non potevo permettere che Elisabeth e la mamma morissero di fame per far riempire la pancia a una famiglia di topolini.

Aggirato il paravento, però, mi accorsi che non era un topo a far rumore. Elisabeth era seduta al chiaro di luna e pareva che cucisse o ricamasse.

«Elisabeth?» la chiamai, stupita.

Alzò lo sguardo come se fosse stata colta sul fatto e cercò subito di nascondere il lavoro cui si stava dedicando. «Anna!»

«Cosa ci fai qui?» chiesi, sedendomi accanto a lei sul davanzale della finestra.

«Pensavo che dormissi» rispose armeggiando con la pezzuola. «Questa... doveva essere una sorpresa per te.»

«Per me?» chiesi allungando la mano, ma lei trasse a sé la stoffa.

«Non è ancora pronto!» protestò. «Volevo regalartelo a Natale, ma adesso parti e forse non tornerai in tempo, così...»

Mi salirono le lacrime agli occhi e non potei fare altro che abbracciarla.

«Stai attenta, altrimenti ti buco con l'ago.»

Io però non mi lasciai respingere. «Ti prometto che venderò alla regina tantissimi angioletti. E al mio rientro festeggeremo il più bel Natale della nostra vita.»

La tenni tra le braccia ancora per un po', poi si liberò e mi asciugò il viso. A quel punto mi accorsi però che anche lei stava piangendo.

«Ci toccherà festeggiarlo a gennaio» rispose, cercando di suonare coraggiosa, anche se lo eravamo poco entrambe. Sapevo anche che lei e la mamma sarebbero state in ansia per me. Quando si è visto quanto duramente possa colpire la sorte, è difficile confidare che qualcosa possa finire bene. E si teme sempre il peggio.

«Cercherò di tornare il prima possibile. Le nuove ferrovie sono molto rapide, e anche i traghetti non hanno più bisogno di un giorno intero per la traversata.» Ovviamente non sapevo se fosse vero, perché non avevo mai messo piede su un traghetto, ma volevo rincuorarla.

«L'importante è che tu torni» disse.

«Ma certo, te lo prometto.»

Elisabeth annuì, poi mi stampò un bacio sulla guancia. «Torna a letto, devi essere riposata quando verrà a prenderti quello straniero.»

Seguii il consiglio, anche se mi sentivo ancora inquieta e dubitavo che avrei chiuso occhio fino al mattino. In fondo non avevo mai affrontato lunghi viaggi, tanto meno con un uomo dallo sguardo d'argento che mi faceva sentire in qualche modo confusa.

# 10

Il mattino dopo il fazzoletto era finito e ripiegato accanto al mio cuscino. Accarezzai i fiorellini gialli e rossi che spuntavano dai rametti verdi elegantemente intrecciati e il monogramma che Elisabeth aveva ricamato con le mie iniziali, le lettere A e H. Al mercato avrebbero senza dubbio pagato un buon prezzo per un capolavoro simile. Me lo accostai alla guancia, commossa, poi mi decisi ad alzarmi.

Mia sorella era tornata a letto ed era profondamente addormentata. Doveva averci lavorato tutta la notte. Non potevo ancora credere che mi avesse preparato un regalo così bello. E io? Presa dal lavoro e dalla produzione dei miei angioletti, non avevo neppure avuto il tempo per pensare a un dono per lei. Forse però a Londra avrei trovato qualcosa da portarle.

Mi avvicinai al catino cercando di fare meno rumore possibile. L'acqua era gelida, ma riuscì a lavarmi via la stanchezza. Non poteva nulla, però, contro l'irrequietezza che mi sentivo ancora addosso. Forse però era giusto così.

Infilai il vestito verde e ripiegai il fazzoletto nella taschina sul petto, per tenerlo vicino al cuore. Quando ebbi finito ed ebbi controllato un'ultima volta il bagaglio, mi recai al letto della mamma.

Doveva soffrire terribilmente: le rughe sul suo viso apparivano più marcate e sembrava molto più anziana di quanto fosse in realtà. Anche il grigio tra i suoi capelli era aumentato. Sapevo che non era solo la propria salute a preoccuparla. Quanto avrei dato per poterla vedere più serena!

D'un tratto aprì gli occhi, come se avesse avvertito la mia presenza. Mi riconobbe all'istante, e il suo sguardo era limpido, come se mi avesse osservata per tutto quel tempo.

«È già ora, Anna?» chiese, liberando la mano dalla coperta per accarezzarmi i capelli.

«Non ancora. Sono appena le otto, ma ho pensato di prepararmi già, in caso arrivasse in anticipo.» Mi tremava la voce per l'agitazione.

«Mi prometti di badare a te stessa meglio che puoi, vero?»

«Te lo prometto» risposi. «Non devi stare in pensiero, però. In fondo non viaggio sola.»

«E come potrei, bimba mia?» ribatté la mamma. «Io sono in pensiero ogni mattina quando esci di casa per andare al lavoro. Quando sei alla vetreria. Quando giri per strada con il buio. O quando sei al mercato. Sei mia figlia e credo che non smetterò mai di preoccuparmi. Per fortuna so che c'è tuo padre a vegliare su di te.» Mi accarezzò la guancia e sentii un nodo in gola.

«Promettimi di non peggiorare» dissi, cercando di asciugarmi i rivoletti che mi scendevano sulle guance. Invano. Le lacrime sgorgavano imperturbate e mi bagnavano l'abito.

«Sai che non posso influire sul mio stato fisico» rispose con un timido sorriso. «Ma farò del mio meglio per farmi trovare in forma al tuo rientro.»

Ci abbracciammo e ci tenemmo strette per un po'. Mentre mi scioglievo da lei, mi appoggiò le mani sulle spalle e, dopo avermi contemplata un istante, mi disse: «Sei diventata una vera donna. Tuo padre ne sarebbe orgoglioso».

«Grazie, mamma» le risposi, dandole un bacio sulla fronte. Poi mi alzai.

L'ora successiva volò via troppo in fretta. C'erano ancora alcune cose che volevo sbrigare e il misto di paura ed eccitazione che mi si agitava nello stomaco era tutt'altro che d'aiuto. Così feci cadere il sacco della farina procurandomi due grosse macchie bianche che poi faticai a battere via dalla stoffa.

Nel frattempo si era svegliata anche Elisabeth. La ringraziai del dono con un lungo abbraccio, poi le diedi qualche consiglio per la dispensa.

«Quando c'è qualcosa che non sai, chiedi consiglio alla signora Niedermayer, sarà sicuramente contenta di aiutarti.» Era vero e talvolta pensavo persino che l'avrebbe voluta come figlia. «Abbi cura della mamma e soprattutto di te. Mettiti i miei stivali quando fuori ghiaccia. Non sono belli ma con quelli ci si muove bene nella neve.»

Elisabeth annuiva a tutto, ma vedevo nei suoi occhi che nascondeva a stento l'irritazione. In fin dei conti era lei che si occupava della casa mentre io ero al lavoro. Invece di risentirsi mi buttò però le braccia al collo. «Abbi anche tu cura di te e mandami magari una lettera.»

«Che probabilmente arriverebbe dopo di me» scherzai io. «Ma sì, ti scriverò una lettera o una cartolina. L'importante è che voi due stiate entrambe bene per leggerla.»

«Sicuro» rispose, staccandosi da me e asciugandosi le lacrime con il grembiule.

Finalmente sentii uno scalpitio di zoccoli davanti a casa. Era John Evans. Abbracciai un'ultima volta la mamma e mia sorella, tirai un profondo respiro e presi i bagagli.

Mi aspettavo che Evans arrivasse con un carro o una carrozza, ma realizzai con terrore che era venuto a cavallo... e ne aveva portato un secondo per me. Mi chiesi se fosse quello del suo precedente accompagnatore.

Non ero mai salita in sella. Se mio padre fosse partito con noi, avrebbe preso senz'altro il carro. Cavalcare non è da signore, ripeteva sempre. In realtà non gli importava che fosse o no da donne. Dopotutto mi permetteva di lavorare in officina. Più che altro temeva che mi facessi male.

«Buongiorno, Miss Härtel!» mi salutò Evans di buonumore, scuotendosi la neve dal mantello. «A quanto vedo, per fortuna non avete troppo bagaglio.»

«Sì, be'...» Poi mi accorsi di non aver risposto al suo saluto. «Buongiorno, Herr Evans.»

Lui sfoderò un sorriso. «Herr Evans! Davvero buffa la vostra lingua!»

Non riuscivo proprio a immaginare cosa lo divertisse tanto.

«In inglese si dice "Mister", che ha lo stesso significato di Herr. Chiamatemi perciò Mister Evans. O semplicemente John, se lo preferite.»

Mi stava invitando a chiamarlo per nome? Subito mi si avvamparono le guance.

«D'accordo... Mister Evans» risposi, dal momento che non avevo mai chiamato per nome un uomo che conoscevo a malapena.

Lui parve deluso, ma io decisi di tenere fermo il mio proposito. Altrimenti che impressione avrei dato di me? Già la gente avrebbe avuto di che sparlare vedendomi partire con uno sconosciuto e, quando i Niedermayer avrebbero raccontato l'intera storia, non avrebbe certo giovato alla mia reputazione.

«Siete mai salita a cavallo?» chiese Evans in tono spiccio.

«No, mai» risposi con sincerità. Che senso avrebbe avuto

dargli a intendere di essere un'abile cavallerizza? Se ne sarebbe accorto appena avesse tentato il galoppo, vedendomi attaccata disperatamente al collo del destriero.

«Be', è davvero facile. Vi sedete sulla sella, prendete le redini e lasciate che l'animale faccia ciò di cui è esperto.»

«Cioè disarcionarmi?» chiesi scettica.

«Se non fate troppe sciocchezze non accadrà.»

«Cosa intendete con sciocchezze?» mi scocciava chiederlo. Già mi giudicava ingenua e del tutto inadeguata, ma davvero non sapevo nulla di cavalli.

«Per esempio, battere inaspettatamente i tacchi contro i fianchi dell'animale. E avere paura, quella è in assoluto la sciocchezza più grossa, perché l'animale la percepisce e si spaventa a sua volta. A quel punto può capitare che perda il controllo appena sente un minimo scricchiolio o gli cade un fiocco di neve sul muso.»

Lo guardavo a occhi sgranati. Davvero bastava una piccolezza simile? Neppure con un cavallino di vetro era necessaria tanta cautela!

«Ma non lasciatevi intimidire.»

Ah, davvero? D'un tratto sì che mi sentivo completamente intimidita.

«Vi aiuto io e se volete posso condurre anche il vostro destriero in modo che a voi basti stare seduta in arcione.»

Avevo altra scelta? Di certo non avrebbe affittato un carro a mio beneficio. Tra l'altro le strade erano molto sdrucciolevoli e viaggiare a bordo di un carro non sarebbe stato confortevole.

«D'accordo» risposi, costringendomi a un sorriso.

«Bene. Assicuro il vostro bagaglio: non vorrete perdere i vostri angioletti, vero?»

«Certo che no» confermai esitando. Mentre lui si affaccendava con i miei bagagli, sollevai lo sguardo. Elisabeth schiacciava il naso contro il vetro e di sicuro anche i Niedermayer ci stavano guardando, seppure in modo più discreto. Per non parlare di tutti gli altri del vicinato che senz'altro si stavano chiedendo dove stessi andando.

Mi sentivo in equilibrio precario su un lago ghiacciato, la cui superficie poteva infrangersi da un momento all'altro. I pettegolezzi che immaginavo germogliare erano come acqua che lambiva la lastra di ghiaccio, in agguato per divorarmi.

«Eccoci» annunciò infine Evans, avvicinandosi. «Devo aiutarvi a montare?»

Avrei rifiutato volentieri, ma con tutta la mia buona volontà non avevo idea di come si facesse.

Lui intrecciò le mani per farmi da scaletta e mi esortò a salire in sella.

«Siete sicuro?» gli chiesi mentre lui levava gli occhi al cielo.

«Riesco a tenervi. Salite e vi solleverò a cavallo.»

Mi aggrappai esitante alle sue spalle e posai il piede destro sulle sue mani. Quando lui mi spinse verso l'alto, mi lasciai sfuggire un gridolino e artigliai la sella con le dita. Poco dopo persi però la presa, cadendo tra le braccia di Evans. Lui non se lo aspettava e scivolò all'indietro, con il risultato che gli rovinai addosso, non troppo pesantemente, ma con mio enorme imbarazzo.

«Perdonatemi, vi supplico» mi affrettai a dire, rialzandomi all'istante. Poi mi lisciai le vesti, guardandomi intorno. Entrambi gli uomini apparsi per strada finsero di non aver visto, ma ero sicura che avessero notato l'accaduto. Non osavo guardare su perché mia sorella stava di certo ridendo a crepapelle.

«Non fa niente» mi rassicurò Evans, ma avevo l'impressione che stringesse i denti. «Proviamo di nuovo.»

«Dobbiamo forse procurarci una scala? Potrei chiederla al signor Niedermayer...»

«No! Faremo senza. Non possiamo permetterci di perdere altro tempo. Il treno non aspetta.»

Mi sollevò di nuovo. Sulle spalle gli era rimasta attaccata della neve e non potei trattenere un sorriso, vedendo l'impronta del suo corpo stampata sulla coltre bianca.

«Adesso forza!» borbottò lui.

Io mi ricomposi, poggiai di nuovo le mani sulle sue spalle e mi issai in sella. Questa volta riuscii a portare la gamba oltre il dorso del cavallo.

Ecco come ci si sentiva in groppa a un destriero! D'un tratto mi pareva di essere alta come un gigante.

«Adesso reggetevi forte» si raccomandò Evans. «All'inizio condurrò io la vostra cavalcatura, perché possiate farvi un'idea di come si fa. Avvertitemi non appena vi sentite abbastanza sicura.»

Salì a sua volta in sella, in modo ben più disinvolto.

Alzai un'ultima volta gli occhi al nostro minuscolo sottotetto, ma il viso di Elisabeth nel frattempo era scomparso. Forse era dalla mamma.

Avvertii una lieve fitta al cuore. Non sarei rimasta a lungo a Londra, al massimo tre settimane. Che cos'era in fondo? Eppure mi pareva di avere di fronte un'eternità.

Intanto Mister Evans aveva preso le mie redini. «Pronta?»

Annuii.

Quando il cavallo si mise in movimento ebbi l'impressione di cadere, ma mi ressi alla sella e in parte anche alla criniera dell'animale. *Niente paura*, mi dissi, memore delle parole del mio accompagnatore. Non potevo permettermi di aver paura, se non volevo intimorire la bestia.

Lungo la strada per uscire da Spiegelberg incontrammo alcune persone che mi conoscevano e che sgranarono gli occhi nel vedermi al seguito di un cavaliere. Pensavano forse che mi stesse portando via per prendermi in sposa? Se fosse arrivato alle orecchie di Wenzel, cosa che sarebbe immancabilmente successa, sarebbe ribollito di rabbia. Mi dispiaceva un po' che dopo il litigio non ci fossimo più parlati. Era uno stupido, vero, ma dopo la morte di mio padre mi era sempre rimasto accanto. Ci eravamo divertiti in officina e avevamo riso molto anche al mercato.

Chiedendomi di sposarlo, però, aveva rovinato tutto e temevo di incontrarlo al mio ritorno. Come del resto temevo mastro Philipps.

Quando ci fummo lasciati il paese alle spalle, il mondo cambiò: era bianco e scintillante come un regno incantato. Le colline avevano un cappuccio immacolato e gli alberi parevano intagliati nel cristallo. Tutto intorno a noi brillava avvolto in un silenzio surreale.

Quando al mattino mi avviavo verso Jux per andare al lavoro o tornavo tardi la sera, era sempre buio. Con il bel tempo si poteva intuire il sorgere del sole, ma all'alba ero già in officina. E quando smontavo mi accoglieva al massimo un timido bagliore azzurro scuro.

Ora invece tutto era candido come le piume di un cigno. Dagli alberi pendevano lunghi ghiaccioli, dai quali di tanto in tanto scorreva giù una goccia. Da bambina ammiravo sempre quelli che decoravano la nostra grondaia, ma ormai non ci facevo più caso da tempo.

Vederli adesso era come incontrare dei vecchi amici. Li osservavo affascinata, mentre il mio corpo pian piano si abituava al movimento del cavallo.

Di tutte le cose esistenti in natura, il ghiaccio era quello che più si avvicinava per bellezza e delicatezza al vetro. Non avevo mai pensato di realizzare ghiaccioli di vetro. Forse avrei potuto farlo al ritorno.

Ma in quale officina? Abbassai le spalle, intristita. Sentivo il gelo irrigidirmi guance e naso e insinuarsi sotto il mio mantello.

Forse stavo commettendo un grosso errore.

Guardai Evans. Sulle sue spalle si erano raccolti alcuni fiocchi di neve caduti dagli alberi.

Da quando eravamo partiti non aveva detto una parola.

«Mister Evans?» lo chiamai, sperando che una chiacchierata potesse distogliermi dal pensiero che al mio ritorno saremmo state ancora più povere di prima.

Non reagì. Gli si erano gelate le orecchie?

«Mister Evans?» ripetei, facendolo sussultare come se lo avessi destato da un sonno leggero.

«Sì?» chiese lanciandomi una rapida occhiata da sopra la spalla. «Tutto a posto?»

«Lo potrei chiedere a voi. Eravate immerso nei vostri pensieri?»

«Un po'» ammise, e avrei giurato di vederlo sbadigliare mentre tornava a rivolgersi in avanti. «Cosa posso fare per voi?»

*Mi annoio*, avrei quasi voluto rispondergli, ma così sarebbe senz'altro tornato alle proprie elucubrazioni.

«Non vi piace la neve?» gli chiesi invece.

«Come, scusate?»

«Non vi piace la neve, mi chiedevo? Sembrate insofferente.»

«La notte scorsa non ho dormito molto» rispose. «È da qualche tempo che non riposo bene.»

«Lo imputate al viaggio o al fatto che mancate da casa da tanto tempo?»

Tornò a voltarsi, questa volta con un'espressione enigmatica. «Perché vi interessa?»

«Viaggeremo per un bel pezzo insieme e di voi so solo il nome e che siete al servizio di un Lord. Non sarebbe cortese raccontarmi qualcosa di voi?»

«Solo se anche voi mi racconterete qualcosa.»

«Sapete già cosa faccio.»

«Sapere qual è la professione di una persona non significa conoscerla. Altrimenti anche voi sareste soddisfatta di quanto sapete di me.»

Era un tipo davvero strano. A sentirlo non si sarebbe certo detto che era un servitore. Ma forse era il fatto di essere al servizio di un nobile a renderlo così sicuro di sé.

«Va bene, vi racconterò qualcosa di me» concessi. «Ma non c'è molto da dire.»

«Cominciate voi, dunque.»

Inarcai le sopracciglia. «Perché io? Sono io ad averlo chiesto a voi. Tra l'altro abbiamo appena stretto un patto: se voi dite qualcosa di voi, a mia volta dirò di me.»

Evans rise. «E io che mi illudevo di accompagnare in Inghilterra una taciturna vetraia.» E aggiunse qualche altra parola nella sua lingua madre.

«Forse dovreste limitarvi al tedesco, se parlate con me, altrimenti non vi capisco» commentai, un po' acida.

«Come desiderate» mi rispose con un sorriso ironico.

«Come funzionerà quando parlerò con la regina? Sarete voi a farmi da interprete?»

«Ci sarà con voi il mio signore, quando la incontrerete. E non avrete bisogno di un interprete: la nostra sovrana parla perfettamente tedesco.»

«Davvero?»

«La madre di Sua Maestà è tedesca, ma non dovete andare a spifferarlo in giro in Inghilterra.»

«Perché? Se ne vergogna?»

«Gli inglesi non amano stranieri sul proprio trono. Per loro la regina è inglese.»

Accolsi l'informazione, annuendo con il capo. Il fatto che la regina Vittoria potesse capirmi mi tranquillizzava, però.

«Perché la sovrana vuole avere le mie statuine? Solo perché le piacciono?»

Evans mi scrutò stupito. «Perché no? Per il proprio albero desidera solo il meglio e ogni anno sceglie nuove decorazioni. Quando il mio signore le ha mostrato i vostri angioletti ne è rimasta entusiasta.»

«Li ha già visti?»

«Solo uno, ma è bastato per invitarvi.»

Avvertii una vampata di calore. Forse quella fatica non sarebbe stata vana.

«Potete credermi: è un onore che inviti qualcuno. Oltre a voi numerosi altri fornitori di corte esporranno le loro creazioni. Quando vi capiterà di nuovo di vedere le vostre statuine su un albero regale?»

Mai, lo sapevo. Eppure avrei preferito avere la certezza di essere a casa per Natale.

# 11

La stazione di Heilbronn mi apparve come un miracolo. Di rado avevo visto edifici tanto grandi, prima di allora. I muri di arenaria dorata brillavano al sole pomeridiano, mentre una coltre sottile di neve copriva le tegole rosse. Le nuvole pesanti che scorrevano nel cielo azzurro si specchiavano negli alti finestroni, oltre i quali si intravedevano i viaggiatori attraversare frettolosi l'atrio.

Nell'aria aleggiava odore di fumo, mentre un fischio acuto annunciava l'arrivo di un treno. Intravidi per un istante il colosso nero, prima che sparisse con la sua coda variopinta di vagoni dietro l'edificio.

Nel frattempo avevamo restituito i cavalli, ma siccome Evans aveva lasciato nel suo alloggio in città un grosso baule, in stazione ci aspettava un facchino che ci avrebbe aiutato a caricarlo. Mentre il mio accompagnatore parlava con lui, mi sedetti su una panchina di fronte alla stazione. Ai miei piedi avevo la valigia con i vestiti, mentre tenevo in grembo la borsa con gli angioletti.

«Bel tempo oggi, vero?» chiese una voce maschile al mio fianco. Sbirciai di lato e vidi un orologio da taschino d'argento, appeso a un abito marrone. Poiché lo sconosciuto non si era rivolto esplicitamente a me, lasciai vagare oltre lo sguardo. Molto più anziano di Evans, aveva un berretto con la visiera e basette lunghe. Teneva i pollici infilati nel bavero della giacca, lasciata aperta.

«Sì, bellissimo» risposi, pentendomene all'istante. Quell'uomo era strano. Mi fissava troppo intensamente, come se volesse imprimersi nella memoria i miei lineamenti. Mio padre mi aveva spesso messa in guardia contro individui simili quando ero bambina.

*Nascondono sempre qualcosa*, mi ripeteva. *Quando uno del genere ti rivolge la parola, dileguati alla svelta.*

Sarebbe parso strano, però, se adesso che ero ormai una giovane donna, mi fossi data alla fuga di fronte a quell'estraneo.

L'unica cosa che potevo fare era rispondergli con uno sguardo sfrontato quanto il suo.

«Dove siete diretta?»

«Non vi riguarda» risposi. Al che lui fece schioccare la lingua, per poi sorridere.

«Perché siete tanto ostile? Vi ho rivolto una semplice domanda.»

«Alla quale non desidero rispondere» ribattei.

«Bene, allora tento con un'altra. Una donna carina come voi non viaggia certo da sola, vero?»

«No, non viaggio da sola. Il mio accompagnatore dovrebbe essere qui da un momento all'altro.»

«E vi ha lasciata sedere qui senza nessuno che vi sorvegli?»

Pur non avendolo invitato, si accomodò accanto a me. Il mio corpo si irrigidì e mi chiesi se non fosse una buona idea darsi davvero alla fuga.

Alla fine mi decisi ad alzarmi.

L'uomo fece una smorfia. «Cos'avete? Non uscirete mica da un convento? Non vi faccio niente.»

«No, ma non mi piace che vi sediate accanto a me.»

«È geloso il vostro compagno?» E guardò ostentatamente il mio anulare. Nascosi in fretta la mano sotto la borsa, ma era già tardi. «Non vedo alcun anello, giovane signora» commentò lui con un sorriso supponente. «Se il vostro compagno è geloso farebbe bene a procurarvene uno al più presto. Non sia mai che arrivi qualcun altro a rubarvi il cuore.»

*Di certo non sarai tu!* mi dissi, riuscendo però a trattenermi. Perché mai ero rimasta lì? Sarei già dovuta entrare in stazione!

«Miss Härtel?» sentii Evans chiamarmi, e tirai un sospiro di sollievo.

«Il mio accompagnatore mi cerca» dissi. «Buongiorno.»

«Buongiorno a lei, bella signorina» rispose lui in tono lievemente ironico, toccandosi la visiera del berretto.

Afferrai il manico dei miei bagagli e mi avviai senza voltarmi indietro in direzione di John. Non volevo chiamarlo con il nome di battesimo, ma nel mio animo in realtà lo facevo. E anche se il difficile inizio con il cavallo mi aveva un po' irritata, non avevo motivo di diffidare di lui.

«Avete tutto?» gli chiesi quando fui vicina.

Evans accennò all'enorme baule che aveva accanto.

«Santo cielo!» esclamai. «Cosa ci portate lì dentro?»

«Il mio bagaglio.»

«Vi serve così tanta roba per un paio di giorni in Germania?»

«Non erano solo un paio di giorni e un gentiluomo ha bisogno di molte cose.»

Mi incuriosii. «Ovvero?»

«Di un guardaroba appropriato.»

«Ma dovete avere il vostro armadio intero in quel valigione.» Non potevo immaginare che un servitore avesse così tanti abiti. O forse era diverso per chi era alle dipendenze di un Lord?

«Ma lì non ci sono solo abiti.»

«E cos'altro?»

«Cose che...» si interruppe, con gli occhi fiammeggianti. Evidentemente avevo tirato troppo la corda.

«D'accordo» intervenni. «Sono affari vostri. Quando parte il nostro treno?»

Il suo sguardo indugiò ancora qualche secondo su di me, poi tornò sul carrello portabagagli.

«Tra una mezz'ora. Se volete possiamo già avvicinarci al binario. Ho riservato dei posti per noi, ma devo prima caricare il baule.»

«D'accordo, andiamo» risposi, stringendo i manici delle mie valigie.

Un istante dopo avvertii come una stilettata tra le scapole. Mi girai istintivamente e vidi l'uomo dall'abito marrone, ancora seduto sulla panchina a osservarci.

«Cosa c'è?» domandò Evans, notando la mia esitazione. Si girò anche lui verso lo spudorato.

«Quel tizio laggiù...»

«Vi ho intravista parlare con lui. Lo conoscete? O vi ha importunata?»

«Non lo conosco» risposi.

«E vi ha molestato?» Il suo corpo si irrigidì, mentre i suoi occhi si trasformavano in fessure. D'un tratto pareva avesse voglia di aggredirlo.

«No, voleva solo sapere dove fossi diretta e se viaggiassi da sola.»

«Mi auguro che non gli abbiate risposto!»

«Be', gli ho detto che viaggio con voi perché avevo l'impressione che volesse offrirmi la sua compagnia. Ma dove siamo diretti ovviamente l'ho tenuto per me.»

«Bene.»

«Bene?» mi meravigliai. «È un tale segreto la nostra destinazione?»

«Non è opportuno raccontare agli estranei molto di sé.»

«Anche voi siete un estraneo. Eppure viaggio con voi.»

«Ma mi conoscete!» ribatté lui.

«Di vista. E in realtà non avete svelato molto di voi. Avete svicolato, quando ve l'ho chiesto.»

«Presto saprete tutto! Ma adesso andiamo al binario. Il treno arriverà tra poco.»

Ci mettemmo in moto e io lo osservavo di sbieco. Sembrava che Mister Evans dagli occhi d'argento nascondesse qualcosa. Avrei mai scoperto cosa?

Quando sopraggiunse il nostro treno, i binari scomparvero per un po' in una fitta nebbia. Si vedeva solo la locomotiva e persino dei vagoni si intuivano appena i contorni nel vapore bianco che fuoriusciva dal cavallo d'acciaio. I passeggeri che ne erano scesi si avvicinavano a noi come fantasmi.

Avvertivo un sottile strato di acquerugiola sul viso e sulle mani e il cuore mi batteva forte. In vita mia non ero mai stata così vicina a una locomotiva.

«Venite» mi disse Evans, stringendomi delicatamente il gomito. Mi condusse verso un vagone verniciato di verde e mi diede la precedenza nel salire. Affrontai i gradini esitando. Potevo quasi avvertire sotto i piedi la potenza del treno. Non si muoveva come il dorso di un destriero, eppure mi sentivo insicura.

Evans salì dopo di me e, dato che io mi ero fermata ad ammirare il rivestimento ligneo degli interni, mi venne addosso perché si aspettava che io fossi già andata avanti.

Avvertii per un attimo il calore del suo corpo, poi feci subito uno scatto in avanti.

«Per i nostri posti dobbiamo andare a destra» mi spiegò un po' accalorato, o almeno così mi parve. «Meglio che non vi fermiate. Dietro di noi ci sono altre persone che devono salire.»

Come se non lo sapessi! Provai una breve ondata di stizza che si dileguò non appena entrammo nello scompartimento. Spalancai gli occhi.

Lo avevo sentito dire qualcosa a proposito di prima classe, mentre parlava con l'uomo che avrebbe dovuto caricare il suo bagaglio, ma non mi sarei mai aspettata che in un treno esistesse un lusso simile!

Nel vagone si susseguivano diversi sedili ampi e rivestiti di seta rossa. L'imbottitura era più spessa di quella del sofà sul quale dormiva la mamma. Sopra c'erano dei portapacchi, tutti troppo piccoli per l'enorme baule del mio compagno di viaggio. Evans vi sistemò sopra la valigia con i miei vestiti, ma quando fece per prendermi di mano la borsa con le statuine recalcitrai.

«Non preoccupatevi, non si romperanno» mi rassicurò lui.

«E se il treno, frenando, li facesse cadere?» Avevo visto con che velocità viaggiava.

«Vi assicuro che non accadrà. Il viaggio è lungo. Non potete tenervi tutto il tempo quel pacco in grembo!»

Ero sicura del contrario, ma dato che stavano entrando altre persone preferii non discutere davanti a tutti e cedetti alle sue richieste.

«Attenzione!» esclamai mentre la sistemava accanto all'altra valigia. La borsa oscillò un po', suscitando la mia ansia, ma poi si stabilizzò. Speravo che il treno non facesse frenate brusche, altrimenti tutta la mia fatica sarebbe andata sprecata.

«Arriveranno sani e salvi, ve lo prometto» riprese Evans, accomodandosi sul sedile. «Sedetevi anche voi. La vista dal finestrino vi piacerà.»

Accolsi il suo invito, per accorgermi subito dopo di quanto fossimo vicini. Mi irrigidii. Il tepore di Evans si diffondeva al mio braccio e suscitava in me lo strano desiderio di appoggiarmi a lui. Mi batteva il cuore e avvertivo uno sfarfallio nello stomaco. Maledizione, che mi succedeva? Mi ero già seduta accanto a Wenzel in passato, ma non avevo mai provato nulla di simile.

E se avessi ceduto alla tentazione? Non volevo che mi prendesse per pazza, così mi allontanai di qualche centimetro.

«Non occorre che vi schiacciate contro il vetro» notò lui ironico, vedendo come mi addossavo alla parete del vagone. «Godrete comunque di una bella vista.»

«Io...» cominciai, ma non riuscii a proseguire. Cosa avrei dovuto rispondere a un commento simile?

Mi staccai un po' dalla parete, ma a quel punto tornai a sentire il suo tepore. Avrei preferito che si sedesse di fronte.

Lui invece sembrava indifferente. Tirò fuori un giornale e si mise a leggere.

Fortunatamente poco dopo ricevemmo compagnia e davanti a noi si sistemò una coppia più anziana. La signora indossava un cappello che pareva un nido d'uccello. Lui aveva invece il naso rosso e i capelli candidi che lo facevano assomigliare a un pupazzo di neve.

«Che bella coppia siete!» esordì la donna dopo averci osservato qualche istante. «Siete in viaggio di nozze?» Evidentemente voleva iniziare una conversazione.

Io trattenni il respiro, turbata.

Anche Evans levò lo sguardo stupito. «Come, scusate?»

Le mie guance diventarono ancora più rosse.

«Noi... noi non siamo sposati» mi affrettai a specificare, accorgendomi l'istante dopo che non era la risposta giusta. La donna assunse infatti un'espressione costernata. Guardai in cerca di aiuto Evans, che stava ancora scrutando i due estranei.

«La giovane dama ha ragione» confermò senza ricambiare il mio sguardo. «Non siamo una coppia. Mi limito ad accompagnarla per badare alla sua sicurezza.»

L'espressione sul viso della signora rimase inalterata. Forse si chiedeva se le stesse mentendo. Evans pareva però impassibile e riportò l'attenzione sul suo giornale. Non era interessato a una conversazione. Anch'io tornai a guardare fuori dal finestrino. Sulla banchina c'era una folla di persone che volevano salutare i propri cari. Molti sventolavano fazzoletti e alcune donne si asciugavano le lacrime dal viso.

Finalmente risuonò un fischio acuto. Si partiva!

Di nuovo avvertii uno sfarfallio allo stomaco, ma in questo caso sapevo che si trattava di eccitazione. Il treno si scosse e lentamente cominciò a muoversi.

I visi di chi rimaneva scomparvero, ma d'un tratto ebbi la sensazione di riconoscere tra la gente lo sconosciuto in marrone. Stava in piedi accanto a un carrello per i bagagli e mi fissava con uno strano sorriso. Era uno scherzo della mia immaginazione? Strizzai gli occhi e, quando li riaprii, era scomparso.

# 12

A una cert'ora del lunedì mattina mi destai dal sonno e mi accorsi di avere qualcosa addosso. Sbattei le palpebre per schiarirmi la vista, tastai la stoffa e mi accorsi che si trattava del pastrano di Evans. Era pesantissimo. Come faceva a non soccombere sotto quel peso? Quando sollevai il capo, vidi che un sole limpido scintillava sul panorama coperto di neve.

«*Good morning, my dear!*» mi salutò lui.

«Vi prego di non usare l'inglese con me, non vi capisco!» mugugnai, tirandomi su. Mi martellava in testa un dolore sordo, in sincronia con il sobbalzare del treno sulle traversine.

Solo allora notai che Evans si era sistemato sul sedile di fronte. La coppia che era seduta lì doveva essere scesa senza che io lo notassi.

«Vi ho detto buongiorno, mia cara» rispose lui con un sorrisetto. «Spero che abbiate riposato bene.»

«Non male» risposi toccandomi la fronte.

«Non si direbbe» e prima che io potessi impedirglielo si sedette accanto a me, mi fece girare di lato e mi mise le mani sulle spalle.

«Che significa?» chiesi ritraendomi. Non abbastanza però perché le sue mani non mi potessero toccare.

«Rimanete seduta» mi esortò, e cominciò a fare pressione sui tendini del collo.

«Ahia!» protestai, divincolandomi. «Che fate?»

«Voglio solo farvi un massaggio. Non mi stupisce che vi sia venuto il mal di testa, visto come stavate tutta contorta.»

«Mal di testa?» gli chiesi sbalordita.

«Avete l'aria di soffrirne. Fidatevi, me ne intendo.»

«Siete un medico?»

«No, ma ne soffro anch'io.»

«Ah, siete solito riposare in posizioni scomode, quindi?» chiesi.

Evans sbuffò. «No, ma sono spesso troppo indaffarato per riposare adeguatamente. E adesso avvicinatevi e smettetela di fare storie. Non vi farò nulla di immorale. Voglio solo aiutarvi.»

Tornai a voltargli la schiena, senza però riuscire a liberarmi dalla sensazione che tutti ci stessero fissando.

Chiusi gli occhi e strinsi i denti. Evans mi palpava le spalle come fossero di cera, e prive di ossa. Faceva un male terribile, ma aveva ragione: il mal di testa pian piano diminuiva.

«Dovremmo raggiungere Colonia a breve» mi informò. «Lì avremo una breve pausa per riprenderci, prima di proseguire alla volta di Parigi.»

Parigi. A scuola c'erano un paio di ragazze che non facevano altro che fantasticarne. Ridacchiavano parlando della vita peccaminosa che vi si conduceva e sognavano che un giorno un conte le avrebbe rapite per portarle lì. Se a quei tempi qualcuno mi avesse chiesto se ritenevo possibile andare a Parigi, avrei risposto di no. Mio padre raccontava della magnifica cristalleria dei re francesi, ma era fuori discussione che ci recassimo ad ammirarla di persona.

«Arriveremo a Parigi dopodomani e lì cambieremo treno in direzione di Calais» proseguì Evans.

«Avremo tempo a sufficienza per andare al Louvre?» chiesi.

Lui rimase interdetto. «Il Louvre?»

«Lo si può visitare, no?»

«Certo che si può, ma voi cosa ne sapete?»

Le sue mani adesso si muovevano più caute.

«Me ne ha parlato mio padre. Raccontava di meravigliosi dipinti e di splendidi oggetti in vetro, come non ne aveva mai visti prima.»

«Posso chiedervi di cosa è morto?»

Annuii triste. «Di un attacco di cuore. Questo almeno ha detto il medico. E poi...»

«E poi le cose per la vostra famiglia si sono fatte difficili, non è vero?»

Annuii di nuovo. «Sì, nostra madre si è ammalata e io ho dovuto cercarmi un'occupazione. Mastro Philipps mi ha accolta solo grazie al mio lavoro nella bottega di mio padre.» Avevo il cuore pesante. Non potevo non pensare al mio distacco sia da Wenzel sia da suo padre.

«È per questo che non volevate partire.»

«Sì. Non si lascia una sistemazione stabile per l'ignoto.»

Smise di massaggiarmi le spalle e, quando mi girai, vidi che si guardava pensieroso la punta delle scarpe.

«Vi siete pentita di avermi dato ascolto?» mi chiese.

«Il lavoro presso mastro Philipps bene o male ci manteneva, ma chissà fino a quando sarebbe durato. I prodotti delle vetrerie olandesi e della Turingia sono più richiesti dei nostri. È un miracolo riuscire ancora a venderli. Nelle locande però hanno bisogno di bicchieri, no?»

Evans mi prese la mano. «Vi prometto che farò tutto ciò che è in mio potere perché non abbiate affrontato questo viaggio invano.»

Fissai la sua mano. Non sarei riuscita a esprimere a parole le sensazioni che si accavallavano dentro di me. Da una parte avrei voluto ritrarre la mano, dall'altra avrei voluto lasciarla lì per sempre. Sapevo però che non mi era permesso. Tra l'altro lui mi giudicava senza dubbio una bambina. Aveva almeno dieci anni più di me ed essendo al servizio di un Lord aveva molta più esperienza del mondo.

Ma perché mai pensavo una cosa simile? Non avevo neppure voluto sposare Wenzel!

«Grazie» balbettai confusa, e lui mi lasciò andare.

Guardai ancora un istante la mia mano, poi sollevai lo sguardo. Evans si alzò e recuperò i nostri bagagli. Solo a quel punto notai che il treno passava davanti a una schiera di case.

«Siamo già a Colonia?» domandai.

«Sì. Se vi va potremmo visitare il Duomo. È più imponente di tutto ciò che avete ammirato lungo il percorso.»

Lo avrei fatto volentieri, se non altro per le alte vetrate. Mio padre stesso ne aveva realizzate alcune, per piccole chiese di paese. Quali tesori poteva offrire una cattedrale?

Quando il treno entrò in stazione, di nuovo tutto scomparve avvolto dal vapore che però si dileguò prima che scendessimo. Evans attese il suo baule. Quando fu sistemato sul carrello e dopo aver pagato il facchino, lasciammo finalmente la banchina. Il treno per Parigi sarebbe partito solo nel tardo pomeriggio. Avevamo un po' di tempo per guardarci intorno.

Evans aveva ragione. Il Duomo di Colonia, che si trovava nei pressi della stazione, era davvero impressionante, tanto dentro che fuori. Ammiravo le due enormi torri alle quali erano assicurate due gru che svettavano alte nel vento. La neve copriva le innumerevoli sculture e gli ornamenti che decoravano l'edificio.

«Esiste una leggenda sul Duomo» spiegò Evans, conducendomi verso il portale centrale attraverso il quale stavano entrando un paio di persone. «Avete visto le gru?»

Annuii.

«Il Duomo è in fase di costruzione da centinaia di anni e si dice che, quando un giorno verrà terminato, arriverà la fine del mondo.»

Io inarcai le sopracciglia. «Ma è una sciocchezza!» Fin da piccola mio padre mi aveva messo in guardia sulle superstizioni, sostenendo che fossero ingenuità infantili.

«Forse lo è, ma i costruttori paiono credervi, ed è per questo che continuano i lavori, piccoli o grandi che siano. Probabilmente andranno avanti anche nei prossimi secoli.»

«Se è per questo, prima o poi dovranno anche restaurarlo. Vale anche questo come proseguimento dei lavori?» chiesi scuotendo la testa.

«Non lo so. Probabilmente sì. Ma, detto tra noi, sono sicuro che il mondo non finirà quando sarà completato. Perché dovrebbe accadere se la scienza ha già dimostrato che non c'è alcun fondamento nelle superstizioni?»

Pensai all'angioletto che avevo in tasca. Era superstizione anche crederlo un portafortuna?

«Ecco.» Evans mi riscosse dalle mie riflessioni. Tirò fuori qualcosa dal pastrano, che si rivelò essere uno spesso taccuino con una matita.

«Cosa dovrei farne?»

«Disegnare. Siete capace, vero?»

«Sì, ma...»

«Credevo che voleste magari conservare un ricordo delle vetrate. Credetemi, sono davvero notevoli.»

Lo fissai stupita, mentre quasi mi salivano le lacrime agli

occhi. Era da tanto che qualcuno non mi faceva un regalo simile, prestando tanta attenzione ai miei interessi.

«Grazie, è molto gentile da parte vostra» risposi accettando i due oggetti che mi porgeva. Il taccuino risultava gradevolmente pesante nella mia mano. Ogni volta che volevo progettare un nuovo stampo per i miei angeli, prima lo disegnavo su carta. Se mi fosse rimasta qualche pagina libera dopo il viaggio, la prossima volta li avrei disegnati lì, ma nel frattempo avrei scritto qualche promemoria per Elisabeth. Mi sarebbe stato impossibile ricordare tutto quello che avrei visto e qualche appunto mi sarebbe stato senz'altro utile. Tra l'altro Elisabeth avrebbe potuto leggerli anche da sola, se ne avesse avuta la curiosità.

«Se lo desiderate, più tardi potremmo cercare un negozio che venda materiali per la scrittura e sicuramente troverete delle matite colorate. Sono sicuro che non vorrete perdere i colori nei vostri schizzi.»

Ero senza parole. Le lacrime mi strozzavano la gola, e anche quando riuscii a ricacciarle giù mi ritrovai tutta tremante per l'emozione.

«Vi va?» chiese lui offrendomi il braccio.

Annuii, intrecciandovi il mio.

All'inizio l'interno era piuttosto buio, ma quando ci inoltrammo nella navata davanti ai miei occhi esplose un mare di colori. Il sole filtrava attraverso gli alti finestroni, ognuno dei quali aveva una foggia diversa. Scorsi eleganti figure sacre, stemmi, fiori, viticci. Anche le dimensioni erano impressionanti: erano molto più grandi dello specchio del principe o di quello creato da mio padre.

«Incredibile, no?» chiese Evans. Solo allora mi accorsi che mi stava osservando da un po'.

«Sì» concordai. «Ci saranno voluti secoli per realizzarle.»

«Siete voi l'esperta in proposito.»

«Mio padre mi ha spiegato come le si crea, e ci vuole tempo anche solo per produrre un semplice mosaico. Figuriamoci intere scene o paesaggi... In questo caso ci vogliono anni!»

«Allora potete dirvi fortunata che i vostri angeli non richiedano un impegno altrettanto lungo.»

«Non si possono paragonare a simili capolavori.» D'un tratto mi sentivo piccolissima. Mio padre era convinto che sarei diventata un'artista nella produzione del vetro, ma ormai lo dubitavo.

Mi deliziai ancora qualche istante ad ammirarle, finché non notai con la coda dell'occhio un movimento. Non avrei neppure saputo dire perché mi fossi voltata. Forse avevo avuto la sensazione di essere sfiorata da uno sguardo.

Davanti a un altare laterale dedicato alla Madonna, decorato da innumerevoli candele accese, era inginocchiato un uomo. Era intento a guardare il dipinto che aveva di fronte, eppure, per chissà quale motivo, avevo l'impressione che in lui ci fosse qualcosa che non andava.

Stranamente mi ricordava il tizio che mi aveva approcciato alla stazione di Heilbronn.

Evans notò la mia tensione.

«Cosa c'è?» chiese.

«Quell'uomo laggiù...» risposi aggrottando la fronte. «Mi pare di conoscerlo.»

Lui si girò. Il tizio si mostrava immerso nella preghiera, ma avrei giurato che ci stesse osservando.

«E dove dovreste averlo visto?» mi chiese, dopo averlo osservato qualche istante. Evidentemente lui non notava nulla di sospetto, nemmeno il fatto che ci stesse tenendo d'occhio da quando lo avevo intravisto in mezzo alle colonne.

«Non saprei... Somiglia all'uomo che mi aveva avvicinato a Heilbronn. D'altra parte però ha qualcosa di diverso. Non ha più la barba e anche gli abiti sono cambiati, ma gli occhi...»

«Allora è meglio che andiamo» rispose Evans offrendomi il braccio. «Con questo freddo potremmo concederci un caffè o una cioccolata calda, no? Per il nostro spirito per oggi abbiamo fatto abbastanza.»

## 13

Dopo essere stati in cartoleria, notammo un piccolo caffè nei dintorni della cattedrale e, avvicinandoci, fummo investiti dal profumo di biscotti appena sfornati, che ci avvolse come un caldo mantello. Solo allora realizzai che non toccavo cibo dalla colazione.

Da lì si godeva di una bella vista sul Reno, le cui acque riflettevano l'azzurro del cielo. Era una giornata di sole e mi dispiaceva che, per colpa di quello sconosciuto, non avessimo visto tutte le vetrate.

Mi era però rimasta impressa a fuoco nella memoria l'immagine di quelle che avevamo ammirato. Grazie alla profumatissima matita di legno che mi aveva regalato Evans, avrei potuto poi disegnare per Elisabeth e per mia madre quello che avevo visto.

«Credo che dovremmo fermarci a Parigi il meno possibile» esordì Evans poco dopo che ci fummo accomodati su una panca, cogliendomi di sorpresa. Io ero seduta di fronte a lui, tesa come quando eravamo in treno. Gli sguardi degli altri avventori parevano seguire ogni nostro movimento e non ero abituata ad attirare tanta attenzione. Probabilmente la gente si chiedeva cosa ci facesse lì una ragazza in abiti tanto dismessi. Per di più in compagnia di un uomo simile.

Evans pareva abbastanza semplice in confronto al suo signore, ma era comunque meglio vestito di chiunque dei miei conoscenti.

«Quindi niente visita al Louvre» commentai con una nota di delusione.

«Ricordatevi che la vostra meta è Londra. Prima la raggiungeremo, prima vi accoglierà la regina. Volete essere di ritorno a casa per Natale o sbaglio, Miss Härtel?»

«Sì, certo» risposi, anche se un po' ci avevo sperato di poter fare anche solo un salto al Louvre.

«Be', la soluzione che propongo viene incontro alle vostre esigenze. A Parigi cercheremo di prendere il primo treno disponibile, così saremo in terra inglese al più tardi fra tre giorni.»

Apparve un cameriere che ci chiese cosa volessimo in un dialetto insolito. Evans ordinò un caffè per sé e una cioccolata calda con biscotti per me.

Al solo pensiero mi venne l'acquolina in bocca. Quando le cose andavano ancora bene per la mia famiglia, di tanto in tanto potevamo permettercela, ma negli ultimi tempi ci mancavano le risorse per qualsiasi capriccio. Compravamo solo ciò che era indispensabile e che ci saziava senza costare troppo.

«Quanto ci vorrà perché la regina mi riceva?» chiesi, per frenare la gioia per le delizie che stavano per arrivarmi.

«Dipende da quanto è occupata. A volte ci possono volere anche un paio di giorni, ma in tal caso ho già qualche idea. Non avrete nulla in contrario, spero, se visitiamo qualcosa a Londra.»

«Avete anche lì esposizioni come al Louvre?»

«Certo, quante ne volete. Vi procurerò una lista e farò in modo che possiate vedere tutto ciò che è di vostro interesse.»

«Voi ci siete già stato con il vostro signore?»

Lui mi osservò un istante con sguardo assente, poi annuì. «Sì, certo! La sua compagnia è molto istruttiva.»

«Ed esistono anche mostre sul vetro?»

«Be', questo non lo so, ma molte mostre espongono anche oggetti in vetro.»

Riapparve il cameriere. Il profumo di cioccolata mi invase i sensi, cancellando per un istante ciò che mi circondava. Che bevanda magica!

Evans prese un sorso di caffè e annuì in segno di approvazione.

«Ma veniamo alla vostra esibizione di fronte alla regina.»

«Esibizione? Devo fare uno spettacolo?»

«No, ma a corte ci sono delle procedure da rispettare.» Dal sorrisetto che aveva, all'inizio pensai che mi prendesse in giro, ma ascoltandolo capii che era serio. «Fa parte del cerimoniale, ma quando saremo lì il mio signore vi spiegherà tutto.»

«Ma di cosa si tratta?»

«Gli uomini che devono ricevere l'investitura a cavalieri si inchinano e poi si mettono in ginocchio.»

«Ma non è certo questo il mio caso!»

«Dipende da quanto piaceranno alla regina le vostre statuine, e in ogni caso non diverreste cavaliere ma Lady» rise Evans. Adesso si prendeva davvero gioco di me. Produrre angioletti non era certo un gran merito.

«Non voglio neppure essere nominata Lady, sappiatelo» replicai piccata, anche se dovevo ammettere che quando sorrideva era ancora più attraente. Il mio cuore perse un battito e non potei evitare di arrossire.

«E cos'è che volete?»

«Diventare una vera vetraia, con la propria officina. Quello che avrei potuto fare se fosse ancora vivo mio padre. Quando è morto, con lui se n'è andato anche il mio sogno. La sua officina è stata venduta, io sono passata a servizio da mastro Philipps a Jux e sono finita dove mi avete trovata.»

«Al mercato» concluse Evans. «Ma realizzavate angioletti in vetro anche prima, o sbaglio?»

«Sì, già con mio padre. Ci teneva che imparassi la tecnica di fusione e mi aveva mostrato quali minerali bisogna mescolare alla pasta di vetro per ottenere i diversi colori. Purtroppo non ha avuto il tempo di insegnarmi a dovere la tecnica della soffiatura.»

Evans rifletté qualche istante. «Se qualcuno vi offrisse l'opportunità di gestire una vostra officina, la accettereste? Anche se la cosa significasse dover abbandonare vostra madre e vostra sorella?»

«No» risposi. «Il vetro è la mia passione, ma l'amore per la mia famiglia è più grande. Non le lascerei mai.»

Evans annuì pensieroso, poi si portò di nuovo la tazza alle labbra.

Quella notte non riuscii a dormire, nonostante viaggiassimo in un vagone letto. Nel silenzio, lo sferragliare dei vagoni mi pareva assordante e, ogni volta che stavo per assopirmi, il fischio del treno mi strappava dal sonno. Continuava a tornarmi in mente lo sconosciuto da cui mi ero sentita osservata. Perché poi? Cosa poteva trovarci in un'umile vetraia? O in un semplice servitore come Evans? Ero forse io che mi ero immaginata tutto per paura degli estranei?

Toccai nell'oscurità l'angioletto che avevo in tasca. Convinta che non fosse conveniente spogliarmi di fronte a un estraneo, avevo deciso di coricarmi vestita ed Evans aveva fatto lo stesso. Lui dormiva come un sasso.

Avvicinai la statuina al viso, ma potevo solo intravederne i contorni. Non volevo accendere la luce e fuori la luna si nascondeva dietro pesanti nuvoloni che promettevano altra neve.

Tastai la statuina, avvertendo il punto in cui c'erano bolle d'aria, dove mancava il piedino, e la lieve intaccatura nelle ali. Era tutt'altro che perfetta, ma quando l'avevo realizzata ne ero molto fiera. Quale dodicenne sarebbe stata in grado di creare un oggetto simile? Il vetro era la mia vita, pensavo a quel tempo. Una triste ironia, perché la mia vita passata era davvero andata in frantumi come vetro.

Tirai un profondo sospiro.

«Nemmeno voi riuscite a dormire, Miss Härtel?» chiese Evans dalla parte opposta della cabina.

Io trasalii, rischiando di far cadere l'angioletto, ma lo riposi rapidamente in tasca, perché non volevo che gli si rompesse un'ala.

«Vi credevo addormentato» dissi, girando le gambe oltre il bordo del letto. Avevo i piedi congelati, perciò li infilai subito negli stivaletti.

«Ho al massimo sonnecchiato. Lo sferragliare del treno mi infastidisce molto.»

«Anche a me» ammisi.

«Ieri non sembrava.»

«Ma ieri ero stanca morta per il viaggio che avevamo fatto per giungere in stazione» ribattei.

«Be', a questo punto tanto vale che accendiamo la luce.»

Poco più tardi la lampada a gas prese vita, immergendo lo scompartimento in una debole luce giallastra.

«Allora, come vogliamo ammazzare il tempo?»

«Potreste raccontarmi un po' di voi» risposi. «Finora avete svicolato.»

«Forse perché non c'è molto da dire.»

«Be', da dove venite? Come siete arrivato al servizio del vostro signore? Siete mai stato a corte?»

Lo guardavo in attesa e notai che si chiuse subito in se stesso. Evidentemente non voleva parlare di sé. Adesso però eravamo insieme nello scompartimento, non poteva certo andarsene.

«Sì, sono già stato a corte» rispose infine. Le altre domande erano di sicuro troppo intime.

«E com'è?»

«Noiosa, a meno che uno non voglia occuparsi di politica.»

«E il vostro signore non lo desidera?»

«Gli interessano soprattutto le arti e i viaggi. Il che non significa che trascuri gli avvenimenti della quotidianità, ma la vera politica spetta al Parlamento. Al momento molte energie sono volte a ingraziarsi il nuovo re.»

«Un nuovo re? Ma la regina non siede a vita sul trono?»

«Naturalmente, ma è già, diciamo, in età avanzata e il figlio le succederà al potere. Poiché molti sperano che incontri presto il proprio Creatore, già puntano sul nuovo re. Ovviamente lo fanno in modo discreto, ma se si tengono le orecchie aperte lo si nota.»

«Ma è grave augurare la morte alla sovrana» commentai.

«Sì, ma anche questa è politica. A una stella che si spegne ne segue una più giovane e luminosa.»

«Com'è riuscito il vostro signore ad attirare l'attenzione di Sua Maestà sui miei angioletti?» chiesi per sviare l'attenzione dalla politica, argomento che non sarei stata in grado di capire. «Non saranno bastate due parole entusiaste, immagino.»

«Certo che no» rispose guardandomi intensamente. «Gliene ha mostrato uno, raccontandole della giovane capace di realizzare tali opere d'arte e la sovrana lo ascoltava con sguardo sognante. Evidentemente trovava molto romantica l'idea di una ragazza che vende i propri angioletti nel mercato di un paesino di provincia.»

Ero stupefatta. Solo a una regina poteva sembrare romantico stare in piedi per ore, con le mani intirizzite dal freddo. «Davvero? E cosa c'è di romantico? Il mercato lo avete visto. Si gelava e il vostro signore può ringraziare il suo pesante mantello se non è morto di freddo.»

«Ammetterete però che un mercato innevato, con un'umile ragazza e i suoi angioletti, sarebbe un ottimo soggetto per una cartolina.»

Scossi il capo. Questi ricchi! Era incredibile quanto poco sapessero della vita vera.

«Comunque sia, la regina ha immediatamente preteso che portassimo al suo cospetto gli angioletti e la loro creatrice! Meno di ventiquattr'ore più tardi ero in viaggio con l'invito.»

«E l'uomo che era con voi? Siete voi il messaggero che ha alzato lo sguardo verso di me, vero?»

«Sì, ero io. E l'altro era una guida che mi ha mostrato il sentiero attraverso la neve. Le mappe stradali con quel tempo non erano di grande aiuto.»

Ridacchiai. Possibile che l'inglese si fosse perso dalle nostre parti? Spiegelberg in effetti non si trovava in una zona particolarmente amena.

«Voglio immaginare che in patria vi orientiate meglio nella neve.»

«Non dubitatene» rispose con aria sicura. «La strada per Londra saprei trovarla anche a occhi chiusi.»

# 14

Al nostro arrivo al porto, Calais era immersa in una fitta nebbia. Con quel maltempo il mare risultava quasi triste, opprimente. Me lo ero immaginato molto diverso, ma forse con il sole era più accogliente? Se era sempre così, non c'era da meravigliarsi che la gente fosse di umore cupo.

Le navi più lontane parevano sospese nella nebbia, mentre proprio di fronte a noi l'acqua verdastra si infrangeva contro il molo. Quale di quelle navi possenti sarebbe stata il nostro traghetto? Le ciminiere di alcuni mostri d'acciaio fumavano già e per un istante mi chiesi se la nebbia non venisse da lì.

D'un tratto mi prese l'angoscia di soffrire il mal di mare. Una volta avevo sentito un commerciante che aveva rapporti d'affari con mio padre lamentarsi di quanto fosse stato male in mare aperto.

Per distrarmi da quel pensiero, distolsi lo sguardo dalle onde.

Intorno a me si sovrapponevano stralci di conversazione nelle lingue più disparate. I marinai sul ponte delle navi si scambiavano grida a me incomprensibili e anche i passeggeri non sembravano provenire solo da Francia e Inghilterra. Molte lingue suonavano diverse da quelle che mi erano giunte all'orecchio finora durante il viaggio.

Osservavo affascinata la gente che aspettava insieme a noi.

Alcuni erano semplici, come noi, altri indossavano abiti costosi e affidavano ai propri servi bagagli e voliere piene di uccelli.

«Rimanete accanto a me e non vi allontanate» mi ammonì Evans.

«Dove volete che vada con questi pacchi?» ribattei. Che gli saltava in testa? Era ovvio che non mi sarei allontanata dal suo fianco. Per andare dove, poi?

Per me, che di notte osavo inoltrarmi senza timore nel bosco, gironzolare per le strade di una città, nella quale non capivo una parola di chi mi stesse intorno, sarebbe stato troppo audace.

«Devo prendervi qualcosa?» mi chiese con una rapida occhiata alle mie valigie.

«Non è necessario. Altrimenti rischiate che io vi scappi via» risposi in tono più antipatico di quanto volessi.

Cambiò subito espressione, serrando le labbra in una smorfia dura.

«Be', a pensarci meglio...» ripresi con un filo di voce. «Forse potreste prendermi uno dei due bagagli. Sarebbe molto carino da parte vostra. Scusate... sono solo un po' tesa.»

Ora un lieve sorriso gli rischiarò i tratti, mentre afferrava la valigia dei vestiti. Quella che conteneva gli angioletti me la strinsi invece al petto.

Ci volle un po' prima che potessimo mettere piede sulla nave. Con la coda dell'occhio, notai che veniva spinto a bordo anche il baule di Evans, seguito da altri pacchi voluminosi.

«Non si può viaggiare con bagagli meno ingombranti?» chiesi guardando gli uomini che trascinavano a bordo della nave a vapore *Fortune* pesanti bauli e valigie.

«Si potrebbe, ma come avete visto ci può volere del tempo prima di riuscire a portare a termine la propria missione. Io, per esempio, non potevo certo immaginare che avreste acconsentito relativamente presto a venire con me.» Mi rivolse un sorrisetto ironico. «Ho solo ventisette anni, ma ho già visto abbastanza della vita e in viaggio preferisco tenermi pronto a ogni eventualità.»

Quando esibimmo le carte di imbarco, ci condussero alla nostra cabina. In corridoio c'era un po' di calca, ma appena ci chiudemmo la porta alle spalle, conquistammo la tranquillità e non dovetti più temere per l'incolumità delle mie statuine.

Appoggiai delicatamente la borsa su una delle poltrone. Lo spazio in effetti era angusto, ma era provvisto di tutto il necessario per la traversata e il pernottamento. Oltre a due poltroncine rivestite di seta c'erano un letto a castello, una scrivania e una piccola cassapanca. Un ampio oblò permetteva di ammirare il mare.

Evans chiuse con il catenaccio, si stiracchiò e si lasciò cadere su una delle poltroncine.

«Non potete immaginare quanto sia impaziente di tornare in Inghilterra» disse piegando la testa all'indietro e lasciando penzolare le braccia lungo i fianchi. «Un viaggio simile è pesante, ti rompe le ossa.»

«Ma non siete così vecchio» ribattei, prendendo posto sullo sgabellino sotto la finestra. Mentre osservavo la terraferma allontanarsi mi sentivo strana, e la colpa non poteva essere solo del dondolio della nave. Non ero mai stata tanto lontana da casa. Ora abbandonavo addirittura il continente! Fino a poche settimane prima non avrei potuto neppure immaginarlo.

Presi l'angioletto dalla tasca e lo tirai fuori dal fazzoletto di Elisabeth. Con il calore delle mie mani si era lievemente appannato, così asciugai le goccioline che ne coprivano le ali.

«Cos'avete lì?» chiese Evans. Non gli sfuggiva mai nulla.

«Una delle mie statuine» risposi, visto che non avrebbe avuto senso mentire. La cabina non era grande e senz'altro l'aveva vista. «Niente di particolare» aggiunsi, riavvolgendola nella stoffa e rimettendola in tasca.

«Fatemela vedere. È una di quelle che presenterete alla regina?»

Scossi il capo. «No. È il primo angioletto che io abbia mai fatto, ed è incompleto.»

«Così incompleto che vi vergognereste a mostrarmelo?» chiese Evans inclinando la testa e guardandomi con aria interrogativa.

Nessuno oltre a mio padre lo aveva mai visto. Quel piedino monco era stato un segreto tra me e lui, anche se non mi vergognavo affatto della mia creaturina. Eppure lo tirai fuori molto malvolentieri. «Ecco» dissi, svolgendolo dal fazzoletto.

Evans si alzò. L'angioletto era piuttosto piccolo e da lontano l'imperfezione non si notava.

«Un pezzo carino» commentò.

Prima che potessi impedirlo, me lo prese di mano. Essere sfiorata dalle sue dita mi fece irrigidire. Non avevo mai sentito un brivido così caldo nel toccare qualcuno. Con Wenzel mi era capitato qualcosa di simile, ma molto più debole. Evans era senz'altro un bell'uomo, ma un filo altezzoso e per di più inglese.

Non avrei mai pensato che per me potesse essere più di un custode durante il viaggio alla volta della regina. Il mio sciocco cuore si illudeva fosse altro?

«Davvero un bell'angelo.»

Le sue parole mi strapparono dai miei pensieri.

«Gli manca un piede, se lo osservate bene» gli confessai, con sincerità.

Evans verificò la mia osservazione. «Già. È vero, gli manca un piede. Vi è caduto?»

«No, il vetro non ha riempito completamente lo stampo. In fondo era la mia prima creazione. A parte questa imperfezione, per il resto è venuto bene.»

«È incantevole» esclamò lui con aria estasiata. «Scommetto che gli altri prodotti dallo stesso stampo sono riusciti.»

«No» risposi, riprendendogli l'angioletto di mano. Avvertire il calore della sua pelle sul vetro mi irritò un po'. «Ogni stampo si usa una sola volta. O almeno così lavoravo allora.»

«Intendete dire che lo avete distrutto?»

«Ho dovuto farlo, funzionava così» confermai e gli spiegai il procedimento con i modelli in cera e l'argilla. «Nel frattempo sono passata agli stampi in legno con i quali posso riprodurre più velocemente i modelli in cera, ma lo stampo in argilla viene comunque distrutto ogni volta.»

«Come per le campane» commentò Evans, guardandomi con espressione vagamente assente.

«Sì, più o meno. Solo che noi non dobbiamo sotterrare gli stampi» ribattei, con una risata che riportò Evans alla realtà.

Mi sorrise e tornò alla sua poltroncina.

«Forse è meglio che riposiate» disse. Il suo interesse per il mio angioletto zoppo pareva esaurito e io mi lasciai scivolare di nuovo il piccoletto in tasca.

«Già, buona idea» confermai, appoggiandomi all'oblò. La terraferma era ormai solo una sottile striscia all'orizzonte. In mezzo c'era il mare che diventava sempre più grigio man mano che ci allontanavamo. La distanza da casa era ormai incalcolabile. Chissà come andavano le cose per Elisabeth e la mamma. Stavano bene? Mia sorella si sarebbe ricordata di tenere sempre vivo il fuoco della stufa? La mamma soffriva ancora tanto? E come sarebbe stato il loro primo Avvento senza di me?

Ricordavo ancora con tenerezza le domeniche d'Avvento che

trascorrevamo nella nostra vecchia casa, con le noci di panpepato, il ponce caldo e un lauto pasto dopo essere andati in chiesa.

Era tutto diverso ora, ma, visto il suo bel rapporto con la signora Niedermayer, forse Elisabeth avrebbe potuto preparare qualche dolce per sé e la mamma.

Fui travolta da una profonda nostalgia che per poco non mi fece sciogliere in lacrime. Poi però strinsi l'angioletto che avevo in tasca. *Sono solo un paio di giorni*, mi dissi. Tornare indietro era escluso. Dovevo e volevo portare le mie statuine alla regina: forse il futuro ci avrebbe riservato feste di Natale migliori.

# 15

«Miss Härtel, alzatevi!» Evans mi scosse la spalla, facendomi sobbalzare. Stavo giusto sognando di correre insieme a Wenzel su un fiume gelato, la cui superficie scricchiolava minacciosamente sotto i miei piedi.

Realizzai invece di essere nella cabina di una nave e di aver dormito gran parte del giorno.

Quanto tempo era passato?

«Approderemo presto» annunciò avviandosi alla porta. «Venite, non dovete perdervi la vista della costa alla luce della sera. Dovete godervi le bianche scogliere di Dover!»

Mi alzai, lisciai l'abito e lo seguii verso il ponte superiore.

Numerosi altri passeggeri parevano avere intenzione di ammirare la costa inglese al tramonto. Ci superarono anche alcune delle dame che avevo notato sul pontile per l'eleganza dei loro vestiti e dei loro mantelli di pelliccia. Alcune scrutavano Mister Evans con sorrisi seducenti, che per qualche motivo mi infastidivano. Lui fingeva di non notarlo e, per lo stesso misterioso motivo, la cosa mi rallegrava.

Per la calca, ci mettemmo un po' prima di trovare uno spazietto libero al parapetto. Sopra di noi volteggiavano i gabbiani e alcuni passeggeri lanciavano in acqua dei tozzi di pane sui quali gli uccelli si avventavano con avidità.

E se ancora mi chiedevo cosa potesse esserci di tanto magico in un pezzo di terraferma, poco dopo lo capii. Illuminate dai raggi del tramonto, le scogliere non apparivano bianche ma fiammeggianti come pietre preziose o vetro color rubino. Presto scorgemmo il porto, con le numerose imbarcazioni all'ancora e le alte costruzioni degli uffici commerciali. Alle loro spalle si levava anche una rocca, visibile già da lontano.

Neppure a Calais avevo visto così tante navi. Su tutto dominavano l'aria carica di salsedine e le strida dei gabbiani.

Lo spettacolo colpì tanto alcune dame da spingerle quasi alle lacrime.

Quanto mi sarebbe piaciuto mostrarlo a Elisabeth! Aveva una vera passione per i paesaggi romantici e la costa era meravigliosa! Non sarei riuscita a renderne interamente la magia nel mio taccuino.

Quando ormai eravamo prossimi ai moli del porto, l'equipaggio della nave invitò i passeggeri a tornare sotto coperta per prendere i bagagli.

Evans mi tirò dietro di sé.

«Allora, che effetto vi ha fatto?»

«Molto gradevole» risposi, sminuendo enormemente le mie sensazioni. L'immagine dell'Inghilterra, di quell'isola sulla quale mai avrei sognato di mettere piede, mi si era impressa a fuoco nell'anima.

«Molto gradevole?» ripeté allibito. «Tutto qui? Forse per me ci sarà anche la commozione di chi torna in patria dopo un lungo viaggio, ma voi dovete aver provato qualcosa di più!»

«Avete ragione, gradevole non rende bene le mie emozioni» lo rassicurai. «È uno spettacolo... grandioso, e mi dispiace un po' non poterlo mostrare a mia sorella.»

«Perché no? Magari vi capiterà di tornare qui insieme.»

Scossi il capo. «Ne dubito. Vendere i miei angeli non mi trasformerà di colpo in una donna ricca. Con i guadagni potrò forse assicurare alla mia famiglia un inverno più confortevole, e forse anche una primavera, ma non certo di più. Dovrò anche cercarmi un nuovo impiego. Non viviamo in una favola, Mister Evans. Un viaggio in Inghilterra non è immaginabile per me ed Elisabeth. E anche se lo fosse, chi si occuperebbe di nostra madre?»

«A questo non ho risposta purtroppo» ammise lui, incupito. «Ma credetemi, Miss Härtel, la generosità della regina coprirà più di un inverno e una primavera. Lo vedrete.»

«Non mi rimane che credervi, giusto?» sospirai.

Tornammo in cabina a prendere le valigie. Finalmente ero in Inghilterra! Forse non ci sarebbe voluto neppure troppo prima di vedere la regina e la prospettiva mi fece tornare il buon umore.

Mi ripromisi di spedire una cartolina a casa non appena fossimo giunti in albergo. Mia madre ed Elisabeth si chiedevano certamente come stessi.

Scendendo trovammo la stessa calca della partenza e ci volle un po' prima che Evans potesse ritirare il suo baule. Lo vidi pagare un facchino e poi tornò da me con una borsa più piccola.

«Mando avanti il resto del bagaglio perché ormai non ci metteremo più molto.»

«Qual è ora la meta? Ci dirigiamo subito a Londra?»

Lui tirò fuori dalla giacca un orologio e ne aprì il coperchio, poi, dopo avergli dato una rapida occhiata, lo ripose.

«No, passeremo la notte in una locanda ai margini della città. Una bella sistemazione, in cui potremo riposarci come si deve. Domattina prenderemo un treno per Londra.»

Annuii. Una locanda a Dover e poi verso la capitale! E mancavano ancora due settimane al Natale! Forse sarei riuscita a passarlo con la mia famiglia.

«Vogliamo andare?» mi chiese, prendendo la mia valigia più grande e offrendomi il braccio.

Io lo accettai e ci dirigemmo insieme al baracchino per le carrozze, dove alcuni passeggeri attendevano già seduti in vettura. Per strada c'era un traffico frenetico: gli zoccoli schioccavano sul selciato, i ciclisti cercavano di farsi strada scampanellando e, di tanto in tanto, qualche passante rischiava la vita attraversando la carreggiata poco prima che sopraggiungessero i veicoli. All'angolo scorsi un giovane strillone che annunciava a squarciagola i titoli del giorno, a me incomprensibili quanto gli stralci di conversazione che orecchiavo di sfuggita.

Finalmente arrivò il nostro turno. Mentre caricavamo le valigie, il vetturino scambiò qualche parola con Evans sorridendo, poi ci fece salire.

«Che cos'ha detto?» chiesi. Mi metteva un po' a disagio lasciare la mia borsa sul portapacchi. E se fosse caduta senza che ce ne accorgessimo? Se si fosse aperta e avessimo perso gli angioletti?

«Mi ritiene fortunato per avere la benedizione di una compagna così carina.»

«Mi prendete in giro» ribattei, con le guance in fiamme. Non poteva averlo detto sul serio! Con i miei umili vestiti e senza quel pizzico di colore sul viso che le dame usavano mettere, avevo un'aria piuttosto insulsa.

«No, lo ha detto davvero. E io gli ho dato ragione.»

Per cortesia, di sicuro. O forse voleva prendersi gioco del vetturino.

Osservai l'omone grossolano che adesso conduceva i cavalli e mi chiesi se avrei voluto piacergli. La risposta era chiara: no!

Stavo sul sedile come sui carboni ardenti, mentre la carrozza sobbalzava sulle vie acciottolate del centro. Oltrepassammo chiese e locande, finché non riapparve la rocca. Evans mi spiegò che ai tempi di Elisabetta I era stata rafforzata per resistere agli attacchi spagnoli. Durante la guerra civile del Diciassettesimo secolo, la città, fedele alla corona, si era lasciata prendere dalle truppe parlamentari senza combattere e, più di cento anni dopo, Napoleone aveva minacciato di marciare contro la cittadina se fosse diventata sede di una guarnigione.

Finalmente arrivammo alla Sherman's Inn, situata nella parte più lontana dal mare. Pareva che un tempo fosse stata luogo di ritrovo di una banda di briganti, e io ascoltavo con eccitazione tutte le storie che Evans raccontava al riguardo.

Appena scendemmo dalla carrozza, il vetturino ci consegnò i bagagli e fui sollevata di riavere in mano il peso rassicurante della mia borsa.

# 16

Dopo un tramonto fiammeggiante, il nero manto della notte calò sulla città e presto le stelle presero a scintillare nel cielo come cristalli. Elisabeth non si sarebbe mai stancata di uno spettacolo tanto sfarzoso.

Io però avevo il cuore pesante pensando a casa. Come stava la mamma? Wenzel sarebbe passato a trovarle? Forse avrei dovuto scrivergli una lettera di scuse, così come a mastro Philipps.

Dopo un po' mi allontanai dalla finestra. Pur essendo piuttosto spartana, la stanza della locanda era più bella dell'appartamento che condividevo con la mamma ed Elisabeth. Quanto a Evans, aveva la propria camera all'estremità opposta del corridoio.

Nella mia, che aveva le pareti rivestite di una pannellatura in legno rossiccio, c'erano un letto, un armadio e un piccolo scrittoio sul quale avrei potuto stendere i miei resoconti per Elisabeth.

La sedia in pelle cigolò lievemente quando mi ci accomodai. Appoggiai le mani sul piano del tavolo e chiusi gli occhi. Da quanto tempo non mi trovavo sola con me stessa!

Certo, lungo la strada per andare o tornare dal lavoro in genere ero sola, ma spesso troppo assonnata o stanca per lasciar correre i pensieri. Nella casa dove stavamo prima, nella stanza che condividevo con mia sorella, non di rado mi capitava l'opportunità di leggere o starmene per conto mio. Nel nuovo appartamento no. Mamma ed Elisabeth erano sempre lì. E poi avevo le mie faccende da sbrigare e mai tempo per le riflessioni o per i miei libri.

Riaprii gli occhi e mi alzai per prendere il taccuino. Durante il viaggio per Calais avevo proseguito nel disegnare le vetrate del Duomo di Colonia e preso qualche appunto. Tentai di cimentarmi con le bianche scogliere di Dover, ma mi accorsi ben presto che è molto più difficile imitare la natura che riprodurre una vetrata.

Quando sentii bussare alla porta, mi interruppi.

«Avanti!»

Al mio invito, la porta si aprì e apparve Evans. Aveva indossato una finanziera piuttosto elegante che lo faceva sembrare un uomo d'affari. Il suo signore doveva pagarlo bene se poteva permettersi un simile guardaroba.

Al vederlo mi ricordai che anch'io avrei dovuto cambiarmi. Indossavo lo stesso abito da quando eravamo partiti da Spiegelberg. Tra l'altro, ne avevo ancora due intatti in valigia! Ma non ero più abituata a vestirmi in base alle circostanze. L'abito che indossavo al mattino lo toglievo soltanto al momento di andare a letto.

«È tutto di vostro gradimento, Miss Härtel?» chiese Evans guardandosi intorno.

«Sì, è molto gradevole qui.»

«Gradevole? Gradevole quanto le scogliere di Dover o in altro modo?» Rideva, con i suoi occhi scintillanti come cristalli.

«In altro modo, naturalmente» risposi senza scompormi. «Le scogliere erano spettacolari, mentre la stanza è pratica, pulita e calda.»

«È una delle sistemazioni migliori nella sua categoria di prezzo. Ovviamente il Grand Hotel è diverso.»

«Il Grand Hotel però non farebbe certo per me. Guardatemi! Non ho abiti eleganti da sfoggiare a cena.»

«Ma quando avrete concluso i vostri affari con la regina potrete permettervene almeno uno.»

Io risi. «E cosa può portarmi un abito luccicante? Un principe, forse? A Spiegelberg?» Scossi il capo. «Esistono cose più importanti per cui userei il mio denaro. E comunque non ce l'ho ancora in tasca, non scordatelo.»

«Ma non sarebbe bello concedersi qualche piccolo piacere?» chiese Evans. «Se vostro padre fosse ancora qui, non vi sarebbe permesso qualche piccolo lusso? Una festa da ballo o un viaggio?»

«Mio padre non c'è più e ho perso l'abitudine di indulgere in simili fantasticherie.»

Non era del tutto vero. Naturalmente sognavo ancora di essere invitata a ballare da un uomo affascinante che cercasse di conquistare il mio cuore, ma questo non sarebbe mai capitato a una semplice vetraia di un paesino sperduto, ormai persino senza un lavoro.

Evans mi scrutava dubbioso. «Davvero?»

Strinsi le labbra e annuii, ma ebbi la sensazione che mi leggesse negli occhi quanto il mio cuore volesse tutt'altro.

«Che peccato. Siete così giovane. Dovreste almeno concedervi di sognare.»

«A cosa servono i sogni? Non sfamano e non garantiscono un tetto.»

«Ma a volte si realizzano. Anna, esiste da qualche parte un pizzico di fortuna per voi, dovete crederci. Forse ancora non la vedete, ma sono sicuro che le cose cambieranno.»

Stavo per rispondergli che ero convinta del contrario, ma poi ricordai che non ero più a Spiegelberg, ma a Dover e presto sarei andata a corte. Non avevo mai osato sognare così in grande e, chissà, forse sarebbe stato davvero l'inizio della fortuna.

«Che ne dite di mangiare un boccone?» propose strappandomi ai miei pensieri. «Io ho una fame da lupi.»

«Anch'io» risposi, alzandomi dallo scrittoio. «Vi dispiace se mi cambio rapidamente?»

«No di certo» mi rassicurò, ritirandosi.

Non ero del tutto soddisfatta neppure del mio abito pulito, ma per fortuna nella taverna dell'albergo non si vedevano diamanti scintillanti. Gli altri ospiti ci rivolsero uno sguardo curioso ma poi tornarono alle loro conversazioni. Cosa avevamo di interessante, in fondo? Un servitore e una vetraia non meritavano troppa attenzione.

Ci sedemmo in una nicchia lungo la parete, sopra la quale splendeva una piccola lampada a gas. Da lì si godeva una buona visuale sulla stanza. Le pareti erano rivestite di pannelli di legno rossiccio, come la mia stanza, le sedie avevano un'imbottitura di pelle verde e ai lati c'erano invece rustiche panche intagliate. I tavoli erano coperti da semplici tovaglie a scacchi bianchi e verdi e i bassi candelieri scintillavano alla luce con caldi riflessi color ottone. Dalle travi del soffitto pendevano graziose ghirlande di agrifoglio e edera.

Molti degli avventori parevano semplici operai. Le donne indossavano cappelli con fiori di seta, ma su abiti modesti quanto i miei. Alcuni uomini avevano un fisico massiccio, altri più minuto, ma quasi tutti bevevano birra da grossi boccali. Non era molto diverso che in Germania, anche se a Spiegelberg non frequentavo locande.

Ero così assorta nei miei pensieri che non notai l'arrivo del cameriere al nostro tavolo. Si rivolse a John in inglese e lui rispose con un'ordinazione di cui non capii nemmeno una parola.

«Che cosa avete chiesto?» gli domandai non appena il cameriere si fu allontanato.

«Una specialità della nostra terra, perché abbiate una buona impressione della nostra cucina.»

Ero tesa. Si mangiava anche qui come da noi o in maniera completamente diversa? Il profumo che mi arrivava alle narici mi ricordava molto quello della trattoria di Spiegelberg, anche se negli ultimi tempi lo avevo sentito solo passando davanti alle finestre.

Il cameriere ci portò un miscuglio di purea di patate, carne trita, piselli e funghi, tutti insieme nello stesso piatto.

«È una Shepherd's Pie, uno sformato» commentò Evans. «Da piccolo lo adoravo e sussurravo spesso all'orecchio di mia nonna il desiderio di averlo per pranzo.» Gli brillavano gli occhi.

Era la prima volta che svelava qualcosa di personale.

«E lei vi accontentava?»

«Qualche volta. Non sempre.»

«Già, certo, la carne era troppo cara.»

Evans sgranò gli occhi un istante, poi annuì. «Sì, sarà stato per quello. Comunque adoro ancora la Shepherd's Pie e appena capita l'occasione me ne concedo una porzione.»

«Nella dimora del vostro signore non è una pietanza frequente?»

«Purtroppo no. Il Lord preferisce gamberi, cozze, ostriche e roast beef. Le pietanze semplici non sono di suo gusto.»

Si ammutolì. Non gradiva forse il cibo servito alla tavola del suo signore? Immaginai che la servitù dovesse sfamarsi degli avanzi e alla lunga era senz'altro un po' monotono.

«Assaggiatelo» mi esortò come destandosi dalle sue riflessioni. «Spero che vi piaccia. Se volete posso chiedere al cuoco la ricetta, così avrete qualcosa di sostanzioso da preparare al vostro ritorno.»

«Sarebbe molto gentile da parte vostra» risposi accingendomi a mangiarne un boccone. Era buono davvero! Meglio di quanto immaginassi. Magari con i proventi degli angioletti avrei potuto assicurare anche alla mamma e a Elisabeth un piatto tanto ricco. Magari persino una volta al mese.

«Uscite spesso a mangiare?» gli chiesi non appena ebbi placato un po' la fame.

«No, non spesso. Il mio lavoro non me ne lascia il tempo. Tra l'altro la residenza del mio signore è in campagna, piuttosto distante dal villaggio. Lì ci sono due pub, ma non sono la stessa cosa delle locande di città.»

«Così, quando avete del tempo libero non potete neppure divertirvi.»

Lui sorrise. «Chi è al servizio di un Lord raramente ha tempo libero, al massimo la domenica dopo la messa. E di tanto in tanto arriva al paese una fiera o un circo. Non è così noioso come si potrebbe credere.»

«Ma non potete avere la vostra Shepherd's Pie.»

«Esatto.» Di nuovo mi regalò un sorriso, questa volta così ampio e raggiante che non potei fare a meno di ricambiarlo.

Due ore più tardi ero sdraiata nel mio letto. Mi ero sfilata gli stivaletti ma indossavo ancora l'abito. Avevo portato con me una camicia da notte, ma mi sentivo più a mio agio nei miei vestiti. Avevo chiuso a chiave la porta, ma continuavo ad avere la sensazione che da un momento all'altro potesse entrare qualcuno. Così rimasi com'ero.

Per quanto fossi sazia e al caldo, non riuscivo a prendere sonno. Si sentivano rumori dappertutto: di sopra, di sotto, in corridoio. Una volta sentii un fruscio, come se dei topi sgattaiolassero sul pavimento. Da qualche parte qualcuno aveva una tosse terribile. Poi qualcun altro si avvicinò con passo pesante a una porta e lasciò cadere per terra qualcosa, forse una borsa. Sebbene tutti quei rumori svanissero in fretta, mi mettevano una certa inquietudine.

A un certo punto decisi di alzarmi e mi avvicinai alla mia borsa. Forse i miei angioletti mi avrebbero regalato un po' di tranquillità.

Sfiorai assorta la borsa, poi la aprii. Non so perché ma sentivo il bisogno di rivederli prima di proseguire per Londra.

Tirai fuori le scatoline, le aprii e... mi pietrificai! In mezzo all'ovatta non c'erano i miei angioletti nelle loro scatoline, ma ciottoli. Comunissimi ciottoli!

Mi ritrassi atterrita, scuotendo la testa. Non poteva essere! I miei angeli erano scomparsi! Immediatamente mi prese il batticuore. Non sapevo cosa fare. Le mie statuine non c'erano più. Qualcuno le aveva rubate.

«Mister Evans!» gridai, anche se non poteva sentirmi, dormendo in un'altra camera.

Mi voltai e corsi fuori dalla porta.

In corridoio c'era un silenzio assoluto. Non si sentiva neppure un ospite russare. I miei passi risuonavano come quelli di un elefante. Arrivata alla porta di Evans, bussai piano. Non volevo svegliare nessuno, ma al tempo stesso mi sembrava che il petto stesse per esplodermi come vetro, frantumandosi sul pavimento.

«Mister Evans!» sussurrai, ma ovviamente non poteva sentirmi. Bussai di nuovo. «Mister Evans!» la mia voce risuonò alta nel corridoio. Quanto ci sarebbe voluto prima che qualcuno aprisse la porta per invitarmi a fare silenzio?

Ma il mio accompagnatore ancora non dava cenni di vita. Così raccolsi tutto il mio coraggio e battei forte sull'uscio. «Mister Evans!» Ora sì che avrei svegliato tutti.

Finalmente dovevo averlo strappato dal sonno. Si sentivano rumori dietro la porta. Un'imprecazione sottovoce, poi passi che si avvicinavano. *Clac*... il chiavistello veniva tirato. Un istante dopo il viso stanco di Evans fece capolino dallo spiraglio. Indossava una vestaglia grigia che pareva sgualcita, i piedi infilati in pantofole nere. Non stava bene vedere un uomo in condizioni simili ma ero troppo agitata per darmene pena.

«Che cosa è successo? Avete avuto un incubo?»

«I miei angeli non ci sono più!» esclamai. Se avessi potuto lo avrei trascinato subito con me. «Sono spariti! Qualcuno deve averli rubati.»

Lui mi guardò incredulo, poi disse: «Datemi un attimo. Sono subito da voi».

Scomparve di nuovo dietro la porta e io cominciai a camminare inquieta sul posto. Il mio cuore ancora galoppava, mentre l'ansia mi mordeva lo stomaco. Quanto mai ci voleva per infilarsi un vestito?

Finalmente il mio compagno di viaggio riapparve.

«Presto» lo incalzai precedendolo verso la mia camera. «Lì» indicai, mostrandogli la scatola sul pavimento.

Evans si avvicinò lento e pensieroso. I ciottoli erano lì, ben visibili. «Non è possibile» mormorò.

«Come potete constatare, è possibilissimo» ribattei. «A meno che non crediate che gli angioletti si siano tramutati in sassi di propria volontà.»

«No, questo certamente no.»

Chiusi la porta, osservando Evans chinarsi accanto alla scatola per poi rialzarsi.

Avevo il petto stretto in una morsa. Gli angeli erano perduti e adesso non avevo nulla da mostrare alla regina.

Un dolore acuto mi trafisse la gola, subito seguito dalle lacrime. Senza distogliere lo sguardo da lui, mi accoccolai vicino alla porta e cominciai a piangere.

Evans esaminò la cassetta, poi riguardò nella borsa, senza però trovare nulla.

«È davvero la vostra borsa?» disse infine avvicinandosi.

«Certo che lo è! E quella è la mia cassetta foderata di ovatta, non lo vedete?»

«Sì» ammise, perplesso. «Ma non riesco a spiegarmi quando sarebbero stati sottratti gli angioletti.»

«Forse qualcuno li ha sostituiti sulla carrozza o sul treno?»

«Mi pare poco plausibile che il ladro abbia avuto il tempo di perquisire il vostro bagaglio in carrozza, e sul treno sono sempre rimasto accanto a voi!»

«Eppure in un momento o nell'altro deve averli presi! E ha avuto anche il tempo di mettere dei sassi al loro posto.»

Mi premetti la mano gelata sulla fronte rovente. Il panico imperversava in me come una tormenta. Mi tornò d'un tratto in mente lo sconosciuto alla stazione. Era stato lui a prendere di mira le mie statuine? Era sembrato un incontro fortuito, ma perché altrimenti mi aveva rivolto la parola?

Ma come poteva aver avuto accesso alla mia borsa? L'ultima volta che l'avevo visto era stato nel Duomo di Colonia...

«Cosa devo fare ora?» chiesi singhiozzando. «Non posso presentare alla regina dei ciottoli!»

Evans rifletté un istante. «Che ne è del vostro altro angioletto?»

«Quello non posso darglielo!» singhiozzai.

«Non è quello che intendo» rispose. «Voglio solo sapere se c'è ancora.»

Allungai una mano in tasca, mentre cercavo nel frattempo di asciugarmi le lacrime dagli occhi. Sì, c'era, avvolto nel fazzoletto di Elisabeth. Lo tirai fuori e lo porsi a Evans. «Eccolo!»

L'angioletto splendette un istante alla luce. Evans lo esaminò e me lo restituì.

«Era nella tasca del vostro mantello?»

«Sì, tutto il tempo. L'ho tenuto quasi sempre addosso.»

«Mentre gli altri erano nella borsa.»

«Sì, lo sapete.»

Lui trasse un profondo respiro, rivolgendomi uno sguardo serio. «Devo farvi una domanda e vi prego di essere assolutamente sincera.»

Assentii. Cosa mai intendeva? E perché mi guardava così sospettoso?

«Vi prometto che, a prescindere dalla vostra risposta, non vi accadrà nulla. In un caso o nell'altro provvederò a farvi tornare a casa al sicuro.»

Scossi il capo senza capire. Cosa voleva dirmi?

«Fatemi dunque la vostra domanda.» Avvertivo crescere in me un'inquietudine maggiore del panico e della rabbia nei confronti del ladro.

«Avevate davvero degli angeli nella borsa, Miss Härtel?»

Non credevo alle mie orecchie. «Come?» chiesi, come se fingere di non aver capito bastasse a cancellare l'infamante accusa che si celava dietro quelle parole.

«Perdonatemi, ma devo chiedervelo. Avete forse lasciato la Germania senza angeli, dandomi a intendere il contrario?»

Avevo capito bene dove volesse andare a parare. Ciò nonostante le sue parole furono come uno schiaffo, e scoppiai in lacrime. Lacrime di rabbia contro di lui, questa volta. Come poteva solo dire una cosa simile? Come poteva sospettare che gli avessi mentito?

«Sì che c'erano» risposi tra i singhiozzi. «Avevo preso tutti quelli che possedevo. Credete davvero che sarei stata capace di inscenare il furto? Ed essere così meschina da partire con dei sassi al posto delle mie statuine? Guardate bene. Erano custoditi in scatoline da fiammiferi e ora ci sono solo pietre. Le scatoline sono scomparse con il loro contenuto.»

Non c'erano più e il fatto che Evans non mi credesse mi dilaniava. Nessuno aveva mai dubitato di me prima d'ora. Evans nel frattempo aveva avuto modo di conoscermi, come poteva ritenermi in grado di una tale bassezza?

Mi rannicchiai su me stessa in lacrime. Il sangue mi pulsava forte nelle orecchie, tanto da far scomparire tutti i rumori circostanti.

Evans rimase a guardarmi qualche istante, poi mi sfiorò una spalla, ma, invece di sentirmi percorrere da un'ondata di calore, furono collera e odio a esplodere in me. «Non osate toccarmi!» Stavo urlando. Evans fece un passo indietro, spaventato, ma non mi bastava. Avrei voluto graffiargli il viso, strappargli i capelli! «Mi avete accusata di un simile raggiro e non posso nemmeno dimostrarvi la mia innocenza, perché ero io ad averli in custodia» esclamai. Non ero mai stata tanto disperata. «Chi mi dice che non siate stato voi mentre dormivo? E perché avrei dovuto cercare di ingannare la regina? Sarebbe comunque venuto fuori, non credete? Pensate che volessi scroccare un bel viaggio? Se non vi avessi seguito, avrei ancora le mie statuine. Così ora non ho niente! Soltanto l'accusa di essere un'impostora!»

Mi coprii il viso con le mani, mentre lacrime calde mi scorrevano tra le dita. Pensava davvero che fossi così stupida? E perché lo pensava?

«Miss Härtel, io...»

«Sparite!» lo aggredii. «Uscite dalla mia stanza e dalla mia vita! Andatevene e lasciatemi in pace, visto che non volete aiutarmi.»

Lo guardavo con aria d'accusa e con la flebile speranza che cercasse di scusarsi. Invece lui girò le spalle e si avviò alla porta.

# 17

Non sapevo come avessi raggiunto il letto e neppure quanto a lungo avessi pianto.

Fissavo con gli occhi gonfi la borsa in mezzo alla stanza. Nell'aria aleggiava ancora l'accusa proferita da John Evans. Anche il solo pensiero bastava a farmi scoppiare di nuovo in lacrime. Come aveva potuto anche solo sospettare che avessi mentito? Aveva forse dimenticato che qualcuno ci aveva seguito nel Duomo e sulla banchina della stazione di Heilbronn? Quello sconosciuto poteva davvero avere a che fare con il furto, anche se proprio non riuscivo a spiegarmi come fosse riuscito a mettere le mani sul mio bagaglio?

Evans era davvero convinto che lo avessi ingannato? Magari stava già organizzando la mia partenza. D'altra parte me lo aveva promesso.

A un certo punto le palpebre si fecero pesanti e caddi in un sonno profondo. Nel sogno ero di nuovo sulla nave, solo che Evans era sulla terraferma. Stava in piedi sul molo e sventolava nella mia direzione una bandiera nera. Mi svegliai di soprassalto.

Nel frattempo fuori era sorto il sole. Aprendo gli occhi, notai qualcuno seduto sulla poltroncina. Era girato verso la finestra e potevo scorgerne solo la nuca, ma non poteva che essere

Evans. Mi lasciai ricadere sul cuscino umido delle lacrime che dovevo aver versato anche nel sonno.

«So che siete sveglia, Anna» disse, alzandosi lentamente.

«Cosa ci fate qui?» chiesi tirandomi le coperte sopra la testa. Non volevo che mi guardasse. Non volevo che mi vedesse così distrutta dal pianto.

«Volevo scusarmi» rispose, e sentii che si sedeva accanto al letto. «Mi spiace aver dubitato di voi. Non sarebbe stata la prima volta che qualcuno si presenta a corte, sostenendo che gli sia stato sottratto un inesistente oggetto di valore e chiedendo mostruosi indennizzi. Avevo il dovere di porvi quelle domande.»

«E cosa è cambiato ora?» chiesi senza sbucare da sotto le coperte. Era forse infantile, ma non me la sentivo. Temevo di non riuscire a controllare la mia collera. «Non posso dimostrarlo nemmeno adesso. Tutto ciò che mi rimane è l'angioletto senza piede, sempre che io non abbia fatto sparire anche quello. Non lo avrei mai mostrato a nessuno, se voi non mi aveste pregato di farlo.»

«Ed è per questo che vi credo» disse lui con tanta dolcezza che l'obiezione che avevo già pronta svanì nell'aria. «Vi prego, tirate via quelle coperte. È una mattinata così bella.»

«È una mattinata terribile» risposi, azzardando però un'occhiata fuori dalla finestra.

Evans mi guardava contrito. «Eccovi, finalmente! Ripeto, mi dispiace. Avrei dovuto comportarmi in modo più opportuno.»

«Opportuno?» domandai, avvolgendomi la coperta intorno al corpo. Ero ancora vestita ma sentivo di aver bisogno di un'ulteriore corazza per difendermi da Evans. «Come si può muovere un'accusa simile in modo opportuno? È un'insolenza in ogni caso!»

«Non se l'accusa è motivata» ribatté lui. «Ma se così fosse, avreste reagito in un'altra maniera.»

«Ovvero?» indagai.

«Come se vi avessi smascherata. O magari puntandomi un coltello alla gola.» Diceva sul serio? Un sorrisetto ironico gli si dipinse sulle labbra.

Lo sapevo! Voleva prendersi gioco di me.

«Di solito chi è colto sul fatto non reagisce disperandosi. Cerca di fuggire, si finge offeso o minaccia. Voi no.»

«E non avrei nemmeno potuto chiedere un indennizzo alla vostra sovrana, visto che siamo ancora lontani da Londra.»

«Vero. Allora facciamo pace?» chiese Evans, offrendomi la mano.

«A una condizione. Non dubitate mai più della mia parola. Mio padre era un uomo rispettabile e ha educato anche me secondo gli stessi valori! Non possiederò grandi ricchezze, ma ho l'onestà che mi ha insegnato.»

«Il che è molto.»

Solo allora gli strinsi la mano. Lui prese la mia con calore, come se quel gesto per lui avesse un grande significato, ma, avvertendo di nuovo quello strano turbamento, io la ritrassi rapidamente.

«Bene. Vi ringrazio» commentò lui con un sorriso timido che poco gli si addiceva, ma evidentemente voleva dimostrarmi di essere ancora contrito. «A questo punto cerchiamo di capire come può essere avvenuto il furto.»

«Be', come dicevamo, non abbiamo quasi mai perso di vista la borsa» risposi. «E avete visto anche voi che mi sono chiusa la porta alle spalle quando siamo scesi per cena.»

«E in genere uno dei due è sempre rimasto in zona...» Rifletté un istante, poi riprese: «Ieri notte sono stato al porto e ho destato dal sonno un impiegato dell'ufficio oggetti smarriti per chiedergli se qualcuno fosse andato a consegnare una valigia presa per sbaglio».

«E non avete avuto successo, vero?»

«Esatto» confermò lui, stringendo la mascella.

«Quindi questa è davvero la mia valigia» conclusi. Ascoltando mi convinsi definitivamente che già la sera prima doveva aver creduto alle mie parole. Altrimenti perché si sarebbe preso la briga di andare al porto? «Nessuna delle dame che erano a bordo l'avrebbe degnata di uno sguardo. Perciò qualcuno deve averli tirati fuori, quando...» Mi bloccai. Ovvio! C'era un momento in cui il bagaglio era rimasto incustodito. «Siamo saliti insieme sul ponte, deve essere accaduto in quel mentre.»

D'un tratto mi tornò in mente lo sconosciuto che mi aveva rivolto la parola in stazione. E che avevo rivisto nel Duomo. «Vi ricordate l'uomo che ci seguiva? Quel tizio strano che ci osservava in chiesa?»

«L'avevo quasi dimenticato» ammise Evans. «Ma avete ragione, c'era. Però io non l'ho più visto dopo Colonia.»

«Potrebbe averci seguito comunque, ma stando più attento.»

«Possibile.» L'ira gli fiammeggiava negli occhi. Era in collera con se stesso. «Maledizione!» esclamò, battendosi il pugno sul palmo della mano e alzandosi bruscamente. Camminava da una parte all'altra della stanza come una tigre in gabbia. «Avrei dovuto essere più vigile. Era chiaro che avessimo qualcuno alle calcagna fin da Heilbronn, se ci è capitato di vederlo due volte.»

«Tre» lo corressi. «L'ho intravisto sulla banchina proprio mentre il nostro treno stava partendo.»

«Il che però esclude che abbia viaggiato con noi.» Evans borbottò qualcosa.

«Avrebbe potuto raggiungere il treno?» gli chiesi anche se mi pareva improbabile, vista la velocità con cui viaggiava.

«In verità no, a meno che non sia saltato al volo sul vagone posteriore.»

«E credete che possa averlo fatto?» Mi toccai la fronte. Scottava come le guance. «Chi si darebbe tanto da fare per un paio di angioletti di vetro? Non è che avessi in valigia pietre preziose.»

«Anche i vostri angeli hanno un valore.» Mi guardò. «Sareste in grado di ritrarre il viso di quello sconosciuto?»

«Non saprei.» Non mi era difficile disegnare e modellare il volto di un angelo, perché nasceva dalla mia fantasia. Ma prima non mi era mai capitato di disegnare un viso dal vero.

«In fondo disegnate angeli, dovreste intendervene di proporzioni della figura umana.»

«Sì, ma...»

«Provateci!» mi disse. «Trovare quell'uomo è la nostra unica possibilità. E dobbiamo agire in fretta, perché entro un paio d'ore potrebbe riprendere un traghetto per la Francia.»

«Sempre che non sia già sparito altrove.»

«Certo, potrebbe essere. A mio parere abbiamo due possibilità: o si è trattato di un furto occasionale, verosimilmente sul traghetto, oppure lo sconosciuto che avete incontrato sapeva del nostro viaggio a corte. Forse il vostro padrone di casa si è fatto scappare qualcosa mentre era alla locanda, o qualcun altro con cui ne avete parlato.»

I soli a esserne al corrente, a parte mia madre e mia sorella, erano il professore, Wenzel e i signori Niedermayer. Ma non potevo escludere che uno di loro lo avesse spifferato in giro. Magari Wenzel al bancone dell'osteria, dopo il nostro litigio di domenica.

«Porterà le statuine dove non possiate trovarle e magari le venderà» mi incalzò Evans.

«Venderle? Mica può esporle in un banchetto al mercato?»

«No, ma potrebbe offrirle a gente disposta a pagarle bene. Noi inglesi abbiamo molto a cuore il Natale e i vostri angeli non piacerebbero solo alla regina. Ci sarebbero di sicuro persone interessate qui, come anche in Francia o in Germania. Allora, volete provare a ritrarlo?»

Annuii e presi le matite. Ero tutta un tremito. Se non ci fossi riuscita, i miei angeli sarebbero stati perduti per sempre.

Chiusi gli occhi e cercai di ricordarne i tratti. All'inizio mi risultava difficile perché la rabbia e la disperazione mi investivano a ondate, offuscando la memoria.

Poi d'un tratto lo rividi nell'istante in cui mi rivolgeva la parola in stazione.

La mia mano prese a muoversi rapida sul foglio. Mi affrettavo perché i lineamenti dell'uomo avevano cominciato a impallidire appena avevo risollevato le palpebre. Evans e la stanza erano arretrati sullo sfondo e potevo quasi risentire l'odore invernale della città. Il fumo della locomotiva in arrivo, i dolciumi offerti in stazione.

Finalmente lasciai cadere la mano, guardando solo allora il ritratto. Aveva davvero quell'aria da canaglia? Non ne ero più sicura. La sua presenza mi aveva messa a disagio e rivederlo nel Duomo mi aveva quasi mandata nel panico.

«Bene, quanto meno è un'indicazione sulla quale possiamo basarci» commentò Evans dopo averlo osservato brevemente. «Prendete il vostro mantello. Usciamo subito.»

«Per andare dove?»

«Al porto!» Evans si cacciò il disegno in tasca e scomparve oltre la porta. Io rimasi a guardarlo, poi mi riscossi e lo seguii.

# 18

Correvamo per strada come ladri in fuga e notai che alcuni ci lanciavano occhiate stupite. Probabilmente pensavano fossimo avventori che scappavano per non pagare il conto alla locanda, ma non mi importava. In quel momento mi interessava solo recuperare i miei angeli.

Arrivati al porto, ci precipitammo subito verso il primo traghetto che sarebbe ripartito per Calais.

«Non sarebbe meglio avvertire la polizia?» chiesi adocchiando un uomo in divisa nera.

«Non può esserci d'aiuto. Quanto meno non ancora. Prima che si mettano a cercare sconosciuti estimatori di angeli di vetro, il ladro avrebbe tutto il tempo di prendere il largo.»

Evans mi prese per mano e mi trascinò verso la passerella sulla quale scorreva lentamente una folla di passeggeri.

«Aspettatemi qui senza muovervi di un passo!» mi intimò mentre si insinuava di lato nella fila. Alcuni si lamentarono pensando che volesse scavalcare la coda, ma lui non ci badò. Parlò brevemente con gli uomini incaricati di controllare i biglietti e mostrò loro il disegno. Un impiegato in uniforme lo osservò a lungo, poi scosse il capo.

Evans gli disse qualcos'altro, provocando uno sguardo palesemente infastidito nell'interlocutore. La folla di passeggeri si era infatti bloccata, e la cosa lo irritava non poco.

A un tratto Evans tirò fuori qualcosa dalla tasca. Una banconota! Che finì, seguita da un'altra identica, nelle tasche dell'impiegato. Anche il collega ne ricevette altre due.

A quel punto l'uomo si fece più amichevole ed Evans, dopo aver scambiato qualche altra frase con lui, tornò da me.

«Allora, avete saputo qualcosa?»

«No, finora non si è presentato nessuno con questa fisionomia. Ma mi hanno promesso di tenere gli occhi aperti e di fermarlo se dovessero vederlo.»

«E voi credete che lo farebbero?»

«Una sterlina a testa è un bell'incentivo. E gliene ho promesse tre se lo trovano.»

Non avevo idea del valore della moneta inglese, ma una sterlina doveva essere una bella cifra e in effetti i due uomini sembravano più concentrati nell'osservare i passeggeri.

«Volete rimanere qui ad aspettare finché non saranno saliti tutti?»

«Esattamente. E nel frattempo controlleremo i dintorni.»

«Ma se ci vede scapperà.»

«Bene, perché in tal caso potremmo chiedere alla polizia di perlustrare ogni angolo della città.»

Dopo un attimo di silenzio, ripresi: «Da dove vi arriva tutto quel denaro che avete usato per i due controllori?».

«Il mio signore mi ha affidato una somma generosa, perché vi conducessi a Londra sana e salva.»

«Ma immaginava... contrattempi simili?» Mi girava la testa. Un paio di giorni prima ero una qualunque vetraia di Spiegelberg e ora mi ritrovavo a Dover con Evans sulle tracce di un ladro. Avevo perso le mie statuine e non sapevo cosa fare. E la regina mi stava aspettando!

«No, ovviamente no. Il denaro doveva servire ad altro scopo.

Ma, senza angeli, la vostra visita alla regina terminerebbe qui. È per questo che ho deciso di investire il denaro nella ricerca.»

Non avevo idea di quante persone ci fossero passate davanti. Dopo un po' non vedevo altro che lunghi mantelli, scialli e finanziere dei più svariati colori. I visi ci scorrevano sotto gli occhi senza provocare alcuna reazione, mentre io ero convinta che se avessi scorto lo sconosciuto si sarebbe smosso in me qualcosa. Ora però, quanta più gente calcava la passerella, tanto più intensa si faceva sentire la stanchezza.

Finalmente la calca cominciò a scemare e, a parte gli ultimi ritardatari, la maggior parte dei passeggeri doveva ormai essere a bordo.

«Quanto aspettiamo ancora?» chiesi.

Evans, assorto, trasalì. «Finché il traghetto non lascia il molo. Solo allora avremo la certezza che non sia salito sulla nave.»

«Chi vi dice che non sia già a bordo e che i controllori non vi abbiano mentito?»

«Cerco sempre di fidarmi del prossimo.»

Passarono altri minuti. Il freddo portato dalla ruvida brezza marina ormai si insinuava sotto il mio mantello e mi strinsi le braccia al petto rabbrividendo.

Quando ritirarono la passerella, persino Evans fu costretto ad ammettere che il nostro pedinatore non sarebbe arrivato e borbottò tra sé qualche parola in inglese che suonava come un'imprecazione.

«È andata» commentai triste, calciando via un sassolino che rimbalzò sul selciato per poi perdersi chissà dove. «Non rivedrò mai più le mie statuine. Vi converrà usare il vostro denaro per caricarmi sul prossimo traghetto.»

«Volete arrendervi così presto?» chiese lui deluso. «Vi credevo più battagliera.»

«Cosa volete che faccia? Quel tizio potrebbe essere ovunque. Magari già a Calais. E come avete già detto voi...»

Evans mi interruppe con un gesto brusco. «Abbiamo di meglio da fare che piagnucolare. Venite, ci restano ancora un paio di possibilità.» Mi prese per un braccio e mi trascinò con sé. «Chiederemo in giro se qualcuno ha visto quel tizio. Se è stato in città, o magari c'è ancora, deve aver affittato un alloggio. E dovrà pur aver mangiato. Magari lo troveremo in uno dei pub o delle locande qui a Dover.»

Quella sera mi sentivo le ossa rotte. Avevo perso il conto degli alberghi e delle trattorie in cui eravamo stati. Il risultato era sempre lo stesso: nessuno aveva visto lo straniero. E nessuno aveva visto in vendita degli angioletti di vetro.

Nel frattempo eravamo passati anche dalla polizia, sebbene Evans rimanesse dell'idea che sarebbe servito a poco. Io invece ero più ottimista. Magari quel tizio sarebbe stato fermato per qualche altro crimine e per caso sarebbero saltate fuori le mie statuine. Quanto meno adesso i gendarmi sapevano che appartenevano a me.

Evans era fiducioso di poter trovare lui stesso il colpevole e al momento si aggirava da solo per le strade della città. Lo avrei accompagnato volentieri ma aveva obiettato che i pub che aveva intenzione di bazzicare non erano adatti alle giovani signore. Anche se gli avevo assicurato di essere già stata in osterie simili, mi aveva spedita in camera come se fossi una bambina.

All'inizio ero furiosa, ma poi capii che forse era meglio non andare con lui. Il tizio della stazione non aveva visto bene Evans, mentre aveva fissato abbastanza a lungo me per ricordare i miei lineamenti. Se mi avesse notato, avrebbe senz'altro sospettato di essere in trappola.

Rimanermene lì seduta, però, non mi piaceva. Continuavo a tormentarmi pensando a dove potessero essere finite le mie statuine.

Presi il mantello e tirai fuori l'angioletto superstite. Durante il sonno non mi ero accorta di aver macchiato di lacrime il fazzoletto di Elisabeth. Me lo portai alla guancia, mentre stringevo in mano la statuina nella speranza che mi regalasse un po' di consolazione. Avrei preferito avere accanto mia sorella, in quel momento, ma sapevo che si sarebbe preoccupata da morire se avesse scoperto che ero stata derubata.

Alla fine mi venne un'idea. Mi misi allo scrittoio e le scrissi una lettera.

Non le parlai del furto ma le raccontai delle vetrate di Colonia, del viaggio attraverso la Francia e del traghetto fino a Dover. Descrissi meglio che potevo la luminosità delle scogliere e mi fermai lì. Evitai di dirle che non avevo più speranza di vedere la regina. Gliene avrei parlato più tardi, quando mi sarei rimessa in viaggio verso la terraferma.

D'un tratto la porta della mia camera si spalancò ed Evans si precipitò dentro.

«Cosa è successo?» gli chiesi, visto che in genere era solito bussare. Doveva esserci un motivo per dimenticarsi le buone maniere.

I suoi occhi d'argento brillavano, mentre infilava la mano nella tasca della sua finanziera. «La riconoscete?» chiese.

«È una scatolina per fiammiferi» risposi. Poi un lampo mi attraversò la mente. «È una di quelle in cui avevo impacchettato i miei angioletti!» precisai. Si accese in me la speranza. Li aveva trovati!

«Apritela» mi intimò però lui.

«Vuota.»

«Già, purtroppo. Siete sicura che sia una delle vostre?»

«Non credo che in Inghilterra usiate fiammiferi tedeschi, o sbaglio?»

«A meno che non si sia appena stati in visita lì...» ribatté lui.

«Qui però si vedono tracce di ovatta dentro. Perciò è una delle mie. Dove l'avete trovata?»

«Me l'ha data un giovane che lavora alla Seaside Inn. L'ha lasciata nella sua stanza un certo Jim Miller.»

«Jim Miller?»

«Probabile che sia un nome falso.»

«E perché quel ragazzo si è preso la scatolina?»

«Pare che abbia una passione per le confezioni straniere. Era convinto che avesse un qualche valore e l'ha tenuta. È stato un caso che io sia arrivato a lui. Ha riconosciuto il viso del disegno e quando gli ho chiesto se avesse notato qualcosa, ha tirato fuori questa. Ho visto subito che era tedesca e me la sono fatta dare in cambio di una piccola mancia.»

«Ma non vi ha detto nulla dei miei angioletti o di questo Miller?»

Non avevo grandi speranze ma si spensero del tutto alle parole di Evans. «No, purtroppo no. Gli ho chiesto se sapesse qualcosa del tizio che la possedeva, da dove arrivasse o dove fosse diretto, ma nulla.»

«Perciò li abbiamo perduti per sempre.» Mi rigiravo tristemente la scatolina tra le dita.

«Forse abbiamo ancora una possibilità di scoprire dove siano. Domani torniamo in città. Dubito che il ladro li abbia distrutti. Perché dovrebbe, se può ricavarne del denaro?»

«E cos'avete in mente? Siamo già stati ovunque.»

«Non ovunque. Ci sono posti che non abbiamo ancora controllato. Conosco un paio di persone che forse potrebbero aver sentito qualcosa. Adesso coricatevi e cercate di dormire. Al mattino avremo le idee più chiare.»

Annuii mentre lui prendeva congedo. Rimasi a fissare la porta attraverso la quale era scomparso. Gli angioletti erano stati tolti dalle loro scatoline e probabilmente il ladro era ripartito. Jim Miller. Che nome insignificante. Forse da queste parti era comune.

I miei pensieri giravano in tondo e gli occhi mi si appesantivano, finché non riuscii più a rimanere sveglia. Mi raggomitolai sul letto e mi abbandonai all'oscurità.

# 19

Il mattino dopo lasciammo di buon'ora la locanda. Evans mi prese delicatamente a braccetto e mi condusse con sé.

Giunti di fronte a un edificio vagamente sghembo, ci fermammo.

«È questa la locanda dove il ladro ha lasciato la scatolina?» chiesi. Cercavo invano la scritta SEASIDE e conclusi che non doveva essere quello il posto. «Chi ci abita qui?»

Evans si avvicinò alla porta e sollevò il battente. «Un vecchio amico. Voglio chiedergli se ha visto o sentito qualcosa.»

«Pensate che possa aiutarci?»

«Pete è soprannominato "l'orecchio di Dover". Sente tutto.»

«E vede anche?»

Evans rise. «Avete dello spirito, Anna, e la cosa mi piace.»

«Cosa c'è di tanto divertente? Se vedesse tutto lo chiamerebbero "l'occhio di Dover", no?»

«Può essere. Ma a Pete funzionano bene entrambi i sensi. Anzi, ha capacità superiori alle persone normali.»

«Vale a dire che è una sorta di spia?»

Evans aggrottò la fronte stupito. «Bontà del cielo! Come vi salta in mente?»

«L'ho solo immaginato. In fondo cerchiamo informazioni e da noi il soprannome del vostro amico di tanto in tanto si usa per le spie.»

«Be', è una deduzione abbastanza vicina al vero. Pete è anche un informatore, ma è soprattutto un commerciante.»

«Un commerciante?» chiesi. «Ma questa non sembra una bottega.»

«Sul davanti no, ma aspettate di vedere il retro.»

Aveva appena finito di parlare quando sentii tirare il chiavistello. La porta si aprì e fece capolino un anziano dalla testa mezza pelata.

Parve riconoscere Evans, che subito lo salutò tendendogli la mano. L'altro rispose qualcosa, poi Evans mi invitò a entrare.

Mi colpì un sentore di muffa. A prima vista l'interno appariva molto disordinato e buio... di sicuro non faceva pensare a un negozio, ma forse era voluto. L'uomo ci condusse attraverso un lungo corridoio, verso il retro dell'edificio che era ingombro di cassette e scatole. Due alti scaffali rischiavano di scomparire dietro la quantità di roba che vi era stipata dentro.

«Questo è il regno di Pete» dichiarò Evans, che sembrava conoscere bene il posto. «So che può sembrare un caos imperscrutabile, ma lui sa perfettamente dove sia ogni cosa, a prescindere da quanto tempo fa ce l'abbia messa.»

Ammiravo stupefatta la quantità di mobili antichi, bambole, vasi, annaffiatoi, specchi e giocattoli di legno dai quali Pete evidentemente non aveva davvero intenzione di separarsi. Di cosa viveva quell'uomo?

Si rivolse a Evans e, a giudicare dal tono, si trattava di una domanda.

Poco più tardi i due erano sprofondati in una conversazione, senza badare al fatto che io non comprendessi la loro lingua.

«Che cosa dice?» mi intromisi a un certo punto tirando la manica di Evans. «Potreste tradurmelo, anziché farmi restare qui come una stupida.»

Pete mi scrutava esterrefatto, Evans sorrideva.

«D'accordo.» E tornò a rivolgersi in inglese all'amico, che annuì.

«Ci sono state novità negli ultimi tempi?» chiese Evans, traducendo la domanda in inglese.

«Dipende da cosa intendi per "novità"» rispose l'altro, lasciando a Evans il tempo di riferire a me.

«Be', notizie dalla casa reale, o cose del genere. Avrai di certo sentito dire che la regina vuole fare anche quest'anno un albero di Natale in onore del marito defunto.»

«Certo!» confermò Pete. «Ma per saperne di più ti basterà sfogliare un giornaletto qualunque. Cosa cerchi davvero qui da me, con questa giovane signora cui fai da interprete?»

«Ha perso qualcosa di prezioso e tu di ricettazione te ne intendi. Non sono mica saltati fuori di recente degli angioletti di vetro? Te li hanno per caso proposti?»

Pete rifletté. «Mi offrono molte cose, lo sai, ma no, angioletti di vetro non ne ho ricevuti. Non avrebbero di certo un grande valore.»

«È proprio questo il punto.» Evans mi lanciò un'occhiata. «Ci sono cose apparentemente di scarso valore che si rivelano invece assai preziose.»

«Non ti seguo, amico mio» rispose Pete, girandosi anche lui verso di me. «Chi è in realtà questa giovane dama? In che lingua le parli?»

«In tedesco. Viene dalla Germania. E abbiamo perso i suoi angioletti di vetro durante la traversata.»

L'uomo fece una smorfia scettica. «Tedesca, dici?» Mi scrutò da capo a piedi. «Come il defunto consorte della nostra regina?»

«Esatto.»

Pete annuì, poi infilò i pollici nelle tasche del panciotto. «Comunque se vuoi terrò gli occhi aperti a proposito di angioletti.»

«E magari non solo. Qualsiasi cosa abbia a che fare con la lavorazione del vetro potrebbe interessarci.»

Proprio come per i controllori sul traghetto, Evans tirò fuori una banconota dal taschino e disse all'uomo qualche parola che non mi riportò. Poi si rivolse a me.

«Dite *goodbye* a Pete.»

«Devo farlo sul serio?»

«Da noi significa arrivederci.»

«Gut-bai» balbettai, sentendomi piuttosto stupida.

Quanto meno Pete parve capire e rispose al mio saluto con un cenno. Poi Evans mi condusse lungo il buio corridoio verso l'uscita.

«Non mi pare che questa visita ci abbia portato molto» commentai appena ci fummo lasciati l'edificio alle spalle.

«A prima vista no, vi do ragione. Ma può darsi che ne salti comunque fuori qualcosa. Pete sa dove cercare e magari ci procurerà qualche novità interessante.»

«Ne siete sicuro?» Io ero piuttosto scettica. Un commerciante di merci varie poteva senz'altro sentire molte cose, ma quel Miller non sarebbe certo andato in giro a raccontare di aver rubato degli angioletti di vetro dalla borsa di una giovane straniera.

La zona in cui ci trovavamo era molto diversa dal resto della città, come la notte dal giorno.

Le abitazioni avevano un aspetto misero, con l'intonaco che si staccava dalle pareti, alcune imposte che pendevano e i panni ingrigiti che si congelavano al freddo.

I muri interni erano neri di fuliggine e sembrava che da alcune finestre fossero recentemente fuoriuscite le fiamme.

«Restate vicina a me e non aprite bocca, d'accordo?» si raccomandò Evans, facendo scorrere uno sguardo cauto lungo la strada e i vicoli che vi si immettevano.

«Capito» risposi. «Ma perché?»

«Questa è l'altra faccia della medaglia, la metà oscura della sfavillante cittadina portuale.»

«Qui abitano i poveri.»

«Non solo poveri. Anche persone che si guadagnano da vivere compiendo reati.»

«Credete che potrebbero prenderci di mira?» Guardai il vestito che indossavo: con quello difficilmente avrebbero potuto scambiarmi per una dama che portasse con sé chissà quali ricchezze.

«Qui non si può mai sapere. A volte i poveri derubano anche i loro pari.»

«E la regina non fa niente in proposito?» chiesi meravigliata.

«Può forse il vostro imperatore accudire tutti i suoi sudditi bisognosi?» ribatté lui.

Mi zittii, imbarazzata. Nella nostra zona l'imperatore non si era neppure mai fatto vedere. E nemmeno il principe del Baden-Württemberg era intervenuto quando la fabbrica di specchi era stata costretta a chiudere.

«Per quanto buoni siano i sovrani, temo che nessuno di loro riuscirà mai ad alleviare la povertà dell'umanità intera o tanto meno a eliminarla.»

D'un tratto si aprì una porta e ne uscì una donna dai capelli scarmigliati. Ai suoi piedi apparve un gatto, che però sparì immediatamente dopo.

La donna aveva una voce forte, stridula, e si rivolse a Evans in tono poco amichevole. Lui alzò le mani per farla calmare e le rispose qualcosa. Quanto avrei voluto sapere cosa si stavano dicendo. Quando captai il nome "Jim Miller", capii che le stava chiedendo del nostro ladro. Le mostrò anche il mio disegno, ma la donna non aveva molto da dire. Fece spallucce, scosse il capo e additò la strada alle sue spalle. Poi scomparì di nuovo dietro la porta.

Nel frattempo il gatto si era infilato sotto la scala della casa e da lì vedevo scintillare i suoi occhi verdi che mi fissavano.

«Sa dove si trovi Jim Miller?» chiesi con un sussurro mentre riprendevamo il cammino.

«No, ma mi ha consigliato di chiedere laggiù.»

«E cosa c'è laggiù?» Allungai il collo ma non vedevo altro che una schiera di case fatiscenti.

«Un tempo c'era un pub. Dato che questa strada non è sicura, la gente non ci viene più, ma il proprietario continua a vedere e sentire tutto. O almeno così sostiene quella donna.»

«Un tizio come quel Pete?»

«Peggio, temo. Ma non vogliamo giungere a conclusioni premature, vero?»

Quanto più ci inoltravamo nel cammino, tanto più profonda appariva l'oscurità. Osservavo intimorita le case, dalle cui finestre la vernice si scrostava in larghi pezzi. Di tanto in tanto balenava qua e là un viso che poi si ritraeva in un baleno. Erano in genere anziani che sbirciavano i passanti. Da dietro un vetro un uomo ci fissava con occhi spalancati che parevano incapaci di vedere. Un brivido mi corse lungo la schiena. Mi sarei volentieri stretta ancora più forte al braccio di Evans.

Quando finalmente raggiungemmo il pub, capii che Evans non aveva esagerato: non sembrava un posto particolarmente accogliente.

«Forse avrei fatto meglio a venire qui da solo» mormorò Evans.

«Cosa potrebbe mai capitarci lì dentro?»

«Magari qualcuno ci sta sorvegliando e ha pagato l'oste perché tenesse gli occhi aperti. Con voi al mio fianco non passo inosservato.»

Basta, non ci capivo più niente. Se era troppo pericoloso porgli domande o se Evans sospettava che l'oste potesse essere in combutta con il ladro, perché mai ci stavamo andando?

«Potrei aspettarvi fuori» proposi.

«Per niente al mondo! Sareste una facile preda per i malintenzionati. Voi venite con me.»

Per fortuna la porta del pub non era chiusa. Ci aggredì il tanfo di fumo stantio. Le sedie erano rovesciate sui tavoli e non si vedeva anima viva.

La luce che filtrava attraverso le tendine giallastre e le finestre sporche raggiungeva a malapena il bancone.

«*Hello?*» chiese Evans guardandosi intorno. «*Is anybody here?*»

Probabilmente stava chiedendo se ci fosse qualcuno.

Per lunghi istanti non arrivò risposta, poi attraverso la stanza tuonò una voce che non suonava affatto felice o amichevole.

L'uomo che apparve poco dopo nel locale era di media statura, tarchiato. Portava i capelli biondi pettinati di lato. Evidentemente l'avevamo disturbato mentre stava lavando qualcosa, perché si stava asciugando le mani su un panno lurido e pieno di macchie.

Evans non mi spiegò cosa aveva intenzione di chiedergli. Tirò fuori una banconota e la posò sul bancone. L'oste la scrutò con diffidenza, poi però la prese e tra i due cominciò una conversazione. Dai gesti dell'interlocutore non capivo se volesse, o comunque fosse nelle condizioni di svelare a Evans qualcosa. Lui rimase tranquillo, senza alzare la voce neppure quando l'altro cominciò a sbraitare.

Notai più di una volta che lo sconosciuto mi guardava di sottecchi, in un modo che mi incuteva paura. Sembrava che volesse imprimersi nella memoria il mio volto. Mi voltai verso la porta. Solo allora mi accorsi che sopra vi era appeso un coccodrillo imbalsamato. Lo aveva forse lasciato in pegno un marinaio che non era riuscito a pagare il conto?

Quando la conversazione finì, Evans mi condusse fuori, mentre la porta si chiudeva fragorosamente alle nostre spalle.

«Dunque, cosa vi ha detto?» Mi rodeva un po' non capire una parola.

«Il nostro uomo è stato qui.»

«Nel pub?»

«Sì. Ieri sera si è incontrato con qualcuno, ma purtroppo l'oste non lo conosce. Lo ha definito "un tipo fine".»

«Ma gli angioletti li ha visti? O ha per caso sentito cosa si sono detti?»

«Non li ha visti e anche i discorsi dei due avventori sono rimasti molto sul vago. Discutevano del compenso di Miller per i suoi servigi. È passata una busta da uno all'altro, poi il tipo fine se n'è andato e subito dopo anche Miller, lasciando una generosa mancia al padrone del locale. Probabilmente questo è l'unico motivo per cui si ricorda di lui.»

«Se è stato pagato per il suo lavoro, questo vuol dire che può lasciare Dover.»

«Direi proprio di sì.»

«Allora sarebbe stato meglio tornare al porto.»

Evans sospirò. «È questo il problema: non possiamo essere ovunque. L'informazione che Miller ha ricevuto dei soldi da un tizio ben vestito in una zona malfamata come questa ci conferma che siamo sulla pista giusta. D'altra parte ci sarebbe stato utile sapere chi fosse il misterioso interlocutore.»

«E l'oste non ha saputo darvene una descrizione?»

«Ha detto solo che indossava una finanziera color sabbia, pantaloni scuri, camicia bianca dal collo inamidato e una cravatta fermata con una spilla.»

«Ha saputo dirvi di che materiale era la spilla, se aveva degli intarsi? Era in oro, argento, o di qualche pietra preziosa?»

«No. O meglio, non gliel'ho chiesto.»

«Forse dovremmo farlo? Potrebbe essere importante.»

Evans mi guardò dubbioso. «Lo terrò a mente se dovessi tornare, ma ora dobbiamo andarcene da qui. Gli sguardi che mi sento addosso da dietro le tendine mi rendono inquieto.»

Tornò a offrirmi il braccio ed ebbi la vaga sensazione che mi stringesse più forte a sé.

Percorremmo la strada senza scambiarci una parola. La luce grigiastra del vicolo mi deprimeva e mi faceva sentire ancora più freddo.

La sensazione cominciò a scemare quando le case tornarono ad avere un aspetto più curato.

«Siete così silenziosa, Anna» notò Evans.

«Sono solo pensierosa, tutto qui.» Del resto, cosa si aspettava? I miei angioletti non erano saltati fuori e l'unica certezza che avevamo era che quel Miller avesse fatto tappa in quella bettola. Nel frattempo però poteva essere ovunque. Quanto alla descrizione che avevamo del tizio che lo aveva pagato, si sarebbe adattata a qualsiasi uomo benestante.

D'un tratto udimmo alle nostre spalle rumore di zoccoli e un fragoroso sferragliare. Per la verità non ci feci troppo caso, pensando che anche in Inghilterra le carrozze a cavalli consegnassero merci ai negozi, ma Evans urlò: «Attenzione!» e mi tirò da parte.

Emisi un grido incespicando e poco dopo mi ritrovai addossata alla parete, tra le sue braccia. I nostri visi erano così vicini e il calore del suo corpo contro il mio per un attimo mi impedì di realizzare cosa fosse appena successo.

Poi sentii la corrente d'aria di una carrozza che mi passava decisamente troppo vicina. Una delle ruote mi sfiorò la gonna spazzandola via di lato. Dopo averci oltrepassato, la carrozza riprese il controllo riportandosi al centro della carreggiata.

«Cosa è stato?» chiesi mentre il cuore mi batteva in gola. Per un pelo non ci aveva investiti. «Eppure il vetturino non può non averci visti!»

«Evidentemente era mezzo addormentato, oppure...» Si fermò, guardandomi. Un istante dopo mi resi conto che le nostre labbra erano a pochi centimetri di distanza.

Anche lui pareva averlo notato, perché si ritrasse, schiarendosi la voce imbarazzato.

«Oppure cosa?» chiesi.

«Dobbiamo tornare più in fretta possibile al nostro alloggio» rispose, elusivo. «Credo sia meglio.»

«Ma perché? Non abbiamo ancora trovato i miei angeli!»

Evans si guardò intorno, poi mi attirò in un androne. «Ascoltatemi, Anna» esordì prendendomi le mani. Io lo fissavo stupita. «Da ieri non riesco a liberarmi dalla sensazione che sarebbe meglio se andassi solo io in cerca delle statuine. Già nel vicolo ero un po' a disagio.»

«E perché? Ho fatto qualcosa di sbagliato?»

«No, ma può darsi che il ladro o il suo committente ci stiano tenendo d'occhio e l'oste di sicuro vende le sue informazioni senza farsi troppi scrupoli.»

«Credete che quella carrozza abbia a che fare con la nostra visita nella sua bettola? Sarebbe una follia.»

«Mi auguro che lo sia, ma sarebbe comunque meglio se voi non foste con me. Come avete visto, qua fuori può capitare di tutto. Quando ho accettato l'incarico di accompagnarvi qui dalla Germania mi sono assunto la responsabilità della vostra incolumità. Il che prevede che torniate sana e salva alla vostra famiglia. Ma non posso garantirlo se continuo a portarvi in posti equivoci.»

Avevo l'impressione che mi nascondesse qualcosa. Avevamo dovuto schivare una carrozza, ma cosa c'era di tanto strano in questo? In quel vicolo non ci aveva aggredito nessuno. E anche il fatto che la carrozza avesse perso il controllo poteva essere una stupida casualità. Perché d'un tratto reagiva in modo tanto esagerato? L'oste gli aveva detto dell'altro? Lo aveva messo su una qualche pista?

«Forse dovrei portarvi da alcuni miei vecchi conoscenti nella zona di Grayson» riprese. «Il villaggio appartiene ai domini del mio signore. Lì qualcuno potrebbe prendersi cura di voi finché questa brutta faccenda non sarà conclusa.»

«Ma io desidero rimanervi accanto!» risposi confusa. Perché voleva liberarsi di me? Lo intralciavo?

«Sarebbe troppo pericoloso, Anna! Non credo che quella carrozza vi abbia sfiorato per caso.»

«Che intendete? Che qualcuno voleva uccidermi? E a che scopo?»

«Avete ricevuto un invito dalla regina e ritengo che la cosa possa avere generato invidia. Profonda invidia.»

«Invidia? E chi potrebbe provarne per me e i miei angioletti di vetro?» Scossi il capo. Non poteva essere.

«Questo non lo so, ma i motivi potrebbero essere vari. L'albero di Natale della regina viene addobbato da molti fornitori. Magari un vetraio potrebbe vedere in voi una concorrente, per di più straniera, ed essere perciò disposto a qualsiasi cosa pur di eliminarvi dalla competizione.»

«Se così fosse, avrebbe già in mano le mie statuine, mentre io non ho più alcuna merce da offrire.»

«Ma siete ancora qui, alla ricerca della refurtiva! Forse teme di essere scoperto. Se fossi al suo posto tenterei con ogni mezzo di indurvi a riprendere la via del ritorno. Chissà cosa potrebbe escogitare.»

In effetti era plausibile, ma l'idea di ritirarmi da sola in quel villaggio mi intristiva. Entro le mura della locanda ero al sicuro. Senza contare che avremmo dovuto comunque riprendere la strada per la capitale.

«Cosa facciamo con la camera che avete prenotato per me a Londra? Il proprietario si risentirà con voi se non mi presento.»

«Lasciate che sia io a preoccuparmene. Il mio signore lo conosce e metterà senz'altro una parola buona per noi quando gli spiegherò in quali difficoltà ci siamo trovati.»

Smontata l'ultima obiezione che mi restava, e sfinita, mi arresi.

«D'accordo, andrò a stare dai vostri conoscenti.»

Evans era visibilmente sollevato. «Bene. Andiamo, allora.»

Mentre ci avvicinavamo alla locanda, il cielo si fece completamente buio. Conoscevo fin troppo bene il tipo di nuvole che coprivano Dover come una coltre pesante: promettevano neve. Si addensarono sopra la distesa del mare e non ci volle molto prima che il nevischio mi arrivasse sulle guance. Non avevo idea di come fosse l'inverno in Inghilterra, ma quella nevicata non mi pareva affatto un buon augurio.

«Mi occuperò di tutto io» promise Evans mentre mi accompagnava alla porta della mia camera, quasi dovesse accertarsi che io ci arrivassi.

«Come pensate di raggiungere così in fretta i vostri conoscenti?»

«Ci riuscirò. Adesso riposate. Verrò a cercarvi appena torno.»

Quando già stava per andarsene lo presi per un braccio. «Dove siete diretto?»

«In posti dove è meglio che voi non veniate. Fate i bagagli, intanto. Se siamo fortunati riusciremo a partire prima di notte.»

«In treno?»

«No, in carrozza. Il villaggio è un po' fuori mano, e voglio evitare che qualcuno ci segua.»

Il pensiero che lo sconosciuto di Heilbronn ci pedinasse mi strinse la gola.

Intuendo la mia angoscia, Evans mi prese la mano, stringendola delicatamente. «Andrà tutto bene, Anna. La persona da cui voglio portarvi avrà cura di voi, così potrete riprendervi da questa esperienza. Non sono stato abbastanza attento da impedire che vi derubassero, ma adesso rimetterò a posto le cose.» Così dicendo, voltò le spalle e se ne andò.

Io aprii la porta ed entrai nella mia camera, poco più illuminata dell'osteria con il coccodrillo. Feci correre lo sguardo oltre il vetro della finestra. Le nubi erano sempre più fitte e i fiocchi di neve danzavano nell'aria privi di peso. Non erano molti, ma ero sicura che la tormenta si sarebbe intensificata.

Mi sentivo esausta, triste. Avrei dovuto vivere quel viaggio come una magica avventura, ma il destino sembrava accanirsi contro di me.

Feci un paio di passi nella stanza e mi lasciai cadere sul letto. Lo sguardo fisso fuori dalla finestra, mi misi a riflettere.

Chi poteva volermi male? Era spaventoso credere che qualcuno che neppure conoscevo avesse tentato di ferirmi o addirittura di uccidermi! E non voleva danneggiare solo me, ma anche la mia famiglia. Se non avessi ritrovato quegli angeli non ci sarebbe stato alcun futuro per noi.

Ma se pensavano che mi sarei arresa si sbagliavano.

Certo, l'incontro alla stazione di Heilbronn era stato singolare, come pure il riapparire dello sconosciuto nel Duomo. Ci aveva forse seguito anche attraverso la Francia? Sullo stesso treno? Era persino sul nostro traghetto e non lo abbiamo notato?

Perché non mi ero accorta di nulla? Ed Evans?

Dietro il furto poteva davvero esserci un vetraio invidioso delle mie creazioni? Ma come aveva saputo che ero stata invitata alla corte inglese?

Lo sguardo mi corse alla valigia dei vestiti, dove avevo infilato anche il taccuino. Avrei dovuto scrivere a mia sorella? E per raccontarle cosa? Che qualcuno aveva tentato di uccidermi? L'avrei messa inutilmente in agitazione.

Alla fine mi sedetti accanto alla finestra. Evans ancora non si vedeva, perciò avevamo ancora un po' di tempo prima di lasciare la locanda.

Dovevo ammettere che Dover era molto bella sotto quella leggera coltre di neve. Man mano che calava la sera, si accendevano altre luci dietro i vetri e alcuni mettevano candele sui davanzali.

A quella vista avvertii un moto di tristezza nel petto. Anche Spiegelberg doveva essere così. Tra poco gli usci delle case si sarebbero ornati di tralci d'abete e dalle porte si sarebbe sentito uscire il delizioso profumo delle prelibatezze natalizie. Anche noi esponevamo sempre una ghirlanda d'abete decorata con le stelle di paglia preparate da Elisabeth. A volte ci aggiungevo anche qualcuno dei miei angioletti, invece ora mi rimaneva solo quello con il piedino zoppo.

Mentre lo stringevo tra le dita, un paio di lacrime mi caddero sul fazzoletto.

Non sapevo quanto tempo fosse passato. Il cielo smise a un certo punto di farsi più scuro, mentre la neve continuava a cadere.

D'un tratto sentii bussare alla mia porta.

«Anna, avete finito di preparare le valigie?» chiese Evans senza entrare.

«Sì, arrivo!» Non avevo molto da portare con me, visto che metà del mio bagaglio era sparito. Per un attimo avevo persino accarezzato l'idea di lasciare lì la borsa vuota con la scatola ormai inutile. Poi però ci avevo infilato l'abito che avevo indossato durante il viaggio.

Con un sospiro sollevai entrambe le valigie dal pavimento e uscii. Evans mi aspettava in corridoio con un'espressione tesa.

«Pensate davvero che sia opportuno partire adesso?» chiesi. «Nevica, e presto le strade potrebbero diventare impraticabili.»

«Dobbiamo tentare. Qui non siete più al sicuro.»

«Tutto questo per una carrozza che è uscita di strada?» Nel mio ricordo l'episodio non appariva più così grave.

«Non è solo quello. Qualcuno ci ha seguito, poi sono sparite le statuine e, ora che ci siamo messi sulla pista giusta, hanno tentato di investirci. Tra l'altro ho di nuovo parlato con Pete e con l'oste.»

«E cos'avete scoperto?»

«L'oste ha detto che la spilla aveva una gemma della lucentezza di un rubino, ma che non sembrava autentica.»

«Vetro!» esclamai.

«Possibile. E poi c'è un'altra cosa che ha scoperto Pete: alcune persone si sono messe insolitamente in moto.»

«E che vuol dire?»

«Sanno che siamo alla ricerca dell'uomo che vi ha derubata, il che rende ancor meno probabile che l'episodio della carrozza sia stato un incidente. Era un avvertimento.»

Ero sconvolta. Davvero quegli uomini temevano una ragazza come me? O c'era dietro qualcos'altro?

«Nei prossimi giorni cercherò di capirne meglio le implicazioni. La spilla di vetro comunque è già un buon indizio: non sono molti gli uomini che ne portano di simili.»

«Magari è un vetraio» sussurrai io come inebetita. Solo allora ricordai che anche mio padre aveva una spilla fermacravatta di quel genere. Gliela avevamo messa nella bara, perché la mamma non sopportava il pensiero di seppellirlo in uno spoglio lenzuolo funebre. Lo avevamo perciò affidato al riposo eterno con indosso il suo abito migliore, sul quale stava benissimo la spilla con un trifoglio di vetro.

«Già. Visti i presupposti, non è certo da escludere» concordò Evans. «Ma è meglio muoversi, prima che il maltempo mandi a monte i nostri progetti.»

Prese le mie valigie e si avviò di sotto.

# 20

Il vento frustava la carrozza, mentre i fiocchi di neve tamburellavano contro i vetri. Sembrava quasi che la tormenta ci avesse inseguiti fin dal mio paese. Guardavo pensierosa il paesaggio azzurrastro farsi sempre più buio. Gli alberi parevano cupi guardiani ai margini della strada e tra non molto i cespugli si sarebbero trasformati in grandi sfere bianche. Un brivido mi percorse. Quanto mi sarebbe piaciuto appoggiarmi un pochino a Evans, che come al solito emanava calore. Lui mi sedeva però di fronte e mi sorvolava con lo sguardo, perso nei suoi pensieri. Avrei davvero voluto sapere cosa gli passava per la testa, ma chiederglielo mi era difficile quanto trovare il coraggio di sedermi al suo fianco.

Il mondo intorno a noi sprofondò pian piano in un profondo blu scuro. Le luci della carrozza proiettavano un pallido alone sui mucchi di neve. A un tratto ebbi la sensazione che le ruote scivolassero sul fondo stradale.

Il mio grido improvviso strappò Evans ai suoi pensieri.

«Non vi preoccupate, il postiglione sa quello che fa» mi disse, tranquillizzandomi.

«Davvero?» chiesi artigliandomi al rivestimento della carrozza. «E se la vettura si rovescia o i cavalli sprofondano nella neve?»

«Troverà una soluzione.»

Poco dopo la carrozza ebbe un brusco soprassalto. Evans, stupito, aprì il finestrino e gridò qualcosa che io non capii, ma il postiglione gli rispose quasi subito. Sembrava che urlasse con tutte le forze per superare il fragore della tormenta.

«Cos'ha detto?» chiesi.

«Che non possiamo procedere oltre» mi spiegò Evans, tornando poi a gridare qualcosa al cocchiere.

«Forse dovreste insegnarmi qualche parola della vostra lingua» commentai. «Altrimenti non saprò come farmi capire dal vostro conoscente quando voi non ci sarete.»

Evans ignorò il mio suggerimento e continuò la discussione. Io guardavo fuori. I salici sfidavano coraggiosi il maltempo, la neve continuava a cadere e un gelido soffio di vento mi sfiorò il viso. Il pensiero di essere prigioniera nella carrozza in mezzo a una simile bufera mi terrorizzava.

«Be', non ci resta che andare a piedi.»

«A piedi? Di notte e con un tempo simile?» Se c'era qualcosa che mi spaventava più che rimanere bloccata lì dentro era l'idea di perdermi nella notte e morire congelata nella neve.

«Avete un'idea migliore?» ribatté Evans, vagamente irritato.

«Potremmo aspettare qui finché non sorge il sole!» risposi.

«Gran bella trovata! In quattro e quattr'otto congeleremmo, non potendo accendere un fuoco.»

«Nemmeno là fuori potremmo farlo» ribattei furiosa. Non saremmo potuti partire più tardi? Anzi, forse sarebbe stato meglio se fossi rimasta a Dover. Le tracce del ladro conducevano univocamente lì. Avrei potuto benissimo aspettare alla locanda. Forse avrei dovuto tornarmene subito in Germania o addirittura non partire affatto.

«Qui fuori no, avete ragione, ma dovrebbe esserci un fienile non distante da qui» riprese Evans, distogliendomi dal mio autocompatimento. «Potremmo trovare rifugio.»

«Un fienile? Ne siete sicuro?»

«Sono cresciuto nei dintorni. Da bambino correvo spesso con i miei amici al fienile. Abbiamo trascorso lì giornate intere e una volta ci abbiamo persino passato la notte. I nostri genitori erano preoccupatissimi!» I suoi occhi brillavano divertiti.

«Ma come lo troveremo? Rischiamo di perderci!» Non avevo alcuna voglia di morire congelata sul bordo di una strada inglese.

«Porterò con me una delle lanterne.»

«E il postiglione?»

«Ovviamente viene con noi. E i cavalli pure. Nessuno può spingersi fin qui, quindi non c'è pericolo che qualcuno danneggi la carrozza. Alan cercherà comunque di spingerla per accostarla meglio.»

A quel punto si rivolse all'uomo, poi mi aiutò a scendere.

Il vento gelido e carico di neve cominciò immediatamente a tirarmi i vestiti, come se volesse farmi cadere a terra. Io cacciai un urlo, non appena sentii la neve toccarmi i polpacci nudi. In pochi istanti i miei stivaletti erano fradici.

«Aspettate. Prendiamo i cavalli.»

Avrei voluto che mi sollevasse fra le braccia ma non osai esprimere quel desiderio.

Non sapevo cosa mi disturbasse di più: i fiocchi che pungevano come aghi, la neve che mi gelava sotto la gonna o la sensazione che il vento mi avrebbe volentieri spazzato via come un mucchio di foglie secche. Mi strinsi le braccia intorno al corpo, ma non serviva a molto e cominciai a battere irrefrenabilmente i denti.

Anche a casa mi capitava di dover andare al lavoro sotto la

neve, ma con una bufera simile nessuno si sarebbe azzardato a uscire.

Travolta dalle sensazioni, mi accorsi a malapena che il cocchiere stava davvero riuscendo a portare la carrozza sul ciglio della strada. Di tanto in tanto uno dei cavalli rifiutava di fare il proprio dovere, ma alla fine il veicolo fu sistemato e il conducente cominciò a staccare i due animali.

«La sella non ce l'abbiamo, ma mi è già capitato di cavalcare senza» commentò Evans come se comunicarmelo potesse rendermi più accettabile la situazione.

«Io no però!» protestai. «Avete visto come mi aggrappavo al cavallo mentre andavamo a Heilbronn.»

«Voi verrete con me» rispose lui.

«Con voi?»

«E come altrimenti? Vi terrete alla criniera mentre io prenderò le redini.»

Le pettegole del mio paese si sarebbero di sicuro slogate la mascella se mi avessero vista in quella situazione, ma, nonostante l'idea di stargli così vicino inquietasse anche me, ero contenta di non dover cavalcare da sola.

Mentre il conducente montava sull'altro animale, Evans mi tese la mano e mi aiutò a salire. Avrei voluto sistemarmi sulla groppa, ma Evans volle che stessi davanti.

«Come una principessa portata in grembo dal suo principe» commentò scherzoso.

Io arrossii. «Lasciate perdere» tagliai corto, per quanto l'idea di essere presa in braccio da lui mi allettasse.

«Perché?» chiese lui, evidentemente non intenzionato ad ascoltare il mio invito.

«Perché voi non siete un principe, e io non sono una principessa.»

«Giusta osservazione. Be', allora andiamo.» Il suo petto premeva solido contro le mie spalle. Adesso avvertivo il suo calore avvolgermi come un mantello protettivo, facendomi battere il cuore. In principio lo sfarfallio nello stomaco mi parve paura, ma poi mi accorsi che non era spiacevole. Al contrario. Sembrava quasi che il suo petto fosse fatto per le mie spalle. Come se John fosse fatto per me.

Una raffica pungente, che mi sferzò il viso con cristalli di ghiaccio, mi riportò alla realtà. John non era fatto per me. Era inglese. Era al servizio di un Lord. Non sapevo molto di lui, neppure se avesse una fidanzata o addirittura una moglie. L'anello in effetti non lo portava. Durante l'intero viaggio non ero mai riuscita a fargli raccontare nulla di sé. Perché avrebbe dovuto nutrire interesse per una vetraia tedesca? Le nostre strade si erano incrociate per puro caso, perché il suo signore voleva comprare angioletti di vetro.

Eppure tutti i miei dubbi non riuscivano a impedire al mio stupido cuore di accelerare i battiti quando lui mi stava così vicino.

Solo quando intorno a noi fu scesa l'oscurità più profonda e io temetti che John potesse essersi perso, tornai con i piedi per terra. Il vento ruggiva ancora cupo ed era quasi un miracolo che i nostri cavalli non fossero ancora sprofondati nella neve. Ma i due animali avanzavano coraggiosi.

Mi chiesi quanto avremmo resistito ancora. Il corpo di Evans non bastava a scaldarmi: a parte la schiena, tutto il resto stava congelando. Il mio viso pareva scolpito nella roccia e non mi sentivo più il naso.

«Ci siamo quasi, Anna» annunciò Evans tra gli ululati della tormenta che mi ricordavano gli antichi racconti sulla caccia selvaggia, nei quali gli spiriti dei morti si ritrovavano durante il periodo dell'Avvento per cavalcare insieme nella notte. Chi li incontrava era destinato alla rovina. Era per questo che non si lasciavano panni stesi in quel periodo: se gli esseri sovrannaturali se ne fossero impossessati, il proprietario sarebbe stato costretto a unirsi alla battuta di caccia l'anno successivo.

Sbirciando di lato mi accorsi che il postiglione non era più al passo con noi. Era rimasto indietro oppure aveva preso un'altra strada?

Avrei voluto cercarlo con lo sguardo, ma avevo paura di cadere da cavallo.

Finalmente il cielo si aprì e di fronte a noi apparve una sagoma scura. Ben presto, però, la luna tornò a essere inghiottita dall'oscurità.

«Eccolo» esclamò Evans spronando il cavallo. Intendeva senz'altro il fienile. A prima vista, quello che avevamo di fronte sembrava un ammasso informe, ma lui conosceva senz'altro la zona meglio di me.

Effettivamente poco dopo ci fermammo di fronte a un edificio. Per me era un mistero come Evans avesse potuto individuarlo così a colpo sicuro. Doveva avere occhi da gatto!

Mi affidò le redini e andò ad aprire la porta.

Non era facile, però, perché la neve era alta oltre il ginocchio. Del postiglione non si vedeva l'ombra da nessuna parte. Il pensiero che avrei trascorso la notte completamente da sola con lui mi attraversò il corpo come un fulmine ardente. D'un tratto riacquistai la sensibilità del viso, che cominciò a formicolare appena il sangue mi affluì alle gote.

Mi richiamai subito all'ordine. Evans era un uomo d'onore e avevamo già passato del tempo insieme. Sul treno, a bordo del traghetto...

Ma in entrambi i casi c'era sempre stato qualcuno con noi,

quanto meno nella cabina o nello scompartimento accanto. Se il postiglione non fosse ricomparso, questa volta saremmo stati soli del tutto!

Il pensiero si dileguò appena Evans tornò accanto a me. Ansimava e si asciugò il sudore dalla fronte.

«Da solo non ce la faccio. Ci serve l'aiuto del cavallo.»

«Abbiamo perso il postiglione?» chiesi allungando il collo.

«No, gli ho detto di seguire un'altra strada, verso il villaggio. Ha bisogno di un carraio che lo aiuti a rimettere in strada la carrozza.»

«E perché non ci siamo andati anche noi?» Immaginavo parlasse di Grayson, il paese dove voleva condurmi.

«Perché, come vi ho detto, la strada sarebbe stata molto più lunga. Al postiglione non importa, ma per noi è più sicuro pernottare qui.»

Sospirai passandogli le briglie. Evans le legò al portone e prese l'animale per la cavezza. All'inizio la bestia non trovava appiglio nella neve con gli zoccoli, ma dopo qualche tentativo Evans riuscì ad aprire il fienile.

«Finalmente!» esclamò lui entrando. Poco più tardi si accese una luce. Non bastava a illuminare tutto l'interno, ma potei riconoscere numerose balle di fieno e uno spiazzo ben ripulito.

«Venite dentro o preferite dormire all'addiaccio?» mi chiese, mentre accostava tra loro un paio di balle.

«E che ne faccio del cavallo?» chiesi.

Evans uscì, slegò il cavallo e lo condusse all'interno. Io chiusi la porta alle nostre spalle. Saremmo riusciti a riaprirla il mattino seguente?

Mi avvicinai esitando alla luce proiettata dalla lanterna che aveva portato dalla carrozza. Il fienile pareva pulito e ordinato.

La paglia e gli attrezzi che pendevano da una delle massicce travi dovevano appartenere a un contadino. Appena legato il cavallo, Evans tornò a sistemare le balle e, mentre tentavo di prendergliene una dalle mani, persi l'equilibrio e caddi.

«Su, su, meglio che lasciate fare a me» disse lui, porgendomi una mano per aiutarmi a rialzarmi. «Costruirò un piccolo giaciglio, così passeremo comodi la notte.»

Respinsi il pensiero che quel giaciglio lo avremmo condiviso e chiesi: «Ma il proprietario non si arrabbierà se gli scompigliamo le balle?».

«Certo che sì. È per quello che ne aprirò solo un paio, ammucchiando poi intorno le altre perché l'aria gelida non ci arrivi addosso. Come avrete notato, le pareti di un fienile sono tutt'altro che impenetrabili.»

Lo avevo notato eccome!

«Comunque il contadino non è qui, e in secondo luogo il mio signore sarà pronto a rimborsare i danni che saranno minimi, visto che non sporcheremo la paglia.»

«Il vostro signore?»

«Sì, il fienile si trova entro le proprietà del Lord mio signore. Sono certo che il contadino non si lamenterà se le balle gli saranno ripagate.»

Un sorriso gli aleggiava sul viso quando aggiunse: «Mio padre si infuriava perché continuavo a sgattaiolare qui, ma io non resistevo. Qui potevo essere chi volevo. Re, cavaliere, o qualunque altra cosa mi piacesse! Potevo viaggiare in terre lontane o scalare montagne... anche se erano semplici balle di fieno! Sono stati anni molto belli».

«Be', uno dei vostri sogni si è realizzato. Potete viaggiare. Di sicuro avete già accompagnato il vostro signore in molti paesi, vero?»

«Sì, questo sì. Ma a volte ci sono sogni che non si possono realizzare.»

«E la cosa vi rende infelice?»

«Talvolta. Adesso dobbiamo però preoccuparci di come scaldarci.»

Annuii anche se nel mio petto bruciava la delusione. Avrebbe potuto raccontarmi dove lo avevano portato i suoi viaggi. E quale fosse il desiderio che giudicava irrealizzabile. Invece, come al solito, appena cominciava ad aprirsi richiudeva subito la porta del suo animo. Mi chiedevo perché.

«Pensate davvero sia il caso di accendere un fuoco con tutta questa paglia che c'è qui dentro? Potremmo scatenare un incendio.»

«Dovremo essere estremamente cauti. Non un grosso falò, certo, ma un fuocherello che possa scaldarci un pochino. La cosa migliore è che vi accomodiate su una balla e stiate a guardare.»

Feci come richiesto. Non era particolarmente caldo lì, ma sicuramente meglio che se fossimo rimasti sotto la tormenta.

Dopo aver sparpagliato il fieno, Evans impilò qualche balla. Poi ammucchiò in un punto sgombro un po' di paglia e qualche legnetto che aveva recuperato dio sa dove. Poco dopo scoppiettava un fuocherello.

«Venite qui, Anna. Non durerà a lungo. Serve solo a riportare un po' di vita nelle nostre mani intorpidite.»

Quando mi avvicinai, mi prese le mani, le tenne tra le sue e si avvicinò alle fiamme. Aveva ragione, non emanavano troppo calore, e presto paglia e legnetti si sarebbero consumati. Però era bello godersi almeno un po' di tepore... quello del fuoco o delle sue mani, che erano incredibilmente calde, quasi avesse indossato guanti pesanti.

«Allora, va meglio?» chiese.

Annuii.

Rimanemmo qualche minuto così, poi Evans si avvicinò al cavallo, al quale erano assicurate alla meglio sia la sua sia la mia valigia. Evidentemente aveva nella borsa qualcosa che riteneva ci servisse.

Poco dopo tornò con una scatolina di latta rossa.

«Qui dentro c'è uno spuntino da viaggio che mi ero portato in Germania. Me lo ha preparato la nostra cuoca.»

Quando aprì la lattina ne sbucarono dei biscotti: delle stanghette spesse e lunghe un dito, cosparse di granella di noci e nocciole.

«Da noi li chiamiamo "shortbread"» mi spiegò, offrendomene uno. «La nostra cuoca si preoccupa sempre molto quando dobbiamo affrontare lunghi viaggi. Teme che possiamo morire di fame all'estero, perché non c'è nessuno che possa eguagliare le sue arti culinarie.»

«Assomiglia alla padrona della nostra locanda in paese. Nemmeno lei lascia mai che il marito vada da qualche parte senza avergli dato qualcosa da portare con sé. Ha paura che dimagrisca.»

«Proprio come la nostra cuoca. Ma è una cara persona, senza di lei la casa andrebbe in malora.»

Per un po' sgranocchiammo in silenzio i biscotti dal sapore dolce e burroso, diversi da quelli della signora Niedermayer. Il fuoco si spense a poco a poco, finché non ne rimase che un filo di fumo. Il freddo che avevo dentro, però, diminuiva sempre più, mentre i miei pensieri vagavano liberi. Pensavo a Elisabeth e mi chiedevo come stesse la mamma. Pensavo a Wenzel e a suo padre. Avevano nel frattempo trovato un altro aiutante? Sicuramente non avrebbero aspettato me. E i miei angioletti? Giacevano sul fondo del mare o avrebbero presto decorato qualche albero? Magari quello di qualcuno che li aveva trovati in una cunetta. O forse proprio in quell'istante qualcuno ne stava spazzando via i cocci?

Accorgendomi che i miei pensieri si facevano sempre più malinconici mi girai verso Evans, che pareva altrettanto assorto.

«Dicevate di aver già viaggiato un po'» cominciai. Forse dopo la storia della cuoca sarebbe stato disponibile a raccontarmi altro. «Volete parlarmi dei vostri viaggi? Qual è la terra più lontana che abbiate mai visitato?»

Evans rifletté qualche istante e io già mi aspettavo che svicolasse di nuovo, quando invece rispose: «L'India».

«Siete stato in India?» Stentavo a crederci. A essere sincera sapevo solo che si trovava dall'altra parte del mondo. Saltava fuori di tanto in tanto nei racconti di mio padre, in genere solo quando un cliente desiderava qualcosa di esotico come un elefante in vetro.

«Sì, ci sono stato. Al seguito della regina, che è anche imperatrice delle Indie. Per certi versi era come una visita a casa, ma non potete immaginare che meraviglie ci siano laggiù! E soprattutto quanto faccia caldo.»

«Caldo» gli feci eco. «Come in un'officina in cui si fonde vetro?» Non avevo la minima idea di come fosse l'India e, quando mi venivano descritti posti particolarmente caldi, l'unico paragone che mi veniva in mente era il caldo di una vetreria.

«Sì, si può dir così. Solo che non si limita all'interno degli edifici. Si è circondati da quella calura ovunque, e praticamente per tutto l'anno. E poi i colori... ci sono dei colori incredibili laggiù. Certo, esiste anche la povertà, ma quando si è in mezzo alla piazza del mercato con le sue stoffe meravigliose e le spezie sgargianti, quasi uno se ne dimentica.»

«Creano manufatti in vetro anche là?» gli chiesi, mentre cercavo di evocare nella mia fantasia le cose di cui parlava.

«Sì, ma sono completamente diversi dai nostri. Soprattutto i vetri dipinti prodotti dagli artigiani sono di un pregio unico. Ricordano un po' l'arte persiana, e ci sono anche artigiani musulmani. Il mio signore ha comprato alcuni pezzi spettacolari.»

«E anche voi portate da ogni terra qualche ricordo?» chiesi, mentre cercavo di immaginare come potessero essere le creazioni musulmane. Di sicuro gli elefanti in vetro che produceva mio padre nella sua officina sarebbero sembrati ridicoli al confronto.

«Sì, i più belli» rispose lui. «O comunque quelli che è possibile ottenere. Non tutto è in vendita.»

«E come siete capitati nella mia zona? Perché non siete andati a visitare i mastri vetrai della Turingia?»

«Certo che lo abbiamo fatto. E abbiamo preso qualcosa anche lì. Ma il mio signore aveva sentito parlare anche delle sfumature verdi del vostro *Waldglas* e dei celebri specchi della vostra regione. È per questo che siamo venuti a Spiegelberg.»

Rimase poi a osservarmi a lungo, con un vago sorriso. Io non riuscivo a sostenere il suo sguardo che mi provocava così tanti sentimenti confusi.

«Vi interesserebbe apprendere qualche tecnica straniera?» mi chiese infine.

«Oh sì!» esclamai, avvertendo però subito dopo una fitta al petto. La delusione aveva presto sopraffatto il mio entusiasmo. «Ma come potrei? Sarebbe un viaggio troppo costoso e io non sono al servizio di un signore che possa farsene carico.»

«Perdonatemi, Anna» ammise Evans, contrito, chinando il capo. «Be', dovremmo riposare e soprattutto voi avete bisogno di dormire» concluse alzandosi. «Purtroppo non abbiamo coperte, ma potrei recuperare una giacca dal mio bagaglio perché vi ci stendiate e possiamo coprirci con i mantelli.»

«Potrei anche prendere uno dei miei vestiti» proposi. L'abito che avevo usato durante il viaggio non avrei comunque più potuto metterlo, perché era piuttosto malconcio.

Evans stese la sua giacca e si sistemò su un lato della piccola area attorniata di balle, io mi adagiai sul lato opposto.

«Forse dovreste tenere addosso il vostro mantello e potremmo condividere il mio per coprirci. Se ci stringiamo un po' dovrebbe bastare, e avreste una doppia copertura.»

«No, va bene anche così» provai a insistere, ma lui mi fece cenno di tacere.

«Il vostro vestito è troppo leggero. Non è neppure di tweed o di una qualsiasi altra stoffa calda. Tenete addosso il mantello e io vi coprirò con il mio. Con un tempo simile nessuno avrà da ridire e vi assicuro che non sono tipo da approfittare della situazione.»

Immediatamente il viso mi diventò bollente, mentre mi arrossivano le orecchie. L'idea di condividere una coperta con un uomo, anche se in realtà si trattava di un mantello, mi turbava, facendomi sfarfallare la bocca dello stomaco. Che avrebbe detto la mamma? Lei però non era lì, e neppure le pettegole che ne sarebbero di sicuro rimaste indispettite.

«D'accordo» acconsentii, spostando il vestito più vicino a lui.

«Vedrete che c'è una grossa differenza tra doversi scaldare da soli e avere invece qualcuno accanto» aggiunse lui, come temendo che potessi cambiare idea.

Spense la luce e poco più tardi avvertii il suo respiro farsi regolare. Era riuscito davvero ad addormentarsi e non c'era da meravigliarsi, vista la confidenza che aveva con quel posto!

Io invece ascoltavo il vento e fissavo il tetto del fienile. Avrebbe resistito al peso della coltre di neve? E se ci fosse crollato addosso? Era già abbastanza grave che fossimo costretti a pernottare lì...

Poi però mi sentii pervadere dal calore del mantello e da quello emanato dal corpo di Evans e le palpebre mi si fecero pesanti.

Pochi istanti dopo mi ritrovai in un caleidoscopico mondo colorato. Il sogno mi illuse di essere in India, in una fitta foresta pluviale. Gli alberi somigliavano a quelli dei boschi di Spiegelberg, ma alcuni erano stranamente contorti. Gli uccelli cantavano intorno a me e, alzando lo sguardo, ne vidi alcuni con una lunga coda variopinta e il corpo fatto di vetro. Eppure si libravano nell'aria senza fatica e svolazzavano tra gli alberi. Li contemplavo rapita, chiedendomi quale artigiano possedesse l'abilità di infondere la vita al vetro. Improvvisamente capii di essere alla ricerca proprio di quell'artista.

Scostai un paio di rami dalle fitte fronde e poco più tardi scorsi un anziano seduto su un masso. Alle sue spalle divampava una fornace, dalla quale estrasse un pezzo di vetro incandescente che cominciò immediatamente a soffiare per modellarlo. Con la rapidità del vento ne apparve un uccellino, al quale crescevano persino le piume! Presto cominciò a respirare e dispiegò le ali.

Quando il vetraio ebbe finito di soffiare, staccò l'uccellino dalla cannuccia e lo tenne qualche istante in mano prima di liberarlo verso il cielo. Il volatile batté le ali e scomparve poco dopo nel tetto di foglie. Fu allora che l'uomo mi notò e si girò a guardarmi.

«Cosa state facendo?» gli chiesi piena di meraviglia. «Potete insegnarmelo?»

Lui mi rivolse un sorriso enigmatico.

Prima però che potesse rivelarmi il suo segreto, qualcuno bussò alla porta del fienile. Evans si tirò su allarmato e di conseguenza mi svegliai anch'io. Non potevo credere di aver sognato l'India in mezzo a tutti i fischi e i cigolii provocati dal vento. A un certo punto Evans doveva avermi messo addosso anche uno scialle, le cui frange mi solleticavano il naso.

«Chi è là?» chiesi. Potevano essere due persone. La prima a venirmi in mente era il contadino: magari aveva saputo che qualcuno era entrato nel suo fienile.

Quando Evans si alzò, l'aria gelida si insinuò sotto il mantello che ci copriva e, rabbrividendo, me lo strinsi di più addosso. Poi sbirciai verso il portone. I raggi di luna che vi filtravano attraverso facevano pensare che il vento avesse spazzato via gran parte delle nubi.

Evans spinse il battente della porta e apparve una figura scura. Lo riconobbi appena parlò. Il postiglione! A quanto pareva non era riuscito a raggiungere il villaggio. Unendo le forze, i due uomini aprirono il varco perché anche il cavallo potesse passare. Il vento soffiava ancora impetuoso, portando dentro i fiocchi di neve che alla luce lunare apparivano come pulviscolo fatato.

Evans si intrattenne brevemente con il nuovo arrivato per poi tornare da me.

«Non ce l'ha fatta?» chiesi.

Evans scosse il capo. «No. La neve è troppo alta. Dovrà aspettare il mattino, ma il maltempo comincia a placarsi. Se continua così domani potremo non solo partire verso la nostra destinazione, ma persino goderci una bella alba.»

*Come se ci servisse a qualcosa!* stava per sfuggirmi di bocca, ma mi trattenni. Poi ci ripensai: ormai ero lì e non c'era niente da fare. Dovevo essere grata che Evans si dava tanta pena per me. Avrebbe potuto benissimo rispedirmi a casa, mentre il fatto che mi portasse dal suo conoscente ci regalava un po' di tempo... per ritrovare i miei angeli.

Mi tornò in mente l'uomo nella foresta del sogno. Dava vita ai suoi uccellini di vetro, una cosa del tutto impossibile! Forse anch'io avrei dovuto essere un po' più fiduciosa nella possibilità di ritrovare le mie statuine.

Il cocchiere si trovò un posto per dormire piuttosto distante da noi. Lo sentii rovistare in giro, poi starnutire e infine sistemarsi da qualche parte nella paglia. La mia insicurezza tornò a farsi sentire.

«Ho sognato l'India» dissi a Evans, quando venne di nuovo a raggomitolarsi sotto il mantello.

«Davvero?»

«Sì, come la immagino io, quanto meno. Ho visto un uomo capace di insufflare la vita nei suoi uccellini di vetro.» Sorrisi tra me. Era forse infantile, ma mi piaceva quell'immagine.

«Che bello» commentò lui.

«Una cosa simile sì che mi piacerebbe impararla» proseguii. «Ma non sarà possibile nemmeno in India, vero?»

«Chi lo sa?» rispose lui. «Magari un giorno vi recherete là e potrete cercare un vetraio altrettanto abile.»

«Lo farò» confermai e, prima ancora di accorgermene, ero di nuovo caduta in un sonno profondo.

# 21

Poiché i cavalli appartenevano al postiglione, volenti o nolenti dovemmo lasciare che lui tornasse con i suoi animali alla carrozza mentre noi ci incamminavamo a piedi verso il villaggio. A sentire Evans, non doveva essere troppo lontano da lì.

La promessa di un'alba meravigliosa fu però mantenuta. La luce del sole esibiva infinite sfumature rosse, arancio e persino violette. I cumuli di neve, tuttavia, erano persino cresciuti durante la notte.

Evans faceva il possibile per scavarci un corridoio in mezzo all'alta coltre, ma ciò non impedì che in breve le mie calze fossero di nuovo fradice. Presto non sentii più i piedi negli stivaletti, come se camminassi su due enormi lastre di ghiaccio.

Per la rabbia di avere i piedi congelati rischiai di non far caso allo splendore del mattino. La prima luce del sole sfumava di rosa le superfici innevate e le rare nubi leggere rimaste. In pochi istanti il cielo si fece incandescente. Ora le nuvole rilucevano di arancio, di rosa e di rosso.

Non potei fare a meno di fermarmi.

Evans non se ne accorse subito, ma poi si fermò guardandosi intorno per cercarmi.

«Meraviglioso, vero?» gli sentii chiedere oltre il lieve mormorio del vento. «Non esiste cielo più spettacolare di quello invernale, almeno da queste parti.»

«Concordo» gli risposi, persa nei miei pensieri, perché d'un tratto rivedevo di fronte a me i giorni di inizio anno, quando mio padre mi portava con sé nei campi. Spesso c'era brutto tempo, con un cielo coperto, ma vedevamo anche noi un'alba così stupefacente. Allora papà si faceva pensieroso e dava voce al sogno di produrre un giorno un vetro che racchiudesse in sé tutti i colori di un mattino invernale. Ma non aveva mai potuto realizzarlo...

«Dovremmo proseguire» disse Evans, riscuotendomi dai ricordi. «Non siamo così lontani ormai, e dopo questa notte gelida passata nella paglia dovreste ripararvi al caldo.»

Annuii, mandai un saluto silenzioso a mio padre e mi ricongiunsi a Evans.

«Non così lontani» era un concetto elastico, perché solo in tarda mattinata giungemmo in vista di una piccola fattoria. La casa non era particolarmente grande, ma aveva un suo fascino. Il fumo che saliva dritto come un cero dal camino rivelava la presenza di qualcuno all'interno.

«È questa la casa del vostro conoscente?» chiesi.

«Sì, siamo fortunati.» Accelerò il passo e si diresse alla recinzione che circondava la tenuta. Io mi affrettai a seguirlo, pur arrancando a causa dei piedi ormai insensibili.

L'edificio era una bella costruzione a graticcio, con un frontone a timpano sul quale si arrampicava l'edera e un giardino tutto intorno. La parte posteriore non era visibile dalla strada, fatta eccezione per l'ampia chioma di un albero che svettava vicino al tetto e in mezzo alla quale apparivano come occhi le finestre semicircolari.

«Fortunati?» ripetei, tardando a capire. Mi sembrava mi si fosse congelato anche il cervello.

«Sì, pare che siano in casa.»

«E dove dovrebbero essere con questo tempo?» Mi scossi la neve dalla gonna, tutta imbiancata. Le gambe non le sentivo più.

«Magari in viaggio. In passato il mio vecchio amico era spesso in giro.»

Dopo che anche lui si fu ripulito un po' l'abito, si avvicinò alla porta e bussò.

Si sentì un tramestio, poi un'imprecazione sottovoce. A quanto pareva, l'amico non aspettava visite. Poco più tardi si aprì la porta. La prima cosa che vidi furono i suoi folti capelli bianchi.

«*You?*» Un'espressione stupita apparve sul volto del padrone di casa. La vita aveva lasciato molte rughe sul suo viso, tanto che gli avrei dato una settantina d'anni. Indossava calzoni grossolani e una camicia decisamente troppo grande, tenuta su dalle bretelle. Aveva le maniche arrotolate, come se avesse caldo.

Evans ci scambiò qualche parola, poi si rivolse a me. «Scusatemi un attimo. Ho bisogno di parlare con lui.»

L'uomo non sembrava entusiasta del nostro arrivo.

Rimasi fuori dalla porta a osservare il giardino, che si intravedeva appena sotto la coltre bianca. Gli alti abeti parevano gigantesche capanne di zucchero. All'orizzonte aleggiava un bagliore dorato che faticava a respingere le nubi. Ero sicura che avrebbe nevicato ancora. Sulle pareti della casa si arrampicavano piante di rose, per la maggior parte spoglie, tranne due fiori che pendevano da un ramo, sopravvissuti all'autunno. Erano imprigionati sotto lo strato di ghiaccio, ma se ne riconosceva ancora bene il colore rosa delicato. Avvicinandomi mi accorsi che sembravano quasi fatte di vetro. Boccioli simili in vetro sarebbero piaciuti anche a mio padre.

Dopo un po' la porta si aprì alle mie spalle.

«Perdonatemi se vi ho fatto attendere» disse Evans, chiudendo l'uscio dietro di sé.

«E quindi, cosa vi ha detto?» chiesi, augurandomi quasi che il vecchio avesse opposto un rifiuto. A quel punto a Evans non sarebbe rimasta altra possibilità che riportarmi in città.

«È felice di accogliervi.»

Non mi sfuggì però la sua espressione tesa. Aveva forse dovuto insistere per convincerlo?

Lui girò sui tacchi, bussò e aprì di nuovo la porta. Ancora una volta scambiò qualche parola con l'uomo, che rispose con un borbottio, poi finalmente entrammo.

La stanza che ci accolse pareva una cucina. Sopra un grosso focolare pendevano pentole strofinate a lucido, mentre al centro c'era un grosso tavolo di quercia. Il fuoco nel caminetto purtroppo non riscaldava a sufficienza e non si notava da nessuna parte alcun segno dell'avvicinarsi del Natale. L'insieme risultava spoglio e poco accogliente.

Quanto meno però eravamo al riparo dal vento gelato.

«Mister DeVries, posso fare le presentazioni? Anna Härtel da Spiegelberg» esordì John in tedesco. «Anna, questo è Mister DeVries.»

L'uomo si voltò, venendomi incontro con un'espressione severa. I suoi occhi azzurro mare mi scrutavano con una certa invadenza.

«Piacere di conoscervi» dissi, con un filo di esitazione.

«Venite dalla Germania, dunque?» ribatté lui.

Parlava tedesco. Con un accento un po' strano, ma lo capivo.

Non sembrava dell'umore migliore, però. Mi ospitava davvero volentieri? In quel momento percepivo solo freddezza.

«Sì» risposi a disagio. La casa poteva anche essere gradevole, ma chi la abitava non lo era affatto.

«Perdonate la mia pronuncia. Ho imparato la vostra lingua da giovane e finché sono rimasto a casa avevo anche occasione di praticarla» spiegò, «ma da allora sono passati molti anni e temo di essere arrugginito.»

«In realtà... parlate molto bene» risposi insicura.

Lui fece un cenno con la mano per schermirsi del complimento, quasi volesse scacciare una mosca. «Il nostro buon John mi ha detto che realizzate angioletti di vetro.»

«Sì, è vero.» Lanciai un'occhiata a Evans, il cui sguardo però era diretto oltre me, verso l'anziano, con un'espressione quasi minacciosa.

«Mmm, un viaggio davvero lungo per un paio di angioletti.»

«Io... io non lo avrei intrapreso se non...»

La sua aria scontrosa mi indusse al silenzio. Evans voleva davvero lasciarmi lì, in quella casa da favola abitata da un vecchio bisbetico?

«Potete sistemarvi nella camera di mia figlia. È scappata un paio di anni fa con un certo Hallodri ma mia moglie ha insistito perché la tenessi sempre pronta per lei in caso fosse tornata.»

«E dov'è vostra moglie?» chiesi confusa, guardandomi intorno.

«È morta tre mesi fa.» L'uomo lanciò un'occhiata collerica in direzione di Evans. Ma cosa c'entrava lui? C'era qualcosa che mi sfuggiva.

«Mi dispiace» risposi. Forse era meglio non aggiungere altro.

L'uomo annuì. «Seguitemi.»

Mi voltai verso Evans, senza sapere cosa fare. Avrei voluto pregarlo di non lasciarmi lì, ma il vecchio mi capiva perfettamente e d'altra parte avrebbe senz'altro trovato scortese se avessi chiesto a John di scambiare qualche parola in separata sede.

Così mi incamminai per le scale, mentre Evans rimaneva indietro. La camera era nel sottotetto. Attraversato il corridoio, DeVries aprì la porta e io lo seguii all'interno. L'ansia mi si agitava nello stomaco. Se l'inizio fosse andato diversamente forse non mi sarei sentita tanto inquieta, invece in quel momento avevo la sensazione che Evans mi stesse affidando alla custodia di un vecchio stregone.

La stanza era più accogliente di quanto mi aspettassi e attraverso l'alta finestra filtrava luce sufficiente a rischiararla. Il letto a baldacchino era palesemente inutilizzato da tempo, perché c'era solo un materasso sbilenco e con qualche macchia. Lo specchio sul cassettone era offuscato e ossidato ai margini. Di fronte c'erano due flaconi il cui contenuto si era seccato da anni e il ritratto di una giovane donna in un'elaborata cornice, accanto alla quale appassiva un mazzolino di fiori secchi.

«Mia figlia Emily» spiegò DeVries. «Se la foto vi disturba la porto via.»

«No, affatto» mi affrettai a rassicurarlo. «Vi ringrazio molto di poter rimanere qui.»

Il vecchio mormorò qualcosa girandosi verso Evans, che nel frattempo era apparso alle sue spalle. «E di quanto tempo si tratta?»

«Solo un paio di giorni» spiegò lui. «È meglio che mi occupi da solo della ricerca della refurtiva.»

E se si fosse rivelata infruttuosa? Non osai porre quella domanda ad alta voce e mi accostai alla finestra. Da lì si poteva vedere tutta la parte anteriore del giardino, fino al portone.

«D'accordo. Al massimo entro una settimana da ora ve ne sarete andati, intesi?»

«Bene» confermò Evans lanciandomi uno sguardo.

Non sapevo come prenderla. Una settimana con quell'uomo poteva diventare un'eternità. Tra l'altro, Evans non aveva idea di che aspetto avessero i miei angioletti. L'unico punto di riferimento per lui era l'angioletto difettoso che gli avevo mostrato.

«Vi dispiace se parlo qualche istante da solo con Miss Härtel?»

«Affatto» rispose lui, per poi aggiungere, rivolgendosi a me: «Sistematevi come meglio potete».

Lo ringraziai e attesi con Evans che ci lasciasse soli. Naturalmente avrebbe sentito quello che ci saremmo detti. La casa non era grande e il legno non assorbe mai completamente le voci. Quando i miei discutevano li sentivamo persino noi, nella nostra bella casa.

Ma quali segreti che lui non potesse ascoltare avremmo potuto accumulare nelle ultime ore, visto che eravamo sempre stati insieme?

Eppure il cuore mi batteva a un ritmo folle quando Evans alzò gli occhi su di me.

«Non sono in grado di prevedere quanto tempo ci vorrà, Anna» cominciò prendendomi la mano. Normalmente l'avrei ritratta, ma in quel momento non ne avevo le forze, e dovevo ammettere che mi piaceva. Mi piaceva il suo calore. Sentirlo vicino. «Ci potrebbero volere forse un paio di giorni.»

«Ce la farete prima dell'udienza della regina?»

«Non lo so, ma, viste le circostanze, il maggiordomo di corte ci accorderà senz'altro una nuova data. La sovrana è molto gentile e mostrerà comprensione.»

«E se non li troverete?»

«Non lascerò nulla di intentato, ve lo prometto.»

«Ma...»

«Shhh» mi interruppe, alzando un dito davanti alle mie labbra.

Non mi stava toccando, ma potevo avvertire il calore della sua mano sul mio viso. Non avevo idea di cosa mi stesse capitando, ma sentii le ginocchia cedermi.

«Non siate pessimista. Non ho ancora tentato il tutto per tutto. E, se fallirò, ci faremo venire in mente qualcos'altro.»

*E cosa?* avrei voluto chiedergli, ma mi trattenni.

«Fidatevi di me» sussurrò.

«Mi fido» gli risposi, e per un attimo sembrò che volesse prendermi tra le braccia. Poi però si schiarì la voce e si congedò con un rapido inchino, prima che potessi raccomandargli di badare a se stesso.

# 22

Appena Evans se ne fu andato, ne percepii quasi fisicamente l'assenza. Nel fienile coperto di neve l'aria non mi era sembrata tanto fredda quanto in quella casa, sebbene non ci fossero spifferi e il gelo non si insinuasse sotto i vestiti.

Ma c'era un tale silenzio. L'unico rumore che si sentiva di tanto in tanto era lo scricchiolio delle finestre quando il vento le sfiorava.

Mi affrettai a sfilarmi l'abito umido che mi faceva rabbrividire. Dato che quello verde era troppo sporco per riutilizzarlo, mi decisi a indossare quello che avevo pensato di mettere per l'udienza a corte. Dopo essermi cambiata, appesi l'altro sullo schienale della sedia ad asciugare e mi sedetti sul letto.

Ero sfinita e il freddo mi era penetrato così in profondità da farmi pensare che non sarei riuscita a scaldarmi mai più. Quanto mi mancavano le temperature della vetreria!

Senza capirne il perché, non riuscivo a rilassarmi. A casa non avevo mai un attimo di pace, c'era sempre qualcosa da fare. Quando non ero al lavoro in officina e non ero occupata con le faccende domestiche, mi dedicavo ai miei angeli, intagliando stampi o pensando a nuove decorazioni. In quei momenti mi sentivo profondamente appagata.

Anche durante il viaggio c'erano state poche occasioni in cui mi fossi sentita inutile. Certo, c'erano stati momenti in cui potevo lasciarmi andare ai miei pensieri, ma in genere li occupavo scrivendo appunti sul taccuino per mia sorella. E poi c'era John. Ora, invece, non solo i miei angeli erano spariti, rendendo il viaggio privo di scopo, ma anche lui se n'era andato, lasciandomi con un vecchio visibilmente poco entusiasta di avere ospiti.

Mi guardai intorno nella stanza. Non erano rimaste molte tracce della precedente occupante. Da quanto se n'era andata? Il vestito che indossava nella foto pareva abbastanza fuori moda, ma lei doveva essere molto giovane. Forse le era stata scattata il giorno della cresima? In quell'occasione anche i miei me ne avevano fatto fare una in cui sembravo una bambina.

Guardando l'immagine, faticavo a valutare l'età della ragazza. Quattordici anni? O forse sedici?

Mi alzai per avvicinarmi al cassettone. La cornice d'argento era ossidata in più punti. Sfiorai le foglioline che la decoravano. Da vicino decisi che doveva avere almeno sedici anni e la foto doveva essere piuttosto datata, visto che DeVries era sulla settantina. Calcolando che la moglie fosse grossomodo sua coetanea, e anche ammesso che l'avessero avuta in là con gli anni, ormai doveva essere sulla trentina. Magari si era costruita una famiglia. Chissà se DeVries conosceva i nipoti o se i contatti tra loro si erano troncati di netto.

«Desiderate qualcosa da mangiare?» chiese una voce alle mie spalle, facendomi trasalire. Senza che me ne accorgessi, l'uomo era riapparso dietro di me. Sembrava quasi che lo addolorasse mettere piede in quella camera. Evidentemente il ricordo della separazione dalla figlia lo feriva ancora e forse non lo avrebbe mai superato.

Stavo per declinare l'invito per non causargli ulteriore fastidio, ma mi stava offrendo ospitalità e non volevo risultare poco cortese.

«Se non vi arreca disturbo, volentieri» risposi.

«Non mi dispiace, altrimenti non ve lo avrei chiesto. Venite, qualcosa per riprendere le forze vi farà senz'altro bene dopo la notte nel fienile.»

Evans doveva dunque avergli raccontato qualcosa.

Lo seguii giù per le scale fino in cucina, dove ora il fuoco divampava vivace nel grande camino, diffondendo un piacevole tepore. Il padrone di casa aveva apparecchiato con posate e semplici piattini. Sul focolare c'era un grosso bollitore.

«Mi dispiace non essere meglio attrezzato per le visite» si scusò, mentre metteva foglie di tè in un piccolo bricco. «E visto il tempo non posso neppure andare in paese a comprare qualcosa. Dobbiamo accontentarci di quel che c'è.»

«Non sono schizzinosa» lo rassicurai. «Grazie ancora per avermi accolta.»

«Be', ero in debito con il vostro accompagnatore. Come lo volete il tè, con latte o senza?»

«A essere sincera, non ho mai bevuto un vero tè» risposi. «Tisane fatte con erbe, coccole di rosa canina o sambuco, sì, ma vero tè no.»

«Ma come, non venite dal nord della Germania?»

«No, dal sud. Spiegelberg si trova nel Baden, ma senz'altro questo non vi dice niente.»

«Invece il nome lo conosco. In passato c'era una grossa vetreria, giusto?»

Lo fissai stupita. Un inglese che conosceva Spiegelberg?

«Sì, ma è stata chiusa da tempo.»

L'uomo annuì, si avvicinò a un armadio e tirò fuori un cestino che conteneva dei dolcetti simili a panini, ma più piccoli e arrotondati.

«Ecco, prendete. Li chiamiamo "scones" e li farciamo con

panna addensata e marmellata. Di solito si mangiano nel pomeriggio, ma non ho nient'altro che si avvicini a una tipica colazione tedesca.»

«Siete mai stato in Germania?» gli domandai, mentre tagliavo il primo scone. Erano molto morbidi e leggermente appiccicosi, ma dopo la camminata mattutina mi venne subito l'acquolina in bocca.

«Sì. Viaggiavo spesso con mia moglie, soprattutto d'estate. Noi olandesi amiamo visitare posti nuovi.»

«Olandesi?» chiesi meravigliata.

«Certo, o pensavate che DeVries fosse un cognome inglese?» rispose, mentre mi serviva il tè, ponendomi di fronte anche un piccolo bricco di latte. «Assaggiatelo con il latte. Se non vi piace scambieremo tazza.»

Lo provai: era davvero buono, ma mi scottai la lingua.

«Che succede?» chiese lui, vedendomi allontanare bruscamente la tazza dalla bocca, rovesciando un po' di tè nel piattino.

«Rovente. È rovente» risposi.

«Con il tè, come con le persone, bisogna avere pazienza.»

Alle sue parole seguì il silenzio.

Mentre aspettavo che la mia bevanda raggiungesse una temperatura accettabile, mi chiesi se anche con me dovesse far ricorso alla pazienza di cui parlava. Ero un'intrusa. Evans mi aveva fatto credere che sarei stata la benvenuta, ma in realtà aveva dovuto convincerlo ad accettarmi. Ora però lui era lontano e io mi sentivo come un corpo estraneo.

Per fortuna quella tarda colazione si concluse in fretta e potei tornarmene di sopra.

Trascorsi il resto della mattinata e gran parte del pomeriggio ad annotare nel taccuino le mie impressioni degli ultimi giorni. Ormai avevo già messo insieme un bel numero di pagine che mia sorella si sarebbe letteralmente divorata. Nel frattempo tenevo sempre a portata di mano il suo fazzoletto per sentirmi un po' più vicina a lei.

Era domenica, la seconda d'Avvento. Il giorno prima il mercato doveva essere affollato, con l'odore di punch e biscotti che si diffondeva ovunque. Probabilmente Elisabeth era impegnata a preparare regali di Natale per me e la mamma. Lo faceva sempre, facendomi sentire in colpa perché io non ero altrettanto brava con i lavoretti e le donavo sempre delle statuine di vetro.

Pensare a mia sorella era consolante, ma un po' mi angosciava. Ero preoccupata per lei e la mamma. Chissà se nel frattempo avevano ricevuto la mia lettera?

Forse avrei dovuto scrivere di nuovo, ma non sapevo se in quel paesino c'era un ufficio postale. E anche se DeVries me lo avesse indicato, cosa avrei dovuto scrivere? Che ero bloccata dalla neve in un posto sperduto dell'Inghilterra? Che non sapevo cos'avrei dovuto fare in seguito?

D'altra parte l'assenza di messaggi da parte mia avrebbe potuto metterle in pensiero...

Mentre già calava il crepuscolo, non avevo ancora buttato giù una riga, così riposi la penna, frustrata. Avevo bisogno di un'occupazione utile, qualcosa che facesse passare più in fretta il tempo. Magari DeVries aveva bisogno di aiuto? Mi infastidiva non ricambiare in qualche modo la sua ospitalità.

Lo trovai in cucina, intento a leggere su una sedia accanto al focolare. Teneva sul naso gli occhiali, con una sottile montatura in nichel. Il tomo era rilegato in cuoio marrone e pareva piuttosto voluminoso. Mi ricordava i libri che ci erano stati pignorati da casa insieme agli effetti personali di mio padre. Collezionava numerose opere di autori antichi: Ovidio, Socrate,

Platone... Qualche volta mi leggeva l'*Iliade*, e io mi addormentavo sempre.

Proprio mentre quel ricordo mi suscitava un sorriso, DeVries alzò lo sguardo.

«Cosa c'è?» brontolò, come se gli dispiacesse doversi distogliere dalla lettura.

«Niente» mi affrettai a rispondere, pensando che forse avrei fatto meglio a rimanere di sopra. Il vecchio non era interessato alla compagnia. Mi fissava come se volesse scacciarmi con un'occhiata.

«È solo che...» proseguii esitante. «Il libro che avete in mano... somiglia a uno che aveva un tempo mio padre.»

«Vostro padre si interessava alla vegetazione di Sumatra?»

«Come?» domandai interdetta.

«Questo volume tratta della vegetazione di Sumatra. Me lo ha spedito un conoscente, che gestisce una piccola piantagione di canna da zucchero.»

«No, mio padre non aveva niente di simile» risposi. In effetti non avevamo conoscenti a Sumatra, ovunque fosse. «I suoi erano classici greci.»

«Mmm, allora non sarebbero roba per me» concluse tornando a dedicarsi alla lettura.

«Per la verità sono scesa per chiedervi se avete bisogno di aiuto» azzardai. «Potrei sbrigare qualche faccenda di casa.»

«Grazie, ma non serve» rispose senza alzare lo sguardo. «Se vi annoiate, prendete un libro in soggiorno. Prima porta a sinistra.»

Mi annoiavo, ma di leggere non avevo la minima voglia e non volevo neppure aggirarmi per casa come un fantasma. Perciò tornai in camera e mi sedetti alla finestra. Chissà dov'era Evans. Era riuscito a tornare a Dover? E potevo nutrire qualche speranza che tornasse con i miei angioletti?

Ero preoccupata. E se le stesse persone che volevano farmi del male lo avessero aggredito? Se non fosse riuscito a schivare un'altra carrozza che voleva investirlo?

Che ne sarebbe stato di me? Sarei mai tornata a casa o sarei rimasta per sempre bloccata a casa di quel vecchio? Denaro per il ritorno non ne avevo, e nemmeno più merci da vendere.

Finalmente arrivò l'ora di cena. DeVries non aveva voluto il mio aiuto per cucinare il minestrone. Così non mi rimase che sedermi a tavola.

Lui si comportava come se io non ci fossi e da parte mia non ebbi il coraggio di avviare una conversazione.

Mentre l'oscurità avvolgeva la casa, mi riempì il piatto di una zuppa densa, dal profumo delizioso, per poi accomodarsi al tavolo accanto a me.

La casa era terribilmente silenziosa. Chissà se era diversa quando ancora c'erano la moglie e la figlia. Quella quiete mi pesava soprattutto perché dava modo alle mie ansie di ingigantirsi ancora di più.

«Come avete incontrato quel giovane?» chiese DeVries quando finimmo.

«Mi è venuto a cercare lui, con una lettera da parte della regina Vittoria. Sono stata invitata a corte per mostrarle i miei angioletti.»

«Immagino siano molto particolari.»

«Purtroppo non li ho più. Pensiamo che mi siano stati sottratti sul traghetto, ma purtroppo me ne sono accorta solo a Dover.»

«Devono essere davvero speciali. La regina ha gusti molto sofisticati e non appenderebbe all'albero di corte nulla che non le piaccia al cento per cento.»

«È la stessa cosa che mi ha detto Evans. Per la verità, la sovrana ha visto solo gli esemplari che le ha mostrato il Lord presso cui presta servizio Evans.»

«Che dunque è stato in Germania?»

«Sì, mi meraviglia ancora che si sia spinto fino alla nostra piccola comunità. Spiegelberg e la vicina Jux non sono certo citati nelle guide.»

DeVries annuì tra sé. «Be', sono stanco. Andiamo a dormire.» Prese la lanterna dal tavolo e si allontanò dalla cucina senza nemmeno voltarsi indietro.

Io rimasi seduta ancora un po', a guardare fuori dalla finestra. La luce della luna rischiarava la neve facendola scintillare, così che nella stanza non era del tutto buio. Dal retro della casa mi arrivava il tramestio di DeVries.

Dopo qualche minuto decisi di andare di sopra. Arrivata in camera, mi soffermai di nuovo sulla foto della figlia. Quand'è che aveva lasciato quella casa? L'uomo che aveva seguito era forse stato il suo grande amore?

Doveva averlo amato molto, se per lui aveva abbandonato i genitori. Io ne sarei stata capace? Lasciare la mamma ed Elisabeth per un uomo? Scossi la testa. No, non ne avrei mai avuto il cuore.

# 23

Mi rigiravo inquieta nel letto. Evans non voleva andarsene dai miei pensieri. Tornavo con il ricordo alla notte che avevamo passato insieme nel fienile e, nel segreto del mio cuore, desideravo averlo di nuovo così vicino.

Ovviamente non era possibile, ma la nostalgia che provavo era così forte che mi chiesi cosa mi stesse succedendo. Era un sentimento del tutto diverso dalla mia attrazione per Wenzel. Se fosse stato Evans a chiedermi di diventare sua moglie, avrei esitato come con Wenzel?

Oddio, mi stavo forse innamorando di lui? O magari era già successo?

Non avrebbe avuto senso...

Eppure mi piaceva fantasticare su come sarebbe stato un futuro con lui. Una sensazione di calore mi pervase da capo a piedi, provocandomi un sorriso.

Quando il sonno ebbe la meglio, arrivò così pesante che mi ridestai solo quando il sole era già alto in cielo. Per un attimo la coperta mi parve pesantissima, ma appena mi scoprii avvertii il freddo che penetrava attraverso gli spifferi della finestra. Il fuoco nella stufa si era spento da tempo e la casa risultava stranamente quieta.

Mi alzai, mi vestii e mi misi in cerca di fiammiferi con cui riaccendere la stufa. Poiché nei cassetti del comò non trovai altro che un paio di nastri e un mazzolino di fiori di seta impolverati, di certo appartenuti alla figlia di DeVries, mi avviai al piano di sotto.

Speravo di trovare in cucina il padrone di casa, ma non c'era nessuno. Il tavolo pareva inutilizzato e anche il focolare era spento.

«Mister DeVries?» chiamai, senza ottenere risposta. La mia voce risuonava strana nel silenzio.

Fino ad allora non avevo avuto motivo per avventurarmi nella casa del mio ospite, ma adesso cominciavo a preoccuparmi. E se fosse stato poco bene? In fondo aveva una certa età, e capita a volte che la gente muoia nel sonno.

Dopo aver combattuto un po' con me stessa, decisi di andare a cercarlo. Per prima cosa andai in soggiorno, ma anche quello risultò vuoto e freddo. Osservai le altre due porte che davano sul corridoio. Una doveva essere una camera da letto, ma potevo permettermi di entrarci così, come se niente fosse? Persino in quella dei miei entravo di rado. Non stava bene.

Ma se invece si fosse sentito male o gli fosse successo qualcosa? Prima che tornasse Evans poteva passare del tempo.

Presi coraggio e bussai. Se DeVries fosse stato lì avrebbe risposto... sempre che ne fosse in grado.

Nulla. Abbassai cautamente la maniglia. La stanza era vuota. Alcune ombre alle pareti suggerivano che in certi punti, una volta, fossero appoggiati dei mobili e dei quadri, ma era stato tolto tutto. Non c'era più nemmeno un tappeto sul pavimento.

Mi ritrassi e provai con la seconda porta.

Nemmeno lì ci fu alcuna reazione al mio bussare. Mentre aprivo il battente, intravidi i piedi di un letto e sentii il cuore martellarmi nel petto. Subito dopo realizzai che era intatto.

Respirai di sollievo. Doveva averlo rifatto prima di uscire.

Lasciai la stanza e guardai fuori dalla finestra del soggiorno, che dava sul cortile posteriore, dove notai ogni genere di orme e persino qualche bacca rossa, forse persa dagli uccelli in volo. DeVries non era neppure lì. A un tratto mi cadde l'occhio su una costruzione piccola, che a prima vista pareva una stalla. Le finestrelle erano accostate e la porta era chiusa con il chiavistello. Notai però che i davanzali erano ricoperti di fuliggine, come se all'interno, chissà quando, fosse divampato un incendio. DeVries ci teneva forse degli animali?

Con lo stomaco che mi brontolava, cercai qualcosa da mangiare e mi accomodai al tavolo della cucina.

I miei pensieri giravano in circolo. Dove poteva essere andato DeVries? Era successo qualcosa? Aveva ricevuto un messaggio dalla figlia?

Certo, avrebbe almeno potuto lasciarmi un biglietto. Era possibile che si fosse dimenticato della mia presenza o magari stava solo facendo una passeggiatina?

Passarono le ore senza che il padrone di casa riapparisse. Dopo aver lavato e steso ad asciugare il mio vestito, ebbi la sensazione di essere completamente inutile. A casa avrei utilizzato quel tempo per realizzare nuovi stampi per le mie statuine, ma lì non avevo nulla da fare. Forse avrei dovuto davvero prendermi un libro in soggiorno.

Finalmente, quando ormai si avvicinava di nuovo la sera, si sentì uno scalpitio di zoccoli. Corsi alla finestra e vidi una figura su un cavallo grigio. Non riconoscevo l'animale, mentre la figura mi risultava molto familiare. Era Evans? Possibile che fosse già tornato? Era passato solo un giorno.

Mi annodai lo scialle sul petto e mi precipitai alla porta.

L'avevo appena aperta quando John mi venne incontro barcollando, con la parte sinistra del viso grondante di sangue.

Lanciai un urlo di spavento cercando di sorreggerlo, ma le forze non mi bastavano e cademmo entrambi.

«Anna» sussurrò, poi perse conoscenza.

«Mister DeVries» chiamai con tutto il fiato che avevo in corpo, mentre cercavo di divincolarmi da sotto il corpo di Evans. Sapevo che non avrebbe potuto sentirmi se non era in casa, ma d'istinto chiamai di nuovo: «Mister DeVries, mi serve aiuto!».

Nessuna risposta. Ovvio, se fosse stato lì nei dintorni lo avrei trovato prima.

«Mister DeVries!» urlai ancora, così forte da farmi ronzare le orecchie. Intanto tentavo di liberarmi da Evans. Non so come, ci riuscii facendo appello a tutte le mie forze, ma, quando vidi la lacerazione che gli tagliava il sopracciglio, mi si rivoltò lo stomaco. Non avevo mai sopportato la vista delle ferite. Una volta che Elisabeth si era sbucciata un ginocchio, avevo vomitato dietro un albero, prima di riuscire ad aiutarla. Ora, come se non bastasse la gravità della situazione, mi toccava anche combattere con me stessa, mentre la preoccupazione per John mi stringeva il petto fino a farmi mancare il respiro.

«Mister Evans» lo chiamai, cercando di svegliarlo, ma pareva non udirmi. «John» sussurrai. «Per piacere, svegliatevi. Ve ne prego.»

In quell'istante sentii dei passi pesanti che si avvicinavano.

Alzai gli occhi e vidi DeVries che teneva in mano un paio di rami e una piccola sega. Non doveva essere lontano.

«Cosa succede?» mi chiese, ma gli bastò un'occhiata per capirlo. Si avvicinò, si chinò su Evans e lo afferrò sotto le ascelle. «Dovete aiutarmi» mi disse. «Prendetelo per le gambe.»

Obbedii e insieme lo portammo in soggiorno.

DeVries adagiò John su un vecchio sofà così malconcio che dallo schienale penzolava il rivestimento, ormai ridotto in brandelli, e gli infilò un cuscino sotto la testa. John era ancora immobile.

«Da quanto è qui?» mi chiese il vecchio.

«Un paio di minuti. È barcollato in casa e mi è caduto tra le braccia.»

DeVries annuì, poi si alzò e scomparve in cucina. Tornò qualche istante dopo con una fiaschetta che mise sotto il naso di Evans. Anche a distanza potevo avvertirne l'odore pungente. Che però servì allo scopo. Evans infatti aprì gli occhi.

Si guardò intorno, poi aggrottò la fronte e chiese qualcosa in inglese. DeVries gli rispose, ma, quando lui fece il gesto di volersi alzare, lo respinse giù con dolcezza.

«Che succede?» domandai.

«Ha chiesto dove si trova. Gli ho risposto che è a casa mia, ma la cosa pare metterlo in agitazione.»

«Mister Evans?» lo apostrofai, impaurita. «Mi capite ancora?» Era possibile che a seguito di una ferita o un colpo in testa si perdesse la conoscenza di una lingua?

Lui mi guardò. «Certo, Anna. Perché non dovrei?»

«Perché al risveglio avete parlato in inglese.»

«Mi dispiace. Io...»

Mi sentivo terribilmente stupida. Ovvio che in un momento simile si parli nella propria lingua madre. «Perdonatemi... ero così preoccupata.»

Evans chiuse per un attimo gli occhi e deglutì.

«Potrei avere un po' d'acqua?» chiese.

«Certo» rispose DeVries avviandosi fuori dalla stanza.

Io ero dilaniata dall'impazienza. «Cosa è successo?» domandai, inginocchiandomi accanto al sofà. La preoccupazione mi agitava ancora lo stomaco, ma ero contenta che fosse di nuovo sveglio. La ferita alla testa aveva un brutto aspetto.

«Sono caduto da cavallo» spiegò.

«Caduto da cavallo? Per favore, non raccontatemi favole! Non ho mai visto nessuno che stia in sella più saldo di voi. Avete dimenticato la nostra cavalcata sotto la tormenta?» Al pensiero della notte nel fienile mi veniva ancora la pelle d'oca.

Evans sorrise, colto sul fatto, e chiuse gli occhi.

Prima che potessi indurlo a dirmi la verità, riapparve DeVries con l'acqua e una fascia.

Quando il vecchio lo tirò su, Evans riaprì gli occhi. Mentre beveva avidamente, l'acqua gli andò di traverso provocandogli un colpo di tosse.

«Su, su, fate piano» lo esortò DeVries, appoggiando la tazza per terra. Poi cominciò a occuparsi della ferita e a preparare una benda. Appena stappò una boccetta, l'odore di iodio mi pizzicò il naso. Quando la pezzuola imbevuta di disinfettante gli sfiorò la ferita, John sussultò.

«Tra un attimo sarà a posto» commentò DeVries, continuando imperterrito.

Io ero agitatissima. Mi sembrava quasi di sentire i dolori di Evans. Naturalmente era solo la mia immaginazione, ma fui felice quando DeVries terminò di medicarlo.

Evans strinse gli occhi. «Non avreste una polvere antidolorifica?»

«No, purtroppo no. Non ho quasi mai mal di testa e se capita la infilo sotto l'acqua fredda. Aiuta, ma non credo che potreste reggere il trattamento. E poi non vorrete rovinare subito la fasciatura, vero?»

«No, meglio di no.» Tornò a volgere lo sguardo su di me. I suoi occhi erano tristi.

Che cosa gli era capitato? Qualcuno lo aveva preso di mira per causa mia? O era caduto vittima di briganti?

«Dovremmo riportarvi a casa» disse DeVries, ma John gli posò una mano sul braccio.

«No. Lasciatemi rimanere, ve ne prego. Andrà tutto bene e in un paio di giorni sarò di nuovo in piedi.»

L'uomo lo fissava scettico. «Siete sicuro? Lo sapete che difficilmente un medico si avventura fin qui, soprattutto con questo tempo.»

«È solo un graffio» ribatté lui, facendo però una smorfia. Non era solo un graffio, era evidente, ma Evans era caparbio.

«Un graffio che mi costerà caro, se lo scopre il vostro Lord.»

Evans gli lanciò un'occhiata. «Non ditegli niente. Datemi modo di risistemare le cose.»

«Quali cose?» intervenni io. «Vi hanno aggredito a causa dei miei angeli?»

«No. È stato un incidente. Ho spinto il cavallo su un cumulo di neve che nascondeva una buca. La bestia si è impennata e mi ha disarcionato. Ho battuto la testa contro un albero e per un po' sono rimasto a terra... Temo che adesso ci sarà difficile recuperare le statuine.»

D'un tratto ebbi la sensazione che mi si fosse aperto il terreno sotto i piedi. Se nemmeno John aveva più fiducia di ritrovarle... Mi salirono le lacrime agli occhi. Non sapevo cosa mi addolorasse di più, se l'essere stata derubata o dover tornare senza avere concluso niente. Senza poter più rivedere John.

«Anna?» la sua voce mi strappò al mio groviglio di pensieri.

Lo guardai, poi mi asciugai le lacrime. Un istante dopo mi prese la mano e io rimasi pietrificata.

«Perdonatemi, ve ne prego. Ho rovinato tutto.»

«Shhh, non è così importante» lo rassicurai.

«Sì che lo è. Se non avessi sbagliato a condurre il cavallo... Sono stato a lungo privo di conoscenza e...»

Notai che impallidiva e gli si stavano formando goccioline di sudore sulla fronte.

«Ora dovete riposare» gli dissi dolcemente, cercando di nascondere il dolore che mi dilaniava dentro. Lui annuì con un debole cenno del capo e chiuse gli occhi.

# 24

La notte passò senza che Evans si risvegliasse. Spesso lo guardavo, ma lui dormiva un sonno profondo. Che la sua ferita fosse più grave di quanto pensassi?

DeVries era molto silenzioso. Sembrava dibattuto. Lo sorprendevo spesso a borbottare tra sé, con parole a me incomprensibili.

Alla fine mi decisi a tornare di sopra e mi sedetti accanto alla finestra. Ero stanca, ma troppo turbata per sdraiarmi. Mentre contemplavo sorgere il sole, cominciai un monologo silenzioso con me stessa, senza trovare risposta alle mie domande. Solo una cosa mi era chiara: adesso che gli angeli erano definitivamente perduti, non mi rimaneva che tornare a casa, dove le cose sarebbero andate peggio di prima.

Se solo avessi dato ascolto a Wenzel e fossi rimasta a Spiegelberg!

Mentre il sole si alzava sopra l'orizzonte, qualcuno bussò alla mia camera.

«Sì?» chiesi.

Subito apparve DeVries. «Venite con me» si limitò a dire.

«Dove?» domandai, alzandomi.

«Lo vedrete.»

Capii le sue intenzioni quando arrivammo alla porta posteriore della casa. Voleva portarmi al piccolo edificio in mattoni. Dovevo aiutarlo a prendere qualcosa?

DeVries afferrò una grossa pala con la quale sgombrò un po' il cammino. Arrivata all'ingresso della costruzione, avvertii un vago odore di bruciato, che mi risultava stranamente familiare. L'uomo si frugò in tasca finché non ne tirò fuori una chiave con cui aprì il lucchetto appeso alla porta.

La luce del mattino si insinuò all'interno, rischiarando gli oggetti che vi erano riposti. Vidi crogioli, tenaglie, un bruciatore, un tornio, un tagliavetro e un cannello per soffiarlo. Ci misi un istante a capire cosa contenesse quella casetta. Uno spesso strato di polvere copriva una fornace simile a quella di mio padre.

«Siete un soffiatore di vetro.»

Lui annuì. «Sì, lo sono. Anzi lo ero. È da tanto tempo che ho abbandonato il mio lavoro...»

Lo si notava anche dalla fornace. Dopo l'ultimo utilizzo era stata ripulita accuratamente, ma né il tempo né DeVries avevano potuto togliere l'odore di fuliggine e di carbone dalle pareti.

«Non è un caso che John vi abbia portato da me» spiegò DeVries, procedendo nella stanza. «Sapeva che ho un forno. E sapeva che avevo giurato di non metterlo in funzione mai più.»

«Perché?» chiesi guardinga, temendo di irritarlo.

Lui accarezzò assorto le lunghe tenaglie con cui si estraeva dal forno il contenitore incandescente colmo di vetro liquefatto.

«Dovete sapere che non avevo solo una figlia. Oltre a lei avevo anche un maschio, il mio primogenito.» Fece una breve pausa e, guardandolo di profilo, mi parve di leggere il dolore sul suo viso. «Gli avevo insegnato il mio mestiere, ma decise di cercare fortuna in una grande vetreria. Seppure a malincuore, io lo lasciai andare... Un errore, come ha poi dimostrato il tempo.»

«Cosa è successo?» lo incalzai, intuendo che la partenza del figlio non poteva essere una ragione sufficiente per abbandonare l'attività.

«Come ben sapete, in una vetreria si gioca con il fuoco. Un giorno, nell'officina in cui lavorava mio figlio è divampato un grosso incendio. Jack voleva soccorrere un compagno, ma il tetto è crollato e loro sono morti entrambi.» DeVries tacque un istante, chinò il capo e deglutì. Gli tremava la voce quando riprese: «Quando l'ho saputo, il senso di colpa mi ha dilaniato. Non avrei dovuto permettergli di abbandonare il mio laboratorio! Avrei dovuto cercare di trattenerlo. Ma ormai era tardi. Non ho potuto neppure vederlo, perché le fiamme lo avevano divorato».

«Come potete essere certo che fosse vostro figlio?»

«L'altro ragazzo è stato riconosciuto e nella vetreria c'erano solo loro due.»

Quando tornò a guardarmi, notai che i suoi occhi erano pieni di lacrime.

«Il giorno che l'ho seppellito ho giurato a me stesso che non avrei più prodotto nemmeno un pezzo di vetro. Il vetro portava disgrazia alla mia famiglia. Avrei voluto abbattere questa casetta, o almeno la fornace. Ma poi ho pensato che fosse meglio aspettare, non ne avevo la forza. E ora sono troppo vecchio per farlo.» Si girò verso di me e nella mia mente balenò un'idea, che scacciai prontamente. «Quando John mi ha detto che siete una vetraia, la notizia mi ha colpito come un fulmine. Io non volevo avere più nulla a che fare con il vetro e lui mi porta in casa una ragazza che ne pratica l'arte! Lo avrei volentieri buttato fuori, ma... diciamo che devo qualcosa alla sua famiglia. Così vi ho accolta.»

«E di questo vi sono assai grata.»

«John mi ha raccontato dei vostri angeli. Mi ha detto quanto fossero meravigliosi e che non meritavate una simile sconfitta. Capisco che non volesse rinunciare a cercarli, ma se ci pensate... Voi cosa fareste se temeste la concorrenza di un altro vetraio? Intendo dire, se non foste la ragazza onesta e gentile che siete.»

«Probabilmente distruggerei le sue creazioni. O le getterei in un fiume.»

«Giusto. Per questo temo sia inutile cercare qualcosa di cui ci si può disfare con tanta facilità.»

«Ma io non ho fatto nulla a questa gente.»

«A loro non interessa. Alcuni detestano l'idea che un'artigiana straniera possa adornare l'albero di corte. E, a quanto pare, sono disposti a tutto per impedire che ciò avvenga.»

«Ve lo ha svelato John?»

«No, è un mio pensiero» ribatté lui. «Ne so qualcosa di come sono fatti gli uomini. Quando anni fa giunsi in Inghilterra, ero il nuovo arrivato, l'estraneo. Nessuno voleva affidarmi commesse. Rimpiangevo quasi la decisione di aver abbandonato per amore il mio paese, dove avevo lavoro a sufficienza. Incontravo molte ostilità e, quando si accorsero che questo non portava a nulla, alcuni concorrenti tentarono di sabotarmi.»

«E come avete fatto?»

«Ho semplicemente perseverato. Caparbio e deciso. Se qualcuno distruggeva le mie creazioni, ne realizzavo altre. Se qualcuno mi boicottava a un mercato, ne cercavo un altro. Una decina d'anni dopo il mio arrivo l'attività cominciò a essere redditizia. Lord Sandhurst era il mio principale cliente, devo tutto a lui.»

Lord Sandhurst? Doveva davvero essere un estimatore

dell'arte del vetro, visto che era lui ad aver fatto il mio nome alla regina.

«Cosa mi dite di voi?» chiese infine DeVries. «Come mai una giovane donna ha deciso di avvicinarsi a quest'arte? È stato per vostro padre?»

Annuii. «Mi ha formato e voleva che portassi avanti il laboratorio. Producevamo specchi come quelli che si facevano una volta, quando ancora esisteva la grande fabbrica. Purtroppo si indebitò per dotarsi di nuove apparecchiature. Tra l'altro, gli affari non andavano bene. Nessuno voleva più specchi di grandi dimensioni... quanto meno non da noi. Cercammo di mantenerci in vita con la vetreria di uso quotidiano e qualche oggetto d'arte, ma non bastava. Mio padre è morto di crepacuore.»

«Peccato» commentò DeVries. «Non ho mai visto i vostri lavori, ma se la regina ha pensato di farne un'ordinazione dovete essere davvero brava.» Mi guardò pensieroso, poi riprese: «Che ne direste di seguire il mio esempio?».

«In che senso?»

«Potreste tirar fuori la vostra caparbietà, decidendo di continuare.»

«Ma non posso...»

«Non potete?» Aggrottò la fronte e, indicando la fornace, mi chiese: «Cos'altro vi serve oltre a questo?».

«Intendete dire che potrei usare la vostra fornace?»

«Perché no? È impolverata, certo, ma possiamo tornare ad accenderla. E potreste subito mettervi al lavoro. Sempre meglio che mettere a repentaglio la vita di John mandandolo alla ricerca di un ago nel pagliaio.»

Non riuscivo a capacitarmi di quell'offerta. Cercavo le parole, ma non ne trovavo.

«Da qualche parte conservo ancora le materie prime per

produrre una modesta quantità di vetro. Di quanti angeli vi hanno derubata?»

«Una cinquantina. Il lavoro di diversi anni.»

«Bene, per una cinquantina dovrebbe bastare. Li soffiavate o usavate stampi?»

«Stampi.»

Il vecchio annuì. «D'accordo. Allora ci serve il materiale anche per quelli. Argilla, gesso e soprattutto cera per i modelli.»

«E legno» aggiunsi. «Intagliavo degli stampi in legno per realizzare i modelli in cera senza dover partire ogni volta da zero.»

Un rapido sorriso gli rischiarò il volto.

«Il legno è l'ultimo dei nostri problemi» affermò, sbirciando la catasta di legna da ardere ammucchiata sotto una piccola tettoia. «Vi suggerisco di mettervi all'opera oggi stesso. Cera ne ho, gesso e argilla posso procurarvene nei prossimi giorni. Nel frattempo il ragazzo sarà di nuovo in piedi e potrà darmi una mano.»

«Non so cosa dire» esclamai stupefatta.

«Non dovete dire niente. Dovete solo dimostrare a questi sconosciuti pieni di pregiudizi che una ragazza come voi non si lascia scoraggiare tanto facilmente. Fate vedere a questa gente di cosa siete capace, signorina Härtel. Dimostrate loro che la violenza non può vincere!»

Fissai ancora un istante la fornace. La voce di DeVries era cambiata. Ora suonava quasi come quella di mio padre. Quando ebbe finito di parlare sbirciai al mio fianco, per accertarmi che accanto a me ci fosse l'anziano olandese e non il mio papà. Lo guardai negli occhi e gli chiesi: «Avete un coltello da intaglio?».

Lui rise. «Sono certo che troveremo qualcosa di adatto. Torniamo in casa prima di prenderci un malanno, qua fuori.»

Al nostro ritorno, John dormiva ancora. Una chiazza di sangue bagnava la fasciatura. La ferita doveva essere più profonda di quanto pensassimo.

«Be', gli rifaremo la bendatura» commentò l'uomo, dicendo poi qualcosa in una lingua che non capii. Era olandese o inglese? Non riuscivo a distinguerli.

Presi una sedia e mi sistemai accanto al sofà. Avrei volentieri tenuto la mano di John, ma non volevo che DeVries giungesse a conclusioni sbagliate. Mentre lo guardavo, le palpebre mi si fecero pesanti come piombo. L'eccitazione di avere a disposizione un'officina avrebbe dovuto tenermi sveglia, ma la stanchezza era più forte e alla fine ebbe la meglio.

# 25

Una scheggia dopo l'altra volava silenziosa a terra. Il blocco di legno che avevo in mano, sebbene ne avessi già raschiata via una parte, non aveva ancora assunto la forma giusta. Non sembrava un angelo e nemmeno un abete. Somigliava a un uovo abbastanza informe.

Eppure il mio angelo dormiva lì sotto, ne ero sicura. Non vedeva l'ora di stendere le ali e dispiegare le vesti al vento. Di sorridere al suo acquirente. Sapevo per esperienza quali pezzi di legno erano adatti.

C'era un problema, però. Non sapevo che viso dargli, mentre di solito ne avevo sempre uno davanti agli occhi quando intagliavo gli stampi per i miei angioletti. Molte delle mie prime creazioni avevano le sembianze di mia sorella. Più tardi, invece, erano frutto della mia fantasia. In quel momento, però, l'immagine mi sfuggiva.

Mi cadde lo sguardo sulla foto della figlia di DeVries. Era molto carina e all'epoca aveva l'età adatta. Ma non sapevo come avrebbe reagito il padre se avessi deciso di ritrarre il volto di sua figlia.

Magari si sarebbe infuriato e avrebbe ritirato la sua generosa offerta. Meglio non rischiare.

Dovevo usare il mio? No, sarebbe stato troppo vanitoso.

Elisabeth? Preferivo di no. Avevo già abbastanza nostalgia ed evocare il viso di mia sorella avrebbe peggiorato le cose...

Dovevo rimettere in moto la fantasia, ma come?

Mi alzai e diedi un'occhiata fuori dalla finestra. Le nubi scorrevano di fronte alla luna. Di tanto in tanto la coprivano completamente, per poi lasciarla momentaneamente libera, cosicché la sua luce baluginava sui campi innevati.

In realtà avrei dovuto essere a letto da tempo a riposare, ma l'idea di cominciare subito il lavoro mi aveva tolto il sonno. Tra l'altro, avevo dormito fino al tardo pomeriggio. A un certo punto DeVries mi aveva sollevata di peso dalla poltrona e mi aveva portata di sopra.

Abbassai il coltello con un sospiro e poggiai il blocco di legno sul tavolo. Forse era meglio distendermi un po'? Ma ero sicura che non avrei chiuso occhio. La voglia di fare mi ardeva dentro. Volevo realizzare almeno cinque diversi modelli, di ognuno dei quali avrei fuso sei angeli.

Ma doveva venirmi qualche ispirazione...

Dopo un po', poiché il silenzio della casa mi pesava sull'anima, scesi al piano terra. Evans dormiva sul sofà su cui lo aveva adagiato il padrone di casa. Probabilmente neanche si sarebbe accorto della mia presenza, ma almeno non ero del tutto sola.

DeVries doveva essere già a letto. O almeno non lo sentivo fare alcun rumore.

Dopo cena, quando John era stato sveglio per qualche tempo, DeVries era tornato a suggerire che sarebbe stato meglio avvertire il Lord, ma Evans aveva di nuovo rifiutato l'idea, pregandolo di aspettare che si fosse rimesso in piedi e avesse trovato una soluzione.

La discussione era quasi degenerata in litigio, tanto che non avevo osato intromettermi per raccontargli della fornace e della generosa offerta di DeVries. Evans sapeva che l'olandese era un vetraio, ma aveva davvero contato sul fatto che me l'avrebbe messa a disposizione? Non mi pareva plausibile, altrimenti glielo avrebbe chiesto da subito.

Attraversai la stanza cercando di non far rumore, presi una sedia e mi misi accanto a lui. Notai subito il calore che emanava. La sua vicinanza mi infondeva sempre tepore, ma quella volta era diverso. Era come quando Elisabeth o la mamma erano malate. E ricordavo fin troppo bene il fuoco che divampava in me quando avevo la febbre alta.

Ne ebbi conferma mettendogli una mano sulla fronte: era bollente!

Guardai l'orologio a muro, il cui pendolo dondolava con un leggero ticchettio. Era ormai quasi mezzanotte. DeVries era sicuramente già a letto e non aveva idea di cosa succedesse qui.

L'ansia mi rimescolava lo stomaco. John poteva avere delle ferite interne? O forse gli era venuta una polmonite? Aveva raccontato di essere rimasto privo di conoscenza per un po'.

E si era esposto al pericolo solo per i miei angioletti!

Mi aggiravo per la stanza. Non importava cosa avrebbe pensato DeVries, dovevo svegliarlo e dirgli che c'era bisogno di un medico. Andai verso la sua camera e bussai alla porta.

«Mister DeVries, svegliatevi!» gridai.

Per qualche istante non successe nulla, poi passi pesanti si affrettarono alla porta.

«Che succede?» chiese ancora mezzo addormentato. La vestaglia gli pendeva addosso un po' sghemba.

«John. Voglio dire, Mister Evans ha la febbre. Credo che sia necessario chiamare un dottore.»

Lui brontolò qualcosa di incomprensibile e si affrettò verso il sofà. Toccò la fronte di John e mormorò: «Buon Dio!».

Nemmeno a quel contatto Evans si destò, il che mi fece preoccupare ancora di più.

«Ho ragione, vero?» chiesi mentre DeVries si precipitava in cucina.

«Sì, brucia come un forno! Il dottor Garland abita a qualche miglio da qui, ma a cavallo dovrei riuscire a raggiungerlo.»

«Posso fare qualcosa nel frattempo?»

«Sì, bisogna fargli impacchi di acqua fredda ai polpacci. Se la febbre sale troppo, il sangue si aggruma e non deve assolutamente succedere! Mettetevi qualcosa addosso e andate a prendere un paio di secchi di neve.»

Corsi su per le scale, presi il mantello e mi avvolsi nello scialle. Uscii di casa con due grossi secchi di legno e cominciai a raccogliere neve da un cumulo particolarmente alto. Fuori si gelava e non passò molto prima che i miei guanti si infradiciassero e mi si intorpidissero le dita.

Al mio ritorno trovai un catino sul tavolo della cucina. DeVries stava spogliando John. Riempii il catino, poi uscii a riempire altri due secchi.

Quando tornai in soggiorno, John aveva indosso una camicia da notte che lo copriva per metà. Aveva il viso bollente, congestionato, i capelli neri appiccicati alla fronte, e di tanto in tanto emetteva un leggero sospiro.

«Sapete come si fanno gli impacchi?» mi chiese DeVries, arrivando con un paio di panni puliti. Nel frattempo si era cambiato d'abito anche lui e adesso indossava pantaloni di velluto e un maglione di lana.

«Sì, li ho già fatti anche a mia sorella.»

«Bene. Io vado dal dottore. Non preoccupatevi se ci metterò un po'. Le strade non sono completamente sgombre e può darsi che trovi il passaggio chiuso.»

Avrei voluto togliergli quel fardello, ma non conoscevo la zona, stavo a malapena in sella e rischiavo probabilmente di morire assiderata prima di trovare il medico.

«Abbiate cura di voi, Mister DeVries» gli dissi, rivolgendogli un cenno di saluto.

«Non abbiate paura, non è la prima volta che vado a chiamare il dottore di notte. Badate solo che la febbre non gli salga troppo, è il vostro unico compito.» Si girò verso la porta e scomparve nell'oscurità.

Io tornai da John. Pareva di nuovo profondamente addormentato, eppure il colorito del suo volto non era cambiato. Mi sfilai il mantello, mi arrotolai le maniche e immersi i panni nell'acqua.

Con mia sorella, non mi creava problemi toccarle le gambe. Una volta aveva avuto un'infiammazione alla gola talmente forte, che era di importanza vitale abbassarle la temperatura.

Ma Evans era un uomo... e per di più un uomo che mi suscitava strane emozioni. D'altra parte anche lui sarebbe stato in pericolo di vita, se la febbre fosse salita oltre.

Gli avvolsi il primo panno intorno alle gambe. A quel contatto lui ebbe un violento sussulto ed esclamò qualcosa in inglese che non capii.

«John» gli dissi. «Sono io, Anna. Vi sto solo facendo degli impacchi. Avete la febbre alta.»

Ma lui sembrava non comprendere cosa gli dicevo e farfugliava. Io continuai, avvolgendogli in asciugamani asciutti le gambe fasciate dai panni bagnati.

I minuti si dilatavano, infiniti, trasformandosi in ore. Solo quando il viso di Evans tornò più pallido, decisi che potevo interrompere gli impacchi.

Bruciavo d'ansia. Cosa poteva avergli provocato quel picco di febbre?

Guardavo continuamente fuori dalla finestra, impaziente, mi affaccendavo, ma nulla accelerava la comparsa di DeVries con il dottore. Quanto poteva essere lontano il suo studio? Erano davvero così impervie le strade?

Due ore più tardi la mia inquietudine si era trasformata in una pesante cappa di spossatezza. Per non addormentarmi, feci nuovi impacchi a John e aspettai che si intiepidissero.

Questa volta rimase tranquillo mentre lo fasciavo. Era un segno buono o cattivo? Gli controllai il respiro. Era accelerato ma piuttosto chiaro. Forse ero riuscita a fargli calare la febbre?

Finalmente cominciò ad albeggiare, ma di DeVries ancora nessuna traccia. Quanto meno adesso gli sarebbe stato più facile vedere il sentiero.

Io però non reggevo più la veglia, ero troppo stanca. Mi assopii sulla sedia e mi svegliai solo quando qualcuno entrò nella stanza.

Mi alzai di scatto. L'uomo che era accanto a Evans mi era del tutto estraneo, ma dietro di lui scorsi DeVries.

«Ah, buongiorno, signorina Härtel. A quanto vedo, vi siete presa cura bene del nostro paziente. Questo è il dottor Jason Garland.» Indicava l'uomo, che si girò a guardarmi.

«*Nice to meet you*» disse, porgendomi la mano.

Dedussi che mi stesse salutando, perciò la strinsi nella mia. Non sapevo però come avrei dovuto rispondere. DeVries doveva comunque averlo già informato che non parlavo la loro lingua, perché il medico tornò subito a dedicare la sua attenzione a John. Sentivo le membra terribilmente pesanti e attendevo angosciata che il dottore ci dicesse qualcosa.

Dopo qualche istante DeVries si avvicinò.

«Mi spiace ci sia voluto tanto. Adesso mi ci vuole una tazza di caffè forte.»

Mise l'acqua sul fuoco e tirò fuori dall'armadio una scatola di latta dalla quale emanava un profumo eccitante che subito alleviò in parte la mia stanchezza.

«C'è un tempaccio là fuori» spiegò DeVries, mettendo alcuni cucchiaini di caffè in un bricco dal manico piuttosto malconcio. «Non avevo mai visto in vita mia tanta neve! E ne ho vissuti di inverni, dovete credermi.»

«Sono felice che siate sano e salvo e siate riuscito a raggiungere il dottore» risposi. Non volevo neppure pensare a cosa sarebbe successo se gli fosse accaduto qualcosa.

«Sì, sono contento anch'io. Se c'è qualcuno che può rimettere in sesto il nostro giovanotto è il dottor Garland.»

«Voi cosa dite, ce la farà?»

«Dipende da quanto è rimasto nella neve.»

In quell'istante il dottore varcò la soglia.

DeVries lo raggiunse e i due cominciarono a parlare. Dato che non comprendevo le parole, cercavo di intuire qualcosa dall'espressione del medico. Aveva un'aria severa, ma non capivo se fosse preoccupazione o semplice serietà.

Anche DeVries aveva un'espressione austera, ma ce l'aveva quasi sempre. Gli si leggeva in viso soprattutto la stanchezza per la cavalcata.

I due uomini si scambiarono infine una stretta di mano e il dottore salutò me con un cenno.

«Che cos'ha detto?» domandai non appena si fu chiuso la porta alle spalle.

«A suo parere è solo una forte infreddatura. Deve rimanere a letto e dobbiamo attendere gli sviluppi.»

«Dunque non è polmonite?»

«No, e dobbiamo fare attenzione che non lo diventi. Ma ho l'occhio esperto al riguardo. Mia moglie è morta di quello.»

Abbassai il capo. «Mi dispiace.»

«Non dovete farvene cruccio. La colpa è solo mia.» Così dicendo, tornò in soggiorno.

# 26

La mattina successiva sapevo come sarebbe stato il viso del mio angelo. La preoccupazione per Evans aveva influito positivamente sulla mia immaginazione. Dato che lui ancora dormiva e il dottore aveva detto che non potevamo fare altro che aspettare tenendolo d'occhio, sistemai una sedia accanto al sofà e cominciai a sfogliare dei libri. Avevo di nuovo indossato il mio abito da viaggio, più adatto per lavorare, dato che non avrei dovuto preoccuparmi di rovinarne la stoffa. Tra l'altro non ero ancora andata in officina, perché prima dovevo finire di intagliare gli stampi.

Mi era venuto in mente che la regina Vittoria era probabilmente la donna di cui esistevano più ritratti in quel paese. Dopo una breve ricerca, trovai in effetti nella libreria della casa un volume sulla casa reale inglese, corredato di immagini dei re e delle loro famiglie. Non era un libro recente, ma vi trovai un ritratto della regina da bambina.

Non potendole offrire i miei angeli originari, quanto meno le avrei reso omaggio forgiando i visi delle nuove statuine a imitazione del suo. E magari vi si sarebbe riconosciuta.

Con quel disegno davanti agli occhi, mi misi al lavoro, cominciando a intagliare la forma per il modello in cera. Ci voleva una certa concentrazione, perché dovevo immaginare il negativo del viso e inciderlo nel legno. Se fossi riuscita a completare le due metà simmetriche della forma, poi non sarebbe più stato un problema realizzare il modello in cera di cui avevo bisogno per lo stampo d'argilla.

Mi ci dedicai quasi tutto il giorno e alla sera ebbi finalmente la sensazione che la forma fosse perfetta. John si svegliava di tanto in tanto per bere e in genere DeVries si avvicinava a sostenergli la testa, dando intanto un'occhiata a come andava il mio lavoro.

«Allora, procede?» chiedeva e io annuivo, per poi tornare a concentrarmi.

«Dovreste andare a dormire, Anna.»

Alzai gli occhi. Non era stato DeVries a parlare. John mi fissava con gli occhi lucidi.

«Siete sveglio!» Deposi rapida coltello e forma per rivolgermi a lui. «State bene?»

«Mi sento... debole.»

«Dopo quello che avete passato è comprensibile» risposi. «Vi è salita la febbre e il medico che è venuto a visitarvi pensa che sia stata una forte infreddatura. Vi ha prescritto riposo.»

«Non ricordo il dottore» rispose lui, sorridendomi. «È bello vedervi.»

«Vale lo stesso per me. Ci siamo molto preoccupati per voi.»

«Per me? È solo un graffio» ribatté, sorridendo, poi però chiuse gli occhi. Doveva essergli venuto il mal di testa.

«Altro che graffio. Sareste potuto morire.»

«Ma come vedete sono ancora vivo. Anche grazie a voi.»

Un sorriso gli aleggiava sul viso.

Io abbassai lo sguardo, imbarazzata. «Mister DeVries si è offerto di lasciarmi usare la sua officina» mi affrettai a cambiare argomento. «Mentre dormivate per la febbre mi sono dedicata a realizzare la forma per i primi angeli.»

«Allora non siete rimasta seduta tutto il tempo al mio capezzale?» Un breve accesso di tosse lo indusse al silenzio.

Sorrisi di sottecchi. Certo che lo avevo fatto, ma lavorando allo stesso tempo. «Vi aspettavate che lo facessi?»

«Un pochino sì.» Rise, ma subito emise un lamento e strinse gli occhi.

«Mi dispiace molto» ripresi. «Vorrei che le cose fossero andate diversamente. Forse sarebbe stato meglio che non foste mai arrivato a Spiegelberg con il vostro Lord. Così vi sareste risparmiato tutto questo fastidio.»

«E chi dice che volessi risparmiarmelo?» ribatté lui. «Per ora non c'è nulla di cui io mi penta. Soprattutto riguardo a voi.»

Il modo in cui mi guardava negli occhi mi fece sciogliere come cera al fuoco.

Spinse una mano fuori dalla coperta e cercò la mia. Quando mi sfiorò temetti che il mio cuore stesse per esplodere per quanto batteva veloce.

Lui aprì la bocca per dire qualcosa, ma in quell'istante entrò DeVries. Delusa, lo vidi ritrarre la mano.

«Ah, siete di nuovo tra noi. Come va?»

«Meglio» assicurò lui, nonostante a vederlo sembrasse ancora uno straccio. «Anna mi ha appena detto che è stato qui il medico. Era il dottor Garland?»

«Sì.»

«Bene. Se ha detto che sopravvivrò, non può che essere così.»

«Dovete rimanere a letto. Tutto qui» confermò DeVries. «Io mi preoccuperò della fasciatura e in un paio di giorni dovreste tornare in piedi.»

«Il mio signore sarà scocciato quando verrà a saperlo» rispose Evans per poi rivolgersi a me. «Temo che non potremo mantenere l'appuntamento previsto con la regina.»

«Ne sono consapevole, e comunque a me servirà un po' più di tempo per realizzare dei nuovi angioletti e a voi per rimettervi in forze. Dicevate però che il maggiordomo potrebbe accordarci una nuova data.»

«Sì» sorrise lui. «Mister DeVries, vi ringrazio per averle messo a disposizione l'officina.»

«Ci contavate, ammettetelo» borbottò l'anziano.

«Effettivamente...» ammise lui, spossato, prima di richiudere gli occhi.

# 27

Passarono tre giorni. Eravamo ormai alla terza settimana d'Avvento e DeVries ancora non addobbava la casa per il Natale. Anzi, sembrava che la festa gli fosse del tutto indifferente. Aveva perso il figlio e la moglie, e con la figlia non aveva più contatti. Probabilmente per lui celebrare la festività sarebbe stata solo una fonte di sofferenza. Era capitato anche a noi, in occasione del primo Natale dopo la morte di papà. La mamma ci aveva tenuto a festeggiarlo per me ed Elisabeth, ma nessuna di noi l'aveva vissuto con gioia.

L'idea che l'avrebbero trascorso senza di me mi pesava, ma il lavoro mi dava le energie per scacciare i pensieri bui. Passavo la maggior parte delle ore di veglia al capezzale di Evans a intagliare forme per i miei angeli. Mi interrompevo per portargli un po' di zuppa o per tastargli il polso o la fronte. La sera mi addormentavo stanca morta e il giorno dopo ricominciavo da capo.

Il quarto giorno era quello decisivo. DeVries aveva acceso la fornace già al mattino. Il fatto che dal suo forno sarebbe nuovamente fluito vetro pareva infondere in lui nuova vita. Una volta lo sorpresi persino a fischiettare un motivetto. Quando mi notò si zittì all'istante leggermente infastidito, ma io ero felice di sentire da lui qualcosa che non fosse un brontolio.

Il calore ardente della fornace riempiva tutto il locale. Ci si poteva quasi dimenticare di essere in pieno inverno. Stavo di fronte alla bocca del forno con le maniche arrotolate, aspettando il momento opportuno per estrarre il contenitore con il vetro liquido e riversarlo negli stampi già pronti per essere riempiti.

DeVries si era offerto di insegnarmi la soffiatura, ma per le creazioni da presentare alla regina non volevo correre rischi, così decisi di attenermi alla tecnica che già conoscevo bene.

Purtroppo non avevo a disposizione materiali per realizzare le sfumature di colore, ma anche un angioletto puro e trasparente aveva il suo fascino.

Quando fui certa che l'amalgama avesse raggiunto la temperatura giusta, infilai i guanti, afferrai le tenaglie e aprii il forno. In quell'istante avvertii un soffio gelido alle spalle.

«Chiudete la porta!» protestai irritata, dato che qualsiasi raffreddamento poteva far solidificare il vetro troppo rapidamente.

Quando mi girai, vidi Evans che si affrettava a richiuderla.

Si era avvolto in un pesante mantello e lo scialle lo copriva fin sopra la bocca. Per la verità, secondo il dottore non avrebbe dovuto ancora alzarsi, ma lui pareva non curarsene.

«Perdonatemi. Non sapevo che steste già estraendo la colata dal fuoco.»

«Dovreste essere a letto» risposi io, in tono di rimprovero, per poi riportare lo sguardo al crogiolo. Non potevo permettermi di indugiare troppo. Bisognava cogliere il momento giusto.

«Poi torno subito sotto le coperte» rispose lui. «E qui comunque è più caldo che in casa.»

Era vero, ma gli sbalzi termici gli avrebbero fatto tutt'altro che bene.

Sollevai delicatamente il crogiolo e lo portai dove avevo posizionato gli stampi.

Il vetro pareva fuoco liquido. Lo versai con cautela negli

stampi grazie a un piccolo imbuto e, mentre eseguivo quella delicata operazione, tutto ciò che mi circondava scivolava sullo sfondo. Non avvertivo neppure più il calore della fornace. Era il momento decisivo. Se avessi commesso un errore, si sarebbero formate bolle d'aria che avrebbero rovinato le statuine. Oppure sarebbero venute fuori zoppe, come la primissima.

Solo quando gli stampi furono completamente riempiti mi rilassai e rimisi il crogiolo nel fuoco.

«Davvero affascinante» commentò Evans. «Sembra così facile, invece richiede un'enorme abilità.»

«Be', bisogna sapere quando il vetro ha la temperatura giusta. Poi ci vogliono pazienza e mano ferma.»

«Che evidentemente avete.»

«Lo spero. Come è venuto il pezzo lo si sa solo quando si rompono gli stampi. Il vetro è estremamente delicato e se si formano bolle d'aria è una catastrofe.»

Evans annuì. «Per parte mia ho pregato Mister DeVries di portare un messaggio a Lord Sandhurst: di certo cercherà di fissarvi un nuovo appuntamento.»

«Sarebbe molto gentile da parte sua» risposi, pulendomi con uno straccio i segni di fuliggine dalle mani.

«Ve lo meritate» rispose lui con un sorriso. «Speravo davvero che non vi arrendeste.»

«Se avessi saputo che conoscevate un vetraio disposto a prestarmi la sua officina, sarei stata da subito molto più ottimista.»

«Di questo non ero sicuro. Confidavo che in caso di necessità avrebbe acconsentito, ma Mister DeVries è un uomo particolare. E soprattutto adesso che sua moglie è morta non sapevo come avrebbe reagito.»

«Già, probabilmente ci è voluta la vostra caduta da cavallo perché mi facesse questa offerta.»

Evans rise. «Già. Forse.» Si alzò, si avvicinò a me e mi scostò una ciocca di capelli dal viso. «Mi è dispiaciuto molto non essere riuscito a recuperare i vostri angeli, Anna. Speravo che le cose andassero diversamente.»

«Non possiamo sempre sceglierci il nostro destino, no?»

«Avete ragione, ma a volte vorremmo che per alcuni a un certo punto arrivasse la fortuna, dopo tutto quello che hanno passato.»

«Alludete a me?» chiesi, allargando le braccia. «Ma io non ho di che lamentarmi! Grazie a voi e a Mister DeVries posso realizzare nuovi angeli. Che la regina voglia vederli o no...»

John mi prese la mano, obbligandomi così al silenzio. «Li vedrà. Abbiate pazienza. Abbiamo perso una settimana, è vero, ma c'è ancora la possibilità che i vostri angeli decorino l'albero di corte. Manca ancora qualche giorno al Natale...»

Annuii. «Sì, avete ragione. Abbiamo ancora un po' di tempo. E forse i nuovi angeli saranno anche più belli degli altri.»

«Mi rallegra sentirvelo dire.»

Ci guardammo negli occhi, mentre realizzavo che John mi stava ancora stringendo la mano. Piccole scintille di felicità mi esplosero nel cuore. Fosse stato per me, avrei fatto durare quell'istante per sempre.

Lui però abbassò lo sguardo, con una punta quasi di imbarazzo, e mi lasciò andare.

«Meglio che io torni a letto e smetta di disturbarvi.»

Avevo fatto qualcosa per fargli capire che non lo volevo tra i piedi?

«Sì... se volete» mormorai. Avevo un groppo in gola. A essere sincera, avrei voluto che restasse.

«Non vedo l'ora di ammirare il risultato» concluse, stringendosi nello scialle. E lasciò l'officina.

# 28

Passarono altri due giorni ed Evans si riprendeva a vista d'occhio, tanto da escludere il timore di polmonite. Di tanto in tanto faceva capolino nell'officina. In quei momenti dovevo fare attenzione alle mie mani, che per qualche motivo tremavano leggermente. Come se avessi paura di fare qualcosa di sbagliato, facendo una figuraccia di fronte a lui.

Il Natale era ormai alle porte. Non potevo ignorarlo dato che persino Mister DeVries cominciava a adornare la casa con rami di alloro e di agrifoglio.

Io però mi vietavo anche solo di pensare alla notte di Natale perché avrei dovuto terminare il mio lavoro prima di quella data.

Ogni giorno riempivo stampi di vetro liquido e ne preparavo di nuovi. Mi faceva bene essere tornata al lavoro e avere qualcosa di così importante da fare. Ogni mattina uscivo di casa prestissimo per andare a vedere i miei angeli. Lo feci anche quel giorno, quando avrei dovuto rompere gli ultimi stampi.

Quello era sempre il momento più emozionante.

Quando realizzavo le mie statuine alla sera, nell'officina di mastro Philipps, la mattina dopo arrivavo sempre al lavoro con il batticuore. Mi chiedevo per tutto il tempo come fossero venuti. Con il vetro non si può mai sapere. Bastavano un attimo di impazienza o un minimo errore e il vetro si riempiva di numerose bollicine d'aria che rovinavano il pezzo.

Anche adesso provavo la stessa inquietudine, forse ancora maggiore del solito, perché questa era la mia unica possibilità di mostrare alla regina le mie creazioni.

Quando aprii la porta mi accolse un ultimo refolo del calore rimasto. Il forno si era raffreddato, ma il tepore non si era ancora disperso del tutto. Aprii le imposte e mi avvicinai al tavolo su cui erano adagiati gli stampi. Bisognava batterli delicatamente per non danneggiarne il contenuto.

Perché mi riuscisse, tirai fuori l'angioletto zoppo dalla tasca, lo baciai e pregai che mi portasse fortuna. Poi lo rimisi al suo posto e mi accinsi al lavoro. Con un martelletto liberavo un angioletto dopo l'altro dallo stampo. Ogni volta, appena verificavo che al piccolino non mancasse nulla e che non avesse la minima incrinatura, tiravo un sospiro di sollievo. Riuscii a estrarli tutti senza danni.

Osservandoli mi sentii invadere il petto da una scintilla d'orgoglio. Nemmeno una bollicina d'aria: erano puliti e limpidi come ghiaccio. Ero convinta che fossero i migliori mai usciti dalle mie mani.

Ora bastava levigarli delicatamente e sarebbero stati pronti per il viaggio. Ne avevo di cinque tipi diversi. Tutti bianchi, ma di forme varie. Ero ansiosa di sapere se sarebbero piaciuti alla sovrana.

Naturalmente quelli che mi erano stati rubati erano un po' di più e mi dispiaceva soprattutto per quelli colorati, ma se il mio avversario pensava di potermi mettere sotto i piedi così facilmente si sbagliava.

Felice, li sistemai in una scatola ed ero pronta a lasciare il laboratorio quando vidi passare una slitta. Non notai chi ci fosse sopra, ma mi avviai alla porta posteriore per rientrare in casa. Magari era Lord Sandhurst, che aveva notizie dell'udienza a corte.

Stavo proprio per raggiungere la scala quando una voce femminile esclamò: «John!».

Un istante dopo una figura entrò impetuosamente, liberandosi le spalle dal mantello rosato e buttandolo da qualche parte in cucina, poi, senza fare caso a me, mi passò davanti per entrare nel soggiorno. Solo dopo notai i riccioli castani e i lineamenti eleganti.

Evans era seduto sul sofà e si alzò non appena la vide.

Lei gli corse incontro, gli mise le braccia al collo e lo baciò.

«Elaine» esclamò lui stupito, rivolgendole parole come al solito a me incomprensibili. In ogni caso pareva conoscerla e non si schermì quando lei gli diede un altro bacio.

Chi diavolo era?

Poco dopo mi apparve alle spalle DeVries. Quando mi voltai a guardarlo, notai che anche lui era stupito quanto me dall'arrivo di quella giovane donna.

A differenza di me, però, lui sembrava sapere chi era. Prima che potessi chiederglielo, le si avvicinò porgendole la mano. Anche lui le parlava in inglese, mentre la ragazza rideva e scuoteva i riccioli. Evidentemente gradiva l'attenzione dei due uomini.

Parevano essersi dimenticati della mia esistenza, ma mi andava bene così. Rompendo gli stampi e levigando il vetro, mi ero riempita il vestito di polvere. E il cuore mi si era gelato nel petto.

Chi era quella donna che poteva baciare Evans senza tanto pudore? Cosa cercava qui? E perché lui non l'aveva mai nominata? Da come si comportava doveva essere la sua fidanzata... o addirittura sua moglie.

Eppure la veste elegante non si addiceva alla compagna di un servitore.

Comunque fosse, i baci che gli aveva dato erano altrettante stilettate al mio cuore. Mi mancava l'aria. Mi voltai e corsi fuori.

Il soffio del vento non poteva lenire il dolore che mi consumava. Avrebbe dovuto essermi indifferente quale donna si gettasse al collo di Evans... ma non era così. L'idea che avesse già donato il suo cuore a un'altra mi dilaniava.

Certo, io venivo dalla Germania, mentre John apparteneva a quella terra, ma una parte di me si augurava che le cose fossero diverse. Desiderava ardentemente un bacio da lui, passare un momento tra le sue braccia.

Nessuna delle due cose mi sarebbe stata concessa.

Mi salirono le lacrime agli occhi. Avevo bisogno di un posto in cui rintanarmi. L'officina!

Corsi attraverso la neve, spalancai con rabbia la porta e me la chiusi immediatamente alle spalle. Tremavo in tutto il corpo, e non solo perché l'ambiente nel frattempo si era raffreddato. Come mai non mi aveva detto nulla? Come aveva potuto permettere che mi innamorassi di lui?

Sì, ero convinta di amarlo e adesso arrivava quella donna elegante a baciarlo!

Fissavo oltre la finestra i mucchi di neve che si confondevano davanti ai miei occhi. Avevo il petto in fiamme. Se avessi potuto, mi sarei raggomitolata a dormire, nella speranza che al risveglio tutto fosse tornato come prima.

Sentii bussare alla porta.

Avrei voluto gridare a chiunque fosse di andarsene: non avevo alcuna voglia di trovarmi davanti DeVries o Evans. Ma la voce mi si ruppe in gola e il disturbatore entrò.

Non alzai lo sguardo, ma mi affrettai ad asciugarmi il viso

con un panno. Chiunque fosse, non doveva vedere che avevo pianto.

D'un tratto mi assalì la collera. Che stupida ero stata! Era evidente che Evans non trovasse nulla in me. Ero solo una semplice artigiana affidata alle sue cure. Tutta la pena che si dava per me era solo perché voleva che la regina avesse i suoi angeli e che il suo padrone non perdesse la faccia.

«Anna?» chiese dopo un po' la voce di Evans.

Io non risposi. Avrei voluto diventare trasparente come vetro perché non mi vedesse. Ma non era possibile.

«Anna, cosa succede? Perché siete corsa via?» domandò avvicinandosi.

Io strinsi le labbra per non rinfacciargli di avermi nascosto la verità. A ben guardare non lo aveva neppure fatto, visto che non avevamo mai parlato della sua vita sentimentale. Per essere precisi, non aveva raccontato quasi nulla di sé. Sapevo una storia riguardo la sua cuoca, in quale fienile avesse giocato da bambino, ma per il resto John Evans rimaneva per me un grande mistero.

«Quella donna è la vostra fidanzata?» chiesi, mentre mi si stringeva il cuore. Non avevo mai provato niente di simile per un uomo!

«Sì, lo è» rispose lui, tranquillo. Non osai nemmeno alzare gli occhi su di lui.

«Da quanto tempo?»

«Da circa due anni.»

«Quindi presto vi sposerete» continuai. Non avrei dovuto torturarmi da sola, ma avevo la sensazione di dovermi punire per la mia stupidità.

«Anna, io...»

«Dovete dirglielo, John» intervenne DeVries, in piedi sulla

soglia come un gendarme che volesse assicurarsi che nessuno di noi si desse alla fuga. «Prima che partiate per Londra deve sapere la verità. Non aspettate che gliela sveli qualcun altro.»

Quale verità? Che aveva una fidanzata lo sapevo già. Cos'altro doveva confessarmi? Che era stato lui a far sparire le mie statuine?

Evans trasse un profondo sospiro e tirò a sé uno sgabello. Percepivo i suoi occhi su di me, ma mi vergognavo troppo per sostenere il suo sguardo.

«Sentite... non era mia intenzione ingannarvi. Avrei voluto che tutta questa faccenda filasse liscia. E se le cose fossero andate come dovevano, forse sareste già stata sulla via del ritorno verso la vostra famiglia.» Fece una breve pausa e con la coda dell'occhio notai che lanciava un'occhiata a DeVries. «Poi però gli angeli sono stati rubati e mi sono sentito responsabile. Volevo davvero aiutarvi, perché quella volta, durante il mio primo viaggio in Germania, mi avete colpito...»

Ora alzai lo sguardo. I miei occhi brucianti si conficcarono nei suoi, carichi di rimpianto.

«Se dovete dirmi qualcosa arrivate dunque al sodo» lo incalzai. «Non avete motivo di usare troppo riguardo nei miei confronti. Se tutto va bene entro un paio di giorni vi libererete di me, visto che ho finito i miei angeli.»

Lui abbassò il capo. «Be', io... io non sono John Evans, il servitore di Lord Sandhurst, bensì Jonathan Sandhurst, suo figlio.»

Suo figlio? Il figlio di un Lord?

Ero talmente stupita e confusa che non riuscii a proferire parola.

«Io... Insomma mi dispiace. Avevo accompagnato mio padre in Germania e lì ci siamo imbattuti nei vostri angioletti. Da quando abbiamo fatto ritorno, non ho fatto altro che pensare che la regina avrebbe dovuto vedere le vostre meravigliose creazioni. Così ho convinto mio padre a parlargliene e a mostrarle quelle che avevamo comprato. Lei ne è rimasta entusiasta e mi ha dato l'incarico di venirvi a prendere. È stata una decisione mia quella di presentarmi come se fossi il suo servitore.»

«E perché mai?» sbottai. Capivo solo ora cosa significasse quel dettaglio. Evans mi aveva consapevolmente ingannata.

«Non lo so nemmeno io» ammise contrito. «Aveva un suo fascino non essere visto come il figlio di un Lord. Mi illudeva di essere libero. E mi sono convinto che fosse stato quello a permetterci di intenderci da subito. Sapere che ero un nobile vi avrebbe intimidita. Così ho continuato a recitare quella parte, nella speranza che, dopo avervi presentato alla regina, sarei potuto semplicemente sparire.»

Lo guardai. Mi sentivo come schiacciata da un pesante masso. Fingendosi un servitore, Evans mi aveva sempre mentito. Non si chiamava neanche Evans, ma Sandhurst. Non credevo che l'avrei trattato diversamente se avessi immaginato che era figlio di un Lord, ma la sua menzogna mi feriva terribilmente.

«Perdonatemi, ve ne prego, Anna» sussurrò. «Non volevo farvi del male. Volevo solo proteggervi. Purtroppo non sono riuscito a condurre le cose come credevo.»

Spinsi lo sguardo oltre lui, verso la fornace, tentando di distrarmi dal dolore che mi bruciava nel petto. Era figlio di un Lord ed era fidanzato! Per questo non voleva raccontarmi nulla di sé.

Ma io avevo comunque i miei angeli che potevo mostrare alla regina! D'un tratto non ce la feci più. Balzai in piedi, superai DeVries e corsi attraverso la neve fino alla casa. La donna dal mantello rosato era scomparsa, ma, anche se ci fosse stata, l'avrei ignorata. Imboccai le scale e mi precipitai di sopra.

Mi buttai sul letto piangendo. Il cuore mi doleva nel petto e mi odiavo per aver provato sentimento per un uomo che evidentemente non lo ricambiava. Che si era consapevolmente tenuto a distanza per non dare adito alle mie stupide fantasticherie.

Come avevo potuto anche solo immaginare che potesse volermi bene?

Ondate di pianto e di singhiozzi mi scuotevano il corpo. Mi bruciavano le guance, la gola mi faceva male come se fossi ferita, ma non riuscivo a smettere. Le lacrime sembravano non esaurirsi mai.

Così rimasi a lungo sul letto, finché il sole del mattino non si ritirò dietro le nubi. Mentre il cielo si scuriva a vista d'occhio, fui sopraffatta dalla spossatezza. E finalmente il sonno mi cinse nel suo abbraccio consolatorio.

# 29

Fui svegliata da una mano sulla spalla. Alzai lo sguardo stupita e per un attimo credetti di essere a casa. Anche Elisabeth mi svegliava spesso così.

Invece ero nel sottotetto di DeVries e fu il suo viso a presentarsi ai miei occhi.

«Allora, ragazza mia» mi apostrofò con dolcezza. «Volevo vedere come va.»

Mi tirai su e mi scostai un paio di ciocche dal viso.

«Bene, direi.» Mi sentivo gli occhi gonfi e le guance mi scottavano come se avessi la febbre, ma quel bruciore insopportabile al petto era svanito. Evidentemente le mie lacrime l'avevano placato.

«Posso immaginare come vi sentite» proseguì il padrone di casa, prendendo una sedia per sistemarsi accanto a me. «Non è facile riconoscere che la persona da cui è attratto il nostro cuore è diversa da quel che ci ha fatto credere.»

Ero certa che il mio cruccio non dipendesse dal fatto che si fosse spacciato per qualcun altro. Aveva tradito la mia fiducia, certo, ma a quello si sarebbe forse potuto rimediare.

Quello che mi addolorava di più era che fosse fidanzato, mentre io avevo sviluppato una sorta di ossessione per lui.

Ma questo DeVries non lo sapeva. Dando per scontato che

il problema fosse l'identità di John, proseguì: «Vi ha portato da me perché intuiva che difficilmente avreste recuperato le statuine. E quando, mentre era ferito sul sofà, ha ammesso che gli angioletti erano perduti, ho capito subito cosa dovevo fare. Per quanto lo si possa deplorare per la sua messinscena, bisogna riconoscergli il merito di aver fatto la mossa giusta perché voi arrivaste al vostro obiettivo».

Annuii. Aveva ragione, ma le sue parole ridestarono il mio dolore. Non violento quanto prima, ma avvertibile.

«Perciò perdonatelo. Manterrà la sua parola portandovi dalla regina e poi riprenderete il viaggio per tornare dalla vostra famiglia. Non vi aspettate altro che questo dal vostro viaggio, non è vero?»

No, in principio. Ma negli ultimi giorni qualcosa era cambiato in me. Era stato John a cambiarlo.

Una parte di me si era illusa che qualcosa di lui sarebbe rimasto nella mia vita, ma non era così. Una volta che gli angioletti fossero stati venduti alla regina, John sarebbe tornato alla sua routine, avrebbe sposato la sua fidanzata e, prima o poi, avrebbe ereditato una fortuna.

E, ciò che mi feriva di più, mi avrebbe dimenticata.

DeVries mi accarezzò la mano. «Andiamo, signorina, dovete mangiare qualcosa. E non abbiate timore, John non è più qui. Si è recato prima dalla sua famiglia per procurarsi una carrozza per il viaggio a Londra. E anche per tranquillizzarli. La sua fidanzata li avrà messi tutti in agitazione.»

«Come ha fatto a sapere che Evans... insomma che Mister Sandhurst era qui?» Mi venne in mente un istante dopo. Nell'agitazione avevo dimenticato che John si sarebbe messo in contatto con il Lord, ossia suo padre, per farmi fissare una nuova udienza a corte.

«È stata colpa mia» ammise DeVries. «John mi aveva pregato di portare una lettera a suo padre e, dato che la giovane era ospite a casa loro, lo ha saputo anche lei e si è precipitata qui. Comprensibile, no?»

«Certo» risposi, cercando di darmi un contegno. «Anch'io sarei andata a cercare notizie del mio compagno, soprattutto essendo stato all'estero tanto a lungo.»

«Se non fosse venuta qui non avreste mai saputo della sua esistenza» continuò. «Ma evidentemente il destino ha voluto che la cosa saltasse fuori. È sempre così che va a finire in certi casi. Si può pregare tutti di non parlare, ma Dio trova sempre il modo per far venire a galla la verità.»

E forse Dio voleva anche impedirmi di innamorarmi di lui, ma era già troppo tardi.

L'anziano si alzò e si avviò verso le scale. «Venite a mangiare qualcosa. E vi prego, non portategli rancore. Ha sempre voluto il meglio per voi e lo vuole ancora. Per questo è necessario che vi rimettiate in forze: avete ancora molto da fare.»

Mi sarei volentieri rintanata in un angolino, ma non era possibile. Non avevo fame, ma DeVries stava cercando di consolarmi e gli ero già molto grata per la sua generosità, perciò lo seguii.

Dopo aver passato una notte intera a guardare il soffitto aspettando per lo più inutilmente di prendere sonno, mi alzai prima che la luce del sole apparisse all'orizzonte. Quel giorno saremmo partiti per Londra... ammesso che John fosse arrivato con la carrozza.

Durante le lunghe ore insonni non avevo fatto altro che ripercorrere con la mente tutto quello che era accaduto tra noi.

Aveva ragione DeVries: gli dovevo molto. La decisione di

portarmi a casa dell'anziano vetraio, con la consapevolezza che forse mi avrebbe aiutata a produrre nuove statuine, era la cosa migliore che chiunque potesse fare.

E la mia infatuazione per lui? Con il passare delle ore mi era chiaro che fosse stata una follia. Meglio tornare a concentrarmi sul vetro. Mio padre sarebbe stato immensamente orgoglioso di me se i miei angioletti avessero adornato l'albero di corte. E con i guadagni avrei potuto alleviare la malattia della mamma. A Spiegelberg, naturalmente, non sarebbe stato facile. Mastro Philipps certo non mi avrebbe dato più impiego e speravo di non incrociare più la strada di Wenzel, ma per lo meno avevo vissuto un'esperienza che difficilmente sarebbe potuta capitare a una ragazza della mia età e della mia classe.

Perciò dovevo concentrarmi, cancellando John dalla mia testa.

Mi sciacquai con l'acqua gelida e mi infilai il vestito.

Scivolai silenziosa lungo le scale. Quell'ultimo giorno volevo preparare almeno la colazione per il mio ospite.

Ma il chiarore che intravedevo ai piedi delle scale mi fece intuire altrimenti: DeVries era già in piedi e nell'aria si diffondevano profumo di latte, zucchero e un aroma di caffè.

Quando entrai in cucina, era seduto al tavolo davanti alla scatola degli angioletti. Ne teneva uno tra le dita, rigirandolo di fronte alla luce della candela che aveva di fronte.

«Buongiorno» dissi esitando.

«Buongiorno» rispose. «Mi chiedo come abbiate potuto fonderli evitando anche la più piccola bollicina d'aria. Ho tentato anch'io questa tecnica ma le bolle rovinavano immancabilmente il risultato.»

Non mi aspettavo una domanda simile. E nemmeno che DeVries esaminasse con tanta attenzione le mie statuine.

«E poi la ricchezza di dettagli. Avevo notato già dai vostri modelli in cera che avete grande talento, ma questo è davvero eccezionale.»

«Grazie, siete molto gentile» risposi, avviandomi al mio posto, di fronte al quale stavano già una tazza e un piattino.

«Come avrete notato, signorina Härtel, non mi interessa mostrarmi gentile. Quando si tratta di vetro mi limito a osservazioni concrete. E questi angeli sono perfetti. Erano così anche quelli che vi sono stati rubati?»

«No, ma simili» risposi, sentendo il sangue affluirmi precipitosamente alle guance. «Forse questi sono persino meglio.»

«Dunque i vostri concorrenti paiono aver colto chiaramente quanto talento avete. Se devo essere sincero, avrei tentato anch'io di sottrarvi le vostre creazioni.»

«Avreste davvero danneggiato una povera artigiana?» chiesi con un sorriso, ben sapendo che le sue parole erano intese come un grande complimento.

«No, questo no, ma i vostri angeli meritano di essere rubati.»

«Mi chiedo però come potesse sapere com'erano le mie statuine chi ha commissionato il furto.»

«Be', si potrebbe immaginare che abbia mandato delle spie al vostro mercato, ma sarebbe ancora più plausibile che le abbia viste da Lord Sandhurst e abbia intuito che incredibile concorrente poteste essere.» DeVries osservò ancora un istante l'angioletto, poi lo ripose nella scatola. «Sua Maestà ne sarà entusiasta.»

«Grazie» risposi, poggiandomi il tovagliolo sulle gambe. Se il mio cuore non fosse ancora funestato dal mio stupido innamoramento per John, sarei stata ancora più felice dell'apprezzamento.

A quello si aggiungeva una strana nostalgia. Dopo l'udienza

a corte, tutto sarebbe finito e avrei dovuto riprendere la strada di casa. La mia vita sarebbe tornata come prima... anzi no, perché mi sarei dovuta trovare una nuova occupazione.

DeVries coprì delicatamente l'angioletto, poi si alzò e mi servì nella tazza una zuppa lattiginosa. «Porridge» spiegò. «Ha un aspetto vagamente disgustoso se non lo si conosce, ma è buonissimo. Mia moglie lo sapeva cucinare meglio di me, ma credo che sopravvivrete.»

Per la verità non pareva disgustoso, ma non avevo appetito. Temevo di vedere apparire John. Di sicuro avrebbe voluto sapere il perché della mia reazione così violenta e per me sarebbe stato molto imbarazzante.

«Anna» disse infine il padrone di casa, dopo aver fatto colazione. Gli aleggiava sul viso un sorriso malinconico.

«Sì?» chiesi stupita, visto che era la prima volta che mi chiamava per nome.

«Devo ammettere che mi risulta difficile lasciarvi partire. Nei giorni passati mi sono sentito di nuovo vivo, cosa che non mi capitava più dalla morte di mio figlio. Mi sarebbe piaciuto avere una figlia come voi, con cui condividere la passione per il vetro. Alla mia non è mai interessato e ormai non si cura nemmeno più di suo padre, malgrado io conservi ancora gelosamente le sue foto. Ma voi mi avete mostrato che vale ancora la pena creare qualcosa che si possa tenere tra le mani.»

«Allora rimetterete in funzione la fornace?»

«Sì. Non potrò più causare grattacapi alle fabbriche di vetro, ma forse potrò offrire un po' di gioia alla gente dei dintorni. E se mai vi venisse il desiderio di stabilirvi in Inghilterra, vi accoglierei volentieri a lavorare da me. So che avete legami familiari, ma a volte si ha bisogno di un amico e in tal caso sarò qui per voi.»

Quest'offerta fece esplodere in me un'ondata di sentimenti. Qualcuno mi offriva il proprio aiuto, la propria amicizia e la propria officina. Sapevo di non poter accettare, ma era già bello sapere che esistesse una persona al mondo dalla quale sarei potuta andare.

Mi alzai e andai ad abbracciarlo. «Mille grazie, Mister DeVries, per tutto quello che avete fatto per me.»

Lui mi batté le mani sulle spalle e io lo liberai dall'abbraccio.

«No, sono io che devo ringraziare voi perché non vi siete lasciata respingere. So di avere un brutto carattere e di essermi trasformato in un orso. Devo invece ammettere che voi siete rimasta amichevole nonostante tutto.»

«Be', siete stato comunque più gentile di tante persone che ho incontrato in passato» ribattei, sentendo che le lacrime mi salivano agli occhi. Sarebbe stato troppo bello rimanere a lavorare lì, portando magari anche la mamma ed Elisabeth.

«Be', ricordatevi che sarete la benvenuta in ogni momento.»

«Lo farò» gli assicurai, asciugandomi il viso. Avevo ancora un paio d'ore prima di prendere congedo da lui e, chissà, magari un giorno sarei tornata.

# 30

Avevo il cuore pesante, mentre mi accingevo a preparare le valigie. Verso mezzogiorno sarebbe arrivato John e avremmo ripreso il viaggio.

Ma come ci saremmo comportati? Probabilmente avremmo taciuto, seduti una accanto all'altro, e al momento di congedarci saremmo stati felici di lasciarci tutto alle spalle.

L'idea che fosse fidanzato mi feriva ancora nel profondo. Gli attimi in cui avevo avuto la sensazione che ricambiasse i miei sentimenti erano forse esistiti solo nella mia immaginazione?

Verso l'ora di pranzo arrivò la stessa slitta con cui era venuta la fidanzata di John. All'inizio pensai che fosse tornata a visitare DeVries, ma poi mi accorsi che al suo interno, dietro al conducente, sedevano due uomini.

Uno era John e l'altro, come avrei appreso poco più tardi, era il padre. Indossava lo stesso mantello rosso che aveva al mercato e neppure la sua espressione austera era cambiata.

«Credo che i vostri accompagnatori siano qui!» sentii gridare dal piano di sotto.

«Scendo subito!» risposi, prendendo le valigie.

John mi stava aspettando. Indossava un elegante mantello scuro e un berretto di pelliccia che gli dava un'aria buffa. Alle sue spalle c'era il padre che, vedendomi arrivare, interruppe la conversazione con DeVries.

«Anna» mi salutò John, ed ebbi l'impressione di scorgere in lui un filo di imbarazzo. «Questo è mio padre, Lord Sandhurst. Papà, forse ti ricordi di Anna Härtel.»

«Certo» confermò lui, tendendomi la mano. «Felice di rivedervi, signorina Härtel.»

Dunque parlava tedesco! Per lo stupore rischiai di non spiaccicare parola.

«Io... Anch'io sono felice, signor... Lord...»

«I titoli non hanno importanza in questo momento» si schermì lui. «Sono contento che siate arrivata sana e salva nel nostro paese.»

«Sì, io...» Quella strana confusione non voleva abbandonarmi. Se il Lord parlava tedesco, doveva aver avuto i suoi buoni motivi per non aver aperto bocca, quella volta al mercato.

«Vi meravigliate forse che io conosca la vostra lingua?»

«Sì...»

«Mia moglie, la mamma di John, viene dalla Germania. È figlia di un duca del nord. È stata lei a insegnare a entrambi il tedesco.»

«Oh... mi fa piacere» commentai pensierosa. In effetti non avevo mai chiesto a John come lo aveva imparato e lui non aveva ritenuto necessario spiegarmelo. Ma in quel momento non riuscivo nemmeno a lanciargli un'occhiataccia.

«E vi starete chiedendo perché quella volta non vi abbia rivolto la parola, vero?»

«A essere onesta, sì» ammisi.

«Be', soffrivo di una brutta raucedine e avevo perso completamente la voce» spiegò. «Per questo mio figlio si offrì di prendersi carico della trattativa... Ma ora mettiamoci in marcia. Le strade potrebbero essere in pessimo stato, perciò ho preferito prendere la slitta.»

Era assai strano che adesso fosse lui a parlare, mentre il figlio taceva.

Lanciai un'occhiata furtiva a John per poi distogliere immediatamente lo sguardo, appena vidi che mi stava fissando. Mi era bastato un istante per vedere che aveva un'espressione abbattuta. Doveva essere dispiaciuto di avermi mentito, mi dissi, evitando di ipotizzare chissà quali altre ragioni. Presto si sarebbe liberato di me e tutto sarebbe tornato come prima. Che senso avrebbe avuto sprecare altre parole?

L'unica cosa che avrei fatto, appena ne avessi avuto la possibilità, sarebbe stato ringraziarlo per tutti gli sforzi che aveva fatto per farmi arrivare fin lì.

Lord Sandhurst salì sulla slitta e mi porse una mano per aiutarmi. Io mi accomodai morbidamente in mezzo alle coperte e alle pellicce messe lì per difenderci dal freddo.

John mi seguì con espressione cupa e si sedette di fronte a me, accanto al padre, che al contrario di lui pareva di ottimo umore.

«Devo dire che mi piace questo clima. La neve è una seccatura, certo, ma questo manto immacolato impreziosito dalla brina è uno spettacolo irripetibile.»

Io lo guardai perplessa, senza sapere cosa rispondere. Che il padre di John fosse così loquace e allegro non me lo sarei mai aspettata.

Poco dopo il mio sguardo sfiorò il viso di John, che invece teneva il capo chino.

Rispondendo all'ordine del Lord, la slitta partì. Io rivolsi un ultimo cenno di saluto a DeVries e mi strinsi una coperta sulle spalle, rimpiangendo di non aver portato un berretto, ma la bellezza del paesaggio innevato mi fece presto dimenticare il freddo.

Oltrepassammo il fienile in cui avevamo dormito e giungemmo finalmente dove si era bloccata la carrozza. Il mezzo era stato nel frattempo recuperato, ma riconobbi il punto grazie ai salici, nel frattempo sprofondati per metà nella neve.

Dopo un po' arrivammo a un bosco, sui cui rami i ghiaccioli scintillavano come diamanti. Di tanto in tanto incontravamo un paio di gazze ladre e una volta persino una volpe che avanzava a fatica in mezzo alla coltre bianca.

«Com'è il clima dalle vostre parti in questa stagione?» chiese infine il Lord, quando il silenzio tra noi si fece pesante. «C'era già la neve quando siete partita?»

«Sì, un pochino. Ma adesso deve essercene molta di più.»

«Allora è simile a qui. Mi fa piacere, perché così non avrete troppa nostalgia di casa.»

«Sì, è davvero bello qui» confermai. «Anche se la mia nostalgia non è tanto legata al paesaggio, quanto alle persone che ho dovuto lasciare.»

«Vostra madre e vostra sorella» intervenne lui. «Capisco, John me ne ha parlato.» Lanciò un rapido sguardo al figlio, che però non diede cenno di risposta. «Il destino vi ha colpito molto duramente.»

«Ora però in un certo senso andremo in pari.»

«In pari? Ma vi prego! Una giovane dama del vostro talento meriterebbe ben altro! Ho sentito che avete realizzato delle nuove statuine... e nel giro di pochi giorni!»

«Sì, è così. Non avevo altra scelta, visto che, come saprete, quelle che avevo portato con me sono sparite.»

«Sono state rubate!» esclamò lui, scattando in avanti. «Vi prometto che il responsabile verrà consegnato alla giustizia. Ho qualche sospetto su chi possa essere il colpevole di un simile misfatto, è per questo che ho voluto accompagnarvi.»

Alzò l'indice a mezz'aria, per poi riabbassare la mano sotto la coperta.

«E chi potrebbe essere stato?»

«Ve lo dirò quando saremo a palazzo. Non voglio mettervi in agitazione e ho anche bisogno di qualche altra prova solida.»

Prova solida? Possibile che non si trattasse di un ladro occasionale? Il pensiero mi causava ancora più disagio.

«Ma chiunque sia il colpevole, voi siete una ragazza di grandi qualità e meritate che il vostro lavoro venga riconosciuto. Lo avevo capito già allora, in Germania, e vi aiuterò a raggiungere il vostro obiettivo.»

Quando finalmente abbandonammo il bosco, il sole cominciava già a declinare verso l'orizzonte. La luce si trasformò, per farsi dorata e poco dopo tingere ogni cosa di una sfumatura rosata. D'un tratto mi vennero in mente un tè bollente alla rosa canina, un infuso di fiori di sambuco, punch alla cannella, mele al forno e biscotti di panpepato. Anche se non avevamo molto denaro, ogni anno provvedevo a mettere da parte una somma sufficiente perché potessimo permetterci queste prelibatezze natalizie. Quanto mi sarebbe piaciuto gustarle adesso!

Sotto un cielo rosso fuoco, arrivammo in un piccolo villaggio. I tetti delle case a graticcio e i cespugli nei giardini erano coperti di uno spesso strato di neve. Qua e là si vedevano appese alle porte ghirlande di stramonio, edera e nastri rossi: segno inequivocabile che il Natale era imminente.

Ci fermammo di fronte a una locanda.

«Trascorreremo qui la notte e domattina proseguiremo per Londra» spiegò il Lord, mentre si spogliava delle pellicce. Poi si rivolse al cocchiere, e dedussi che gli stesse chiedendo di portare di sopra i bagagli.

La borsa con gli angioletti la presi io, però, perché non volevo correre alcun rischio. Finché non mi fossi trovata di fronte alla regina non volevo assolutamente perderla di vista!

La locanda era calda e accogliente, e l'oste pareva molto contento di vedere il Lord con il figlio.

Il nobiluomo intavolò una conversazione con il proprietario, mentre John e io rimanevamo lì come statue di sale. Le mie dita umide di sudore stringevano forte il manico della borsa, mentre John si fissava gli stivali.

Dovevo ammettere che con quel mantello e il colletto inamidato che vi si intravedeva sotto era di una bellezza irresistibile.

Mi costrinsi però a scacciare subito quel pensiero, concentrandomi sull'arredamento. In quella locanda ci tenevano molto ai decori natalizi, almeno a giudicare dalle magnifiche rose di Natale che campeggiavano sui tavoli, dai nastri bianchi e dai rami di vischio, agrifoglio e alloro distribuiti ovunque nel locale. Notai anche alcuni mazzolini di vischio appesi alle travi del soffitto e qui e lì dei quadretti ricamati nei quali apparivano dei pettirossi in mezzo a corone di agrifoglio. Ma cosa c'entrava il pettirosso con il Natale?

Quando Lord Sandhurst finì di parlare con l'oste, il cocchiere ci precedette, portando i nostri bagagli su per le scale.

«Posso portare io la vostra borsa?» chiese John. La sua voce mi trafisse come un fulmine.

«Non ce n'è bisogno» ribattei, in tono più brusco di quanto volessi, visto che la sua offerta era stata fatta con gentilezza.

«Come desiderate» accettò lui, abbassando deluso la testa.

L'istante dopo mi ero già pentita, ma non aggiunsi altro, perché Lord Sandhurst ci invitò a seguirlo al piano di sopra.

Le stanze erano disposte una di fronte all'altra nel corridoio. La mia era più piccola di quella di Dover, ma molto più confortevole. C'era una poltrona rossa, guarnita di cuscini ricamati con lo stesso motivo dei quadretti al piano di sotto, un pettirosso in mezzo ai rami. Sullo scrittoio facevano mostra di sé un paio di candele in un grazioso candeliere. Alla finestra era appesa una ghirlanda di edera e agrifoglio. E quando mi lasciai cadere sopra il letto fui avvolta da un dolce profumo di lavanda.

Il viaggio mi aveva spossata. Speravo di addormentarmi quanto prima, in modo da non pensare troppo a John. E, al mio risveglio, Londra sarebbe stata più vicina.

Mi rialzai per sfilarmi il mantello, chiedendomi se saltare la cena. Di sicuro a tavola ci sarebbe stato un filo di disagio, ma il mio stomaco mi ricordò che il porridge della colazione era l'ultima cosa che avevo mangiato. Così mi avvicinai al lavabo per prepararmi.

La cena trascorse come immaginavo, in un'atmosfera un po' strana. Per fortuna Lord Sandhurst tenne viva la conversazione raccontando del viaggio attraverso la Germania, e di tutte le cose entusiasmanti che vi aveva trovato. Parlava estasiato di borghi, castelli, città e montagne del sud del paese.

Io mi limitavo per lo più ad annuire e lanciavo continue occhiate a John, ma lui sembrava concentrato su quel che mangiava. La carne, o «rumpsteak», come l'aveva definita l'oste, era davvero deliziosa, con le verdure che le facevano da contorno. Eppure, dopo pochi bocconi, mi pareva di avere dei sassi nello stomaco.

Terminato il pasto, ci congedammo finalmente per la notte, ognuno diretto alla sua stanza.

Quando già mi ero infilata la camicia da notte e mi ero appuntata i capelli, sentii bussare alla mia porta. Subito mi venne il batticuore. Era Lord Sandhurst? O John?

«Avanti» esclamai, con un filo di esitazione. Feci appena in tempo a gettarmi sulle spalle la mantellina prima che la porta si aprisse per lasciare entrare chi temevo.

«Anna, posso parlarvi un momento?» chiese John.

Il mio cuore si fermò un istante. L'ultima cosa che avrei voluto in quel momento era trovarmi da sola con lui in una stanza. Invece era lì, sulla soglia, e non avevo la forza di respingerlo.

«Entrate» lo invitai, alzandomi dalla sedia.

«Perché vi alzate?» chiese lui, chiudendosi la porta alle spalle.

Già, perché lo facevo? Non lo sapevo neppure io. Era il nervosismo che mi faceva scattare in piedi. O, più semplicemente, per le emozioni che provavo nel vederlo, non riuscivo a rimanere seduta tranquilla.

«Siamo stati seduti uno di fronte all'altra per tutto il tempo, nella slitta» commentai, arrabbiandomi con me stessa perché non mi era venuto in mente niente di meglio da dire.

«Avete ragione» sospirò lui. «Be', veniamo al dunque. Volevo scusarmi per avervi ingannato. Sono stato un idiota a non avervi detto il mio vero nome e aver indotto altri a nascondervelo. È stato un errore e spero che me lo perdoniate.»

Annuii. In realtà lo avevo già perdonato. Ma non era quello il motivo per cui avrei voluto bandirlo dal mio cuore.

«Mio padre mi ha parlato dei suoi sospetti riguardo al furto» proseguì poi, un po' imbarazzato. «Non posso dirvi molto di più, ma pare che fosse in effetti tutto pianificato.» Fece una breve pausa, si schiarì la voce e cominciò a torturare il polsino della manica sinistra. «Immagino che ci abbiano tenuto d'occhio a lungo» riprese. «Io e mio padre non ci avevamo messo molto a scoprire chi fosse la ragazza degli angioletti di vetro e non deve essere stato difficile nemmeno per loro. Magari hanno anche pagato qualcuno perché ne acquistasse un paio. Dopo aver visto come li confezionavate nelle vostre scatoline, e soprattutto dopo averne appurata la pregevole fattura, devono aver messo a punto un piano.»

Rimase in silenzio per qualche istante e, di fronte allo sguardo che fissò nel mio, rimpiansi di non essere rimasta seduta, perché le ginocchia mi diventarono all'improvviso molli come burro.

Un istante dopo, però, riuscii a riprendere il controllo.

«Avrei voluto che le cose fossero andate diversamente. Vi avrei scortata a palazzo, e una volta lì non vi sareste più curata di me. Invece mi ingannavo.»

Sì, soprattutto sul fatto che non mi sarei più curata di lui. Come avrei potuto? Non sarei mai riuscita a cancellarlo dai miei pensieri e tanto meno dal mio cuore...

Abbassò il capo, con aria profondamente abbattuta. «Non volevo che passaste tutto questo. E non volevo ferirvi.» Sollevò gli occhi e il suo sguardo tornò a risvegliare in me un'attrazione struggente.

«Va bene così, vi perdono» concessi, visto che il motivo della mia tristezza risiedeva altrove. Ma potevo rimproverargli che avesse già trovato la sua felicità? Che avesse voluto celarmi la sua vita privata?

«Siamo di nuovo amici?» chiese in tono incerto.

Lo eravamo mai stati?

«Sì» mi sentii rispondere e, prima di riuscire a trattenermi, balbettai: «Il fatto grave non è che mi abbiate nascosto il vostro vero nome. È solo che... be', mi ha colta di sorpresa apprendere che aveste una fidanzata. Non l'avete mai menzionata, e non portate alcun anello al dito».

John mi guardò, inclinando leggermente il capo. Rimase a

osservarmi per qualche minuto, poi nel suo sguardo apparve una scintilla di comprensione. «Ah, capisco. Ammetto di avere parlato troppo poco di me. Credevo fosse meglio.»

«Ma adesso lo so» risposi, sforzandomi di sembrare risoluta, anche se mi sentivo l'anima schiacciata da un masso. In qualche modo abbozzai persino un sorriso. «A che ora partiamo domattina per Londra?»

«Presto, appena fa chiaro. Procederemo fino alla prossima città più grande, dove ci aspetta una carrozza che ci porterà a Londra.»

Nonostante il mio perdono, non pareva affatto rasserenato. Sembrava triste quanto me.

«Ci recheremo subito dalla regina?» chiesi, ottenendo da lui un cenno affermativo.

«Sì, la data dell'udienza è domani.»

«E quando è previsto il mio ritorno?»

«Dipende da quanto tempo avrà per voi la sovrana. Ma noi trascorreremo sicuramente almeno una serata a Londra.»

Una serata a Londra. Noi.

Sarebbe stato più bello se non avessi saputo che aveva già una donna al suo fianco. Sarei dovuta ripartire comunque, ma almeno avrei potuto sognare come sarebbe stato se John si fosse scoperto innamorato di me e mi avesse sposato. Ma, data l'esistenza della sua fidanzata, sogni simili erano tabù per me.

«D'accordo» conclusi, costringendomi a un altro sorriso.

John lo ricambiò con un'ombra di timidezza e annuì.

«Allora vi auguro una buonanotte. Non dovete avere timori, in questa locanda non ci sono spie.»

«Buono a sapersi. Buonanotte, Mister Evans!» Adesso gli rivolsi un sorriso pieno. Ci guardammo ancora un istante negli occhi, poi lui si avviò alla porta.

Lì però si fermò per aggiungere: «Per la verità dovreste stare attenta anche qui». D'un tratto sembrava essere tornato in tutto e per tutto quello di un tempo, il figlio di un nobile che si faceva passare per servitore.

«Perché?» chiesi meravigliata. «Terrò i miei angioletti nel letto con me stanotte. Nessuno potrà sottrarmi la borsa senza che me ne accorga.»

«Non parlo degli angioletti. Non avete notato i rami di vischio dappertutto?»

Certo che li avevo notati!

«Cosa c'entrano?» domandai, ancora più stupita.

«Da noi esiste un'usanza secondo la quale se una donna si trova sotto un rametto di vischio, qualora un uomo passi di lì ha il permesso baciarla.»

«Davvero?» domandai allibita. Se la cosa era vera, con tutti quei rametti appesi ovunque avrei dovuto stare davvero all'erta se non volevo essere baciata dal primo venuto.

«Non abbiamo appena deciso di non mentirci più? È la più assoluta verità. Perciò badate a dove vi metterete.»

Che buffa usanza! Vedendo il suo sorriso ironico, non sapevo se credergli. E, a ben guardare, non ci eravamo promessi di non prenderci più in giro. Ma in quel momento avevo il cuore troppo pesante perché quella notazione potesse divertirmi.

«Farò attenzione, vi ringrazio» conclusi. Poi però mi venne in mente un'altra cosa. «John» lo richiamai mentre si dirigeva alla porta. «A proposito di usanze natalizie: cosa significa il pettirosso?» chiesi, additando i cuscini che adornavano la poltrona.

«Il pettirosso?»

«Sì, l'ho notato sui ricami dei cuscini e in alcuni quadretti al piano di sotto. Hanno qualcosa a che fare con il Natale?»

Sul suo viso si allargò un sorriso. «Certo! Da voi no?»

«No. So solo che si dice sia stato accanto a Gesù mentre moriva sulla croce. Mentre cantava, una goccia di sangue gli sarebbe finita sul petto, lasciando una macchia rossa.»

«Sì, anche da noi si racconta una storia simile» confermò lui. «Ma il pettirosso ha anche un altro significato. I postini che consegnano i biglietti di Natale hanno un'uniforme rossa e li chiamiamo "Robin", che significa pettirosso. Non so perché la padrona della locanda li ricami, se per alludere a Gesù o ai postini, ma in ogni caso per noi è un simbolo del Natale.»

«Bellissimo simbolo. Grazie per la spiegazione.»

«Non c'è di che.» Ci guardammo per un ultimo istante, poi ci augurammo la buonanotte.

Ero abbastanza sfinita da addormentarmi senza che i rumori della locanda mi disturbassero. Sprofondai in un'oscurità priva di sogni, sentendomi stranamente protetta.

Quando i primi galli cominciarono a cantare, mi svegliai di soprassalto. Fuori nel frattempo si era fatto chiaro, perciò doveva essere già mattino avanzato.

Perché nessuno mi aveva svegliato? Dovevamo andare a Londra!

Saltai giù dal letto, ma invece di affrettarmi al lavabo guardai sotto il letto. Visto quanto era stato profondo il mio sonno, chiunque avrebbe potuto intrufolarsi in camera mia.

Tirai fuori la borsa, aprii la scatola e trassi un sospiro di sollievo trovando gli angioletti al loro posto, che sonnecchiavano pacifici nel loro giaciglio di ovatta.

Li accarezzai in viso con la punta delle dita, risistemai l'ovatta e chiusi il coperchio. Per sicurezza riposi però la scatola sotto il letto, mentre cominciavo la toilette mattutina.

Appena mi fui vestita, sentii bussare.

«Avanti!» esclamai e un istante dopo apparve sulla soglia John.

«Volevo verificare se eravate pronta per la colazione. La padrona della locanda è famosa per il suo porridge al burro scuro.»

«Sì, sono pronta» risposi subito con l'acquolina in bocca. A Dover, a causa dell'agitazione, non ero riuscita a onorare come dovuto la colazione. «Del resto non ho molto da portarmi dietro.»

«Gli angioletti ci sono ancora?»

John richiuse la porta dietro di sé. Non lo avevo invitato a entrare ma doveva aver deciso che avessi bisogno di aiuto con le valigie.

Io ero vagamente a disagio. La nostra ultima chiacchierata aveva portato a un chiarimento, ma le cose non erano esattamente come prima e il mio stupido cuore, nonostante tutto quello che era successo, si ostinava a battere impazzito non appena lo vedevo.

«Non ho ancora avuto l'opportunità di vedere le vostre nuove statuine. Vi dispiacerebbe mostrarmele?»

Lo guardai per qualche istante perplessa, poi mi resi conto che aveva ragione. A causa dell'improvvisa comparsa della fidanzata, non ero riuscita a mostrargli gli angioletti finiti e, subito dopo la sua confessione, si era dileguato.

«No, non mi dispiace affatto. Se ne abbiamo il tempo...»

«Sì, ne abbiamo» confermò, venendomi vicino. Il mio corpo si irrigidì, come se volesse difendersi dall'attrazione che John esercitava su di me.

Appoggiai la borsa sul letto e ne tirai fuori la scatola.

La luce carezzava dolcemente le statuine adagiate nell'ovatta e le faceva risplendere.

«Sono meravigliosi» esclamò John, tirandone fuori uno. Lo teneva contro i raggi del sole che entravano dalla finestra, proiettando dei puntini di luce azzurra sulla parete. «Non belli quanto il vostro primissimo, ma comunque uno spettacolo!»

«Dimenticate che la mia prima statuina era difettosa» ribattei, allungando involontariamente la mano verso la tasca in cui lo tenevo.

«Non l'ho dimenticato, ma non trovate anche voi che spesso le persone più belle sono proprio quelle che hanno qualche imperfezione?»

«Credo che ognuno di noi sia diverso e i difetti degli altri non mi sembrano poi così importanti.»

John sollevò per un attimo le sopracciglia, poi rimise l'angioletto al suo posto.

«La regina sarà entusiasta.»

«Lo spero» mormorai. Poi lo presi a braccetto per andare a colazione.

# 31

Quando entrammo nella cerchia interna della città di Londra, rintoccavano le campane. Non ero mai stata in una città tanto grande e imponente. Era addirittura più impressionante di quanto immaginassi. L'odore di fuliggine che usciva da migliaia di camini si spandeva per l'aria, mentre le ampie vie brulicavano di vetture pubbliche, biciclette e pedoni.

Anche qui c'era la neve, ma non quanta in campagna e tutta ammonticchiata in alti cumuli grigiastri ai bordi delle strade. Ma alcuni degli angeli che decoravano le facciate portavano ancora un candido berretto e c'era uno strato di neve anche sui balconi.

Quasi tutti gli edifici mi parevano enormi, con i loro tre o quattro piani. Il fumo aveva scurito alcune facciate, senza però deturparne in alcun modo la bellezza.

Un acuto suono di tromba mi fece sobbalzare. Un veicolo che non pareva tirato da cavalli, ma sembrava procedere di forza propria, superò la nostra carrozza. Il conducente indossava una sciarpa bianca e un paio di occhiali enormi.

«Un'automobile» mi spiegò Lord Sandhurst che doveva aver notato il mio sguardo strabiliato. «Ho pensato di prenderne una. Prima o poi sostituiranno le carrozze sulle strade.»

«E come si muovono queste automobili?»

«Grazie a un motore alimentato da carburante. E come potete vedere sono più veloci di qualsiasi carrozza.»

«Ma non è pericoloso?»

«Certo!» rispose lui ridendo. «Ma quanto noiosa sarebbe la vita se non ci si prendesse qualche rischio? In fondo tutto è pericoloso, persino la vita stessa.»

Lungo il resto del percorso non incontrammo altre auto, il che mi dispiacque un po', perché avrei voluto imprimermene meglio l'aspetto nella memoria, per poterle descrivere a Elisabeth. Ora che tutto sembrava volgere nuovamente al meglio, decisi di scriverle un'altra lettera. Magari sarebbe arrivata prima del mio ritorno.

Finalmente raggiungemmo la meta e la carrozza si fermò di fronte a un alto portale, fiancheggiato da due soldati in uniforme rossa con grossi berretti di pelliccia. Avevano un'espressione assolutamente fissa, come fossero statue di cera. Mi ricordavano un po' alcuni schiaccianoci che vendeva un artigiano del nostro mercato per Natale.

«Questo è Buckingham Palace» annunciò Lord Sandhurst con tono pieno di rispetto, scendendo dal veicolo per parlare con le guardie.

Io ammiravo con il cuore in gola il palazzo che si ergeva dietro l'alta cancellata. Il sole pomeridiano si specchiava nelle finestre. Non ero mai stata di fronte a un edificio più maestoso. Ma la regina non si perdeva in tutti quei corridoi?

Nonostante fossi ormai giunta all'obiettivo del mio viaggio, allo stupore per la bellezza di quel palazzo si mescolava la paura. Paura che la regina non fosse soddisfatta delle mie statuine. O che si scandalizzasse perché avevo preso a modello il suo viso da bambina.

Finalmente Lord Sandhurst tornò in carrozza, il cancello si

aprì e ci avvicinammo all'entrata, anche questa sorvegliata da due guardie, che però parevano decisamente più vivaci dei loro colleghi.

Un uomo si avvicinò a Lord Sandhurst e, dopo che ebbero scambiato qualche parola, lui mi fece segno di seguirlo.

«Dovremo probabilmente aspettare un po' in anticamera» commentò John che camminava al mio fianco. Era la prima frase che pronunciava da quando eravamo arrivati a Londra. «A volte la regina può ritardare, se emergono urgenti questioni di stato.»

«Capisco» risposi concentrandomi sulla borsa che avevo tra le mani. Il manico mi tagliava le dita, e avevo quasi l'impressione che d'un tratto gli angioletti potessero diventare troppo pesanti per me. Forse avrei dovuto affidarli a John.

Venimmo condotti attraverso un corridoio sontuoso, e non sapevo dove posare gli occhi. Arazzi di seta, decorazioni in stucco e dipinti gareggiavano per conquistare la mia attenzione. Così quasi non mi accorsi che eravamo arrivati al salone delle udienze.

«Quando sarete al cospetto della regina, fate solo un inchino e aspettate che vi venga rivolta la parola» spiegò Lord Sandhurst. «Per la verità dovreste fare una *grande révérence*, un inchino profondo che andrebbe accompagnato da un particolare gesto della mano, ma avreste dovuto esercitarvi e immagino che nei giorni scorsi abbiate avuto altro da fare» concluse con un'occhiata di rimprovero rivolta al figlio.

In realtà non si poteva fargliene colpa, visto che per lungo tempo non avevamo avuto la certezza che io potessi presentarmi a corte.

Lasciai scorrere lo sguardo sui dipinti e su tutto l'oro che orlava gli arazzi di seta. Non potevo ancora credere che il mio sogno si fosse realizzato. Ero nel castello di un re! Un sentimento di felicità mi invase l'anima, costringendomi a sorridere in silenzio tra me.

Sandhurst scomparve oltre una porta.

«Tornerà presto» spiegò John. «Non abbiate paura, andrà tutto bene!»

Io trassi un profondo respiro per vincere la tensione che mi divorava. Ero arrivata alla meta! Eppure mi sentivo come se stessi per essere gettata nella fossa dei leoni. Spostavo inquieta lo sguardo dalle finestre ai ritratti nobiliari, finché non chiesi a John: «Non potreste insegnarmi come si fa una *grande révérence*?».

«Sì, certo, ma credo sia sufficiente un semplice inchino. In fondo non è un'occasione ufficiale, ma un'udienza privata.»

Annuii, ma l'inquietudine mi rodeva al punto che volevo assolutamente qualcosa da fare. Infilai la mano in tasca, trovando il mio angioletto zoppo. Il vetro sembrava gelido e, a differenza di altre occasioni, non mi infondeva alcuna sicurezza.

Continuavo a lanciare sguardi a John e lo scoprii a osservarmi a sua volta, però non mi veniva in mente alcun argomento di conversazione.

Quando la porta tornò ad aprirsi, trasalii. Ne uscì Lord Sandhurst, con aria irritata.

«Mi spiace, ma pare che non sarete accolta.»

«Perché?» chiese John stupito.

«La regina non è qui. Fa rabbia, ma non possiamo farci nulla. Negli ultimi tempi, da quando è morto il marito, viene raramente a Buckingham Palace.»

Ci fece cenno di seguirlo. I suoi passi marziali risuonavano nel corridoio, al termine del quale ci fermammo di fronte alla nicchia di una finestra.

«A quanto pare, ci hanno preso per il naso. La regina è al castello di Windsor ed evidentemente non sa nulla della nostra presenza qui. Forse non sa neppure che siete in Inghilterra.»

«Com'è possibile?» chiese John furibondo. «Le ho spedito un telegramma!»

Sandhurst alzò una mano per farlo tacere. «Peccato che il telegramma parrebbe non essere mai arrivato al destinatario. Si direbbe che siamo finiti nelle maglie di un intrigo piuttosto ben congegnato.»

«E tutto questo solo per i miei angioletti?» commentai in tono deluso.

«No, ci sono altre implicazioni. Lord Bannister cerca di screditarmi, ma non la passerà liscia!»

Io guardai John con aria interrogativa. «Lord Bannister?»

«È uno dei consiglieri della regina» spiegò lui.

«Evidentemente pensa di potersi prendere gioco di me, ma non è così!» inveì ancora Lord Sandhurst, rimettendosi in marcia. Senza avere idea di cosa stesse accadendo, lo seguimmo fino alla carrozza.

Ero confusa. Significava che la regina non si aspettava il mio arrivo? Pensava che avessi rifiutato il suo invito? Rubando i miei angioletti avevano cercato di persuadermi a tornare a casa?

«Dove andiamo, padre?» chiese John, quando fummo seduti nella vettura.

«Nella nostra residenza in città, per iniziare. Cercherò di sistemare tutto, e oggi stesso. Bannister ne vedrà delle belle!»

«Potrebbe essere lui l'uomo con quella strana spilla appuntata sulla cravatta?» chiesi. Mi ricordavo la descrizione dell'oste di Dover.

«Di chi parlate?»

«John... voglio dire, vostro figlio e io siamo finiti in un pub di infima categoria a Dover, mentre cercavamo le mie statuine, e l'oste ci ha raccontato che l'uomo che aveva parlato con il nostro pedinatore portava un'insolita spilla fermacravatta.»

Lord Sandhurst mi guardò meravigliato. «Un pub di infima categoria? Un pedinatore? Non mi hai raccontato nulla di tutto questo!» Lanciò al figlio uno sguardo in tralice.

John avvampò. Evidentemente parlava poco con il padre, come con me. «Io... pensavo che avremmo ritrovato la refurtiva. Purtroppo non è andata così.»

«E tu ti porti dietro una dama in un posto del genere? Dove neppure un uomo del tuo rango dovrebbe farsi vedere?»

«Non ci siamo andati in orario di apertura» si difese lui. «Nessuno ci ha visti e non c'era alcun pericolo.»

E la carrozza? D'accordo, avevano cercato di investirci solo in seguito, ma mi sembrava azzardato sostenere che non ci fosse alcun pericolo.

Da una parte mi divertiva un po' vedere John messo all'angolo dal padre, però mi dispiaceva.

«Allora il colpevole non è fra i fornitori di corte?» chiesi, cercando di distogliere l'attenzione del padre dal figlio.

«Dipende» commentò John. «Bannister possiede quote di una delle maggiori vetrerie del paese. Questo e la sua inimicizia per mio padre sono chiari indizi che abbia a che fare con quanto è accaduto. Avrebbe anche avuto le risorse per sguinzagliarci dietro una spia.»

«Parlerò con Archie, che mi deve ancora qualche favore!» concluse Sandhurst. «Vi farò ottenere udienza. Se non oggi, sicuramente domattina.»

Guardai John. Domani. Significava un giorno in più con lui. Il che mi faceva piacere, anche se il pensiero di perderlo poi definitivamente mi angosciava. Poi finalmente avrei potuto fare ritorno alla mia vita, e il mio invaghimento per lui si sarebbe trasformato giorno dopo giorno in ricordo.

La carrozza attraversò l'intenso traffico londinese e ci condusse fino a una meravigliosa villa bianca, il cui portone d'ingresso era fiancheggiato da grosse colonne.

Nel foyer c'era una schiera di servitori: camerieri in frac nero, domestiche con abiti scuri e grembiule bianco, fattorini e cuoche.

Un uomo che assomigliava a un pinguino nel suo frac si avvicinò per salutare il Lord.

«Quello è Charles Brad, il nostro maggiordomo» mi spiegò John. «Mio padre gli sta dicendo che siete nostra ospite.»

Guardai di lato e notai che un paio di giovani cameriere mi osservavano incuriosite.

«Cha mansioni svolge un maggiordomo?» chiesi.

«Dirige il personale. In pratica è come il maggiore tra i servitori. E la signora con il vestito azzurro scuro è la governante, Mrs Jeeves. A lei rispondono le cameriere.»

«E tutta questa gente lavora qui anche quando vostro padre non c'è?»

«Sì, è opportuno così, dato che mio padre viene spesso a Londra. Tra l'altro di solito diamo alloggio qui ai nostri ospiti.»

Mi guardai intorno. Il foyer non era sfarzoso e traboccante di oggetti come le stanze del palazzo reale, ma era sufficientemente bello da indurmi a osservare con una certa soggezione il soffitto dal quale pendeva un enorme lampadario, le cui gocce di cristallo riflettevano la luce, scintillando come migliaia di stelle.

«Miss Härtel?» mi chiamò Lord Sandhurst, riscuotendomi dal mio stupore. Accanto a lui c'era una cameriera.

«Questa è Liza, che vi mostrerà la vostra camera. Potete rivolgervi a lei per qualunque desiderio. Ha madre tedesca e potrete parlare nella vostra lingua.»

«Grazie, è molto gentile da parte vostra.» Ero confusa e anche un filo imbarazzata. Naturalmente non avevo mai avuto una cameriera, perciò non sapevo quali desideri avrei dovuto esprimere.

La giovane, che aveva capelli di un rosso luminoso e centinaia di lentiggini sul naso, mi sorrideva amichevole.

«Venite, Miss, seguitemi. Prenderò io i vostri bagagli.» E, prima che potessi contraddirla, mi tolse le valigie di mano.

La seguii su per le scale, oltrepassando dipinti che ritraevano spiagge o altri paesaggi. Nel corridoio alcuni personaggi in costumi d'altri tempi mi guardavano severi dall'alto in basso.

Finalmente ci fermammo di fronte a una porta. «La stanza delle rose» disse la ragazza, aprendo la porta.

Capii immediatamente la ragione di quel nome. Le pareti erano adorne di arazzi pieni di rose, che imperavano anche nei ricami del baldacchino e delle tende dell'ampio letto.

Di fronte a quest'ultimo c'era un camino nel quale scoppiettava il fuoco. Accanto alla finestra c'era uno scrittoio bianco, che pareva avere oltre cent'anni.

Liza sistemò le mie valigie su un cassettone basso, evidentemente pensato proprio per depositarvi i bagagli. C'era qualcosa di simile anche nella locanda di Dover, ma questo era più robusto. «Se lo desiderate posso sistemare io le vostre cose.»

Scossi il capo. «Grazie. Non è necessario. Io... posso fare da sola, sono abituata.»

«Come preferite. Più tardi vi porterò una vestaglia.» La ragazza fece un inchino e si girò per andare.

«Ah, ehm, perdonate!» le gridai dietro.

«Sì, Miss?»

«C'è qualcosa che dovrei sapere? Non sono mai stata in una dimora come questa. Esistono regole da seguire?»

La cameriera mi guardò un istante, leggermente stupita, poi rispose: «Be', la cena è sempre servita alle otto, la colazione alle sette, e se volete posso portarvela a letto».

Dunque era così, per i ricchi. Persino quando era vivo mio padre, sarebbe stato impensabile per noi un lusso simile.

«No, non è necessario. Scendo volentieri per colazione, ma accetterò di buon grado la vestaglia.»

Lei fece un inchino e lasciò la stanza.

Mi avvicinai esitante alla finestra. Da lì si godeva una bella vista sul parco innevato, che sembrava uscito da una fiaba. Nel mezzo si elevava un padiglione e poco più in là si vedeva un roseto, che in quella stagione era ovviamente spoglio, ma in estate doveva essere da sogno.

Per un istante mi godetti il panorama, poi riapparve Liza con la vestaglia e un accappatoio che pareva morbido come una nuvola.

«Se volete fare un bagno o vi serve altro chiamatemi senza problemi» mi spiegò, indicando il tirante di un campanello vicino alla tenda.

«Grazie» risposi, e appena uscì trassi un sospiro di sollievo.

# 32

Per quanto mi sentissi una principessa in quel letto candido, non riuscivo a chiudere occhio. Continuavo a ripensare agli eventi della giornata. Era una follia.

Dopo un po' non sopportavo più il peso del piumone e morivo di caldo, perciò spinsi le coperte di lato e mi alzai.

Nel frattempo il fuoco nel camino si era consumato, ma nell'aria aleggiava ancora un leggero tepore. Mi avvicinai allo scrittoio, presi il fazzoletto di Elisabeth e sfiorai la lettera che avevo scritto la sera prima. Le raccontavo tutto quello che era successo e le spiegavo perché avesse dovuto aspettare così a lungo una mia missiva. Ora che ero al sicuro e potevo sperare in un'udienza della regina, non le avrebbe più fatto così male apprendere delle mie disavventure.

Avrei voluto parlarle anche di John e dell'improvvisa comparsa della fidanzata, ma decisi di tralasciarlo. Lo avevo comunque citato di tanto in tanto, dicendo che mi aveva accompagnato o mostrato qualcosa o che mi stava aiutando a ritrovare i miei angioletti, ma avevo evitato di mettere nero su bianco i miei sentimenti, per non farmi prendere in giro al mio rientro. Non volevo neanche che mi costringesse a ricordare di essermi fatta false speranze.

Alla fine mi gettai sulle spalle la vestaglia azzurra che era preparata sul letto. Durante il pomeriggio e la serata ero sempre stata circondata di gente, e non ero riuscita a osservare nel dettaglio la dimora.

Infilai le pantofole, che erano impreziosite da minuti ricami in argento, e lasciai la stanza.

Nonostante tutti fossero a letto, nei corridoi ardevano ancora le luci, leggermente smorzate, ma ancora sufficienti a permettermi di riconoscere tutto. Mi avviai alle scale, dove rimirai di nuovo i dipinti. Erano tutti posti in cui Lord Sandhurst era stato insieme al figlio?

Nessuna immagine mi pareva abbastanza esotica per l'India, ma forse ne avrei individuata una. Ricordavo ancora nitidamente il sogno con il vetraio capace di insufflare la vita negli uccellini. Era forse una premonizione di Mister DeVries? I miei angioletti non si erano librati in aria, ma io avevo ottenuto una seconda opportunità.

«Neppure voi riuscite a dormire?» chiese d'un tratto una voce alle mie spalle.

Mi spaventai e feci appena in tempo a mettermi le mani davanti alla bocca per non svegliare tutti gli abitanti della casa con un grido.

«John!» esclamai. «Voglio dire, Lord... ehm, Mister...»

«Chiamatemi soltanto John» rispose lui ridendo. «Non sono più Mister Evans.»

«No, non lo siete più.» Se non fossi stata già completamente sveglia, la sua apparizione avrebbe cancellato ogni resto di sonnolenza.

«Perché non siete nella vostra stanza?» chiesi. Una domanda strana, visto che aveva più diritto di me di essere lì.

«Avevo bisogno di riflettere, e mi riesce meglio mentre cammino. Qui è meravigliosamente quieto a quest'ora. E voi?»

«Anch'io» risposi. «Pensavo di dare un'occhiata ai quadri. Non sono mai stata in una casa tanto grande.»

«Non sarebbe stato meglio fare un giro di ricognizione alla luce del giorno?» John sollevò un sopracciglio con un'espressione divertita.

«Forse, ma a quell'ora c'è così tanta gente.»

«I nobili sono abituati ad avere sempre qualcuno intorno.»

«Io no, però... Insomma, mi sento in qualche modo a disagio a farmi servire. O a sentirmi chiedere continuamente se desidero qualcosa.»

Lui scoppiò a ridere. «Già, la vita di un nobile può essere abbastanza difficile, ma a volte è anche bello esprimere semplicemente un desiderio e vederlo esaudito.»

«Temo che nessuno potrebbe esaudire il mio con facilità» mi scappò di bocca, prima di riuscire a trattenermi.

«E quale sarebbe?» John mi guardava intensamente negli occhi. Poteva forse intuire cosa mi passava per la testa?

«Io...» Mi mancavano le parole. Non potevo dirglielo. Era già difficile ammetterlo con me stessa. Mi limitavo a fissarlo, con la sensazione che il terreno mi svanisse da sotto i piedi.

E poi...

Non so cosa successe. John sostenne a lungo il mio sguardo, poi si chinò in avanti. Io chiusi gli occhi e un istante dopo avvertii le sue labbra sulle mie. Erano morbide, calde, e risvegliarono in me un desiderio che mi fece rabbrividire.

Quando si accorse che non gli opponevo resistenza, John mi avvolse tra le braccia e mi tirò a sé. Avevo la sensazione di precipitare in un vortice dal quale non sarei potuta emergere mai più. Dentro di me le farfalle allargavano le ali. In quell'istante mi sentii rinascere.

Quando la sua bocca si sciolse dalla mia, aprii gli occhi tremando e lo guardai in viso. Aveva un'espressione che non gli avevo mai visto.

«Era questo il tuo desiderio?» chiese.

*Sì!* gridò la mia anima. *Sì, era proprio questo!*

Ma quella era solo una parte del mio sogno. «Per te non significa niente, vero?» sussurrai. «Presto me ne andrò e tu...»

Prima che potessi terminare la frase, John mi baciò di nuovo.

Ero confusa. Allora significava qualcosa? Provava anche lui sentimenti simili ai miei?

E se John non avesse voluto più la sua fidanzata? Se al suo posto avesse scelto me?

«John, io...» cominciai, ma lui scosse la testa.

«Non dire nulla ora. Questo è il nostro segreto. Lascia che condivida con te almeno questo.»

Un segreto. Era meno di quanto sperassi, ma più di quanto fosse realisticamente possibile.

Mi tenne stretta ancora un po', poi mi prese la mano.

«Vieni, ti mostro i miei antenati.»

Mi portò attraverso un lungo corridoio, fino a una stanza le cui pareti traboccavano di ritratti.

Avrei tanto voluto essere altrove. In un roseto, forse, o in una romantica grotta, ma fuori era ancora inverno. L'unico posto che avevamo era quella casa tranquilla, illuminata da un chiarore soffuso.

John mi mostrò le fila dei suoi antenati. A destra c'erano quelli del padre: donne dai capelli elegantemente ondulati e uomini dai colletti inamidati e lo sguardo severo e penetrante. Anche gli antenati materni erano simili. Le donne avevano tratti del viso eleganti e gli uomini apparivano vagamente austeri.

«Questa è la prozia Sofia» annunciò John di fronte al ritratto di una donna in un'ampia gonna a crinolina. «Stava quasi per sposare il re di Danimarca. E questo è il fratello del mio bisnonno. In quanto primogenito avrebbe in realtà dovuto ereditare il titolo, ma decise di rinunciare a tutto per amore di una donna borghese.»

«Era necessario allora?» chiesi. Sapevo che i nobili si sposavano fra loro, ma di tanto in tanto doveva pur essere capitato che uno sposasse una donna di rango inferiore.

«A quei tempi sì. La mia famiglia è sempre stata molto rigida al riguardo.»

«E lo è ancora oggi?» Nel fare quella domanda mi si avvamparono le orecchie. Cercavo di non sognarmi al suo fianco, ma non potevo evitare che immagini simili affiorassero nei miei pensieri.

John mi guardò, con un sorriso che gli aleggiava sulle labbra. «Tutto dipende» rispose alla fine. «In fin dei conti già mio padre si è dimostrato ribelle sposando mia madre.»

«Ma lei è una nobile, no?»

«Sì, ma è originaria della Germania. C'erano chissà quante altre candidate, ma lui si è imposto. Come ha fatto a suo tempo la nostra regina, quando scelse Albert. Mio nonno avrebbe preferito una sposa inglese.»

*E la tua fidanzata?* era la domanda che mi girava per la testa, anche se non osavo esprimerla. Per quanto fossi dilaniata dalla curiosità, evitavo di indagare su di lei. Probabilmente sarebbe venuto fuori che era molto meglio di me.

«C'è anche qualche dipinto sull'India qui?» chiesi per non dover indugiare oltre sul tema matrimonio.

Lui annuì. «Sì, certo. È nel salone esotico di mio padre.»

Mi condusse fino a una stanza al piano terra, piena di piante strane. Al centro c'era un salotto con poltrone in vimini e tra le piante si innalzavano alcune alte voliere, coperte con dei panni bianchi.

«Cosa c'è lì dentro?» chiesi bisbigliando, avendo già intuito la risposta.

«Pappagalli» rispose lui piano. «Un paio di splendidi esemplari.»

«Posso vederli?» chiesi, ma lui scosse il capo.

«Non adesso. Se togliamo i panni dalle voliere, cominceranno subito a gracchiare così forte che probabilmente Mister Brady verrebbe a controllare.»

Rimasi un po' delusa, ma capivo. Magari di giorno avrei potuto verificare se assomigliavano agli uccelli del mio sogno.

«Sicuramente vorrai vedere questo» disse John, prendendomi per mano e portandomi verso un grande dipinto che non avevo ancora notato, dato che si trovava sulla parete alle nostre spalle.

Rappresentava una fitta giungla verde, con in primo piano un enorme elefante che portava sulle spalle una sorta di cesto con un baldacchino. Gli uomini che vi erano seduti dentro indossavano turbanti e vesti variopinte.

Ecco quello che avevo sempre desiderato: vedere terre lontane ed esotiche, conoscere gente nuova e usi diversi. Il mio cuore si riempì d'un tratto di un desiderio struggente. Quanto mi sarebbe piaciuto essere là, sul dorso dell'elefante, insieme a John.

Forse un giorno avrei potuto rappresentare quella scena nel vetro...

«Devo ammettere che è un po' stereotipato» commentò John, come dando per scontato che io avessi già visto innumerevoli ritratti dell'India. «Dovremmo tornare di sopra» disse poi. «Domani sarà una giornata impegnativa per te. Se conosco mio padre, non mollerà finché non avrà ottenuto un appuntamento con la regina. In fin dei conti è un Sandhurst.» Un sorriso d'intesa gli balenò in viso.

«Giusto» concordai, e ci avviammo su in silenzio.

In me regnava la confusione. Ora si comportava come prima, come se non ci fosse stato quel bacio tra di noi. Probabilmente per lui non contava nulla. E anche per me avrebbe dovuto essere così, ma sapevo che avrei ingannato il mio cuore.

Di fronte alla mia porta mi baciò di nuovo, in modo del tutto inaspettato e questa volta con ancora più trasporto di prima, tanto che il mio cuore sarebbe stato quasi disposto a concedergli di più. Poi però si staccò da me e notai che qualcosa pareva averlo turbato.

«Io... io devo andare» disse, come se dovesse convincere se stesso. Abbassò il capo mesto, e quando lo rialzò mi parve di scorgere tristezza nel suo sguardo. Gli dispiaceva avermi baciato? Era a disagio?

O forse si rendeva conto solo allora di aver tradito la sua fidanzata.

D'un tratto io mi sentii squallida e mi salirono le lacrime agli occhi. Non avrei dovuto permetterlo, avrei dovuto cullare quel desiderio solo dentro di me, in segreto.

«Buonanotte» mormorai, poi entrai in camera. Mi appoggiai alla porta ad ascoltare. John parve rimanere lì ancora qualche istante, poi si allontanò con passi stanchi.

Io mi precipitai a letto, mi ci buttai sopra e nascosi il viso tra i cuscini. In me tumultuava una strana gioia, e nello stesso tempo mi veniva da piangere. Quanto avrei voluto rimanere per sempre accanto a John! D'altra parte, non potevo abbandonare Elisabeth e la mamma. E lui non avrebbe di certo rinunciato al suo status per venire in Germania. Ma, soprattutto... mi voleva davvero o era stato solo un capriccio?

Ero nel caos. Cosa dovevo fare? Potevo permettermi di fantasticare su una vita insieme o stavo travisando la realtà?

Alzai lo sguardo al soffitto e lasciai correre i miei pensieri... prima all'India, poi a John. Entrambi parevano irraggiungibili, ma almeno nei miei sogni potevo esaudire i miei desideri.

# 33

La mattina seguente Liza si presentò con una notizia.

«Lord Sandhurst ha appena ricevuto un messaggio dal castello di Windsor. La vostra udienza avrà luogo oggi pomeriggio nello studio privato di Sua Maestà. Ne saprete di più scendendo a colazione.»

Ce l'aveva fatta! La regina Vittoria mi avrebbe ricevuta. La cosa mi riempiva il cuore di gioia, ma insieme risvegliava anche l'ansia, soprattutto dopo la notte passata.

Non avevo idea di come fossi riuscita a mettermi a letto e non avrei nemmeno saputo dire esattamente quando mi fossi addormentata. Non avevo neppure sognato nulla di sconcertante. Solo le lacrime che mi si erano asciugate sul viso testimoniavano cosa fosse successo.

Mi sembrava di sentire ancora sulle labbra i baci di John... i primi che avessi mai ricevuto! E sarebbero probabilmente rimasti a lungo gli ultimi: dove avrei mai potuto trovare un altro come lui?

Non riuscivo neppure più a immaginare di essere baciata da Wenzel.

«Grazie, Liza» le dissi, declinando la sua offerta di aiutarmi a vestirmi.

Quando arrivai in sala da pranzo, Lord Sandhurst era già lì, anche se quasi completamente nascosto dietro un gigantesco giornale.

Notai, con sorpresa, che sul tavolo c'erano solo due coperti. Visto che Liza sapeva che non volevo fare colazione a letto, era escluso che non fosse stato apparecchiato per me. Possibile che John volesse rimanere in camera?

«Ah, buongiorno Miss Härtel, sedetevi.» Lord Sandhurst mise da parte il giornale. «Spero che abbiate riposato bene.»

«Buongiorno. Sì, la notte è andata bene, ma... dov'è vostro figlio?»

«John è partito molto presto stamattina.»

«Come, scusate?» Era per quello che c'era stato tra noi? Aveva paura che raccontassi qualcosa? Si era pentito ed era troppo penoso per lui incrociare ancora il mio sguardo?

«Ha detto che aveva qualcosa da sbrigare e si è avviato a cavallo verso la nostra residenza.»

«E non ha lasciato intendere quale potesse essere il motivo? Vostra moglie non sarà...»

«No, mia moglie sta bene. Non ho idea di cosa lo abbia richiamato. Mio figlio ha sempre avuto un'aria un po' misteriosa... come avrete notato voi stessa, quando si è spacciato per un servitore.»

Allora lo sapeva anche lui. Il che però non cambiava il fatto che John non fosse lì. Probabilmente si vergognava di quello che aveva fatto, al punto da non tollerare la mia vista.

Tacqui per qualche istante, delusa. Ripensai alle fantasie in cui mi ero persa la sera prima e mi sentii terribilmente infantile. Forse era meglio che non lo vedessi più. Mi aveva parlato del fratello del suo bisnonno che aveva sposato una borghese e il fatto che suo padre avesse scelto una moglie tedesca, ma la cosa non significava nulla. Come i nostri baci.

«Liza vi ha già forse anticipato che ho per voi buone notizie» riprese Lord Sandhurst, strappandomi alle mie riflessioni.

Mi schiarii la voce e risposi: «Sì, lo ha fatto».

«Non era facile. Bannister ha simpatizzanti ovunque. È persino ridicolo quanta pena si sia dato. Come se una singola vetraia potesse rovinargli gli affari!» Ridacchiò tra sé. «Cerca di continuo di giocarmi brutti tiri, ma stavolta gli è andata male. Oggi pomeriggio saremo ricevuti dalla regina e speriamo che tutto si chiarisca.»

«Ma sarà presente anche lui?» Una parte di me voleva vedere in faccia chi mi aveva causato tanti guai. E avrebbe dovuto guardarmi in faccia anche lui.

«Buon Dio, spero di no! Anche se sarebbe da lui!» rispose Sandhurst. «La regina vi ha però concesso un'udienza privata e sarebbe difficile anche per lui presentarsi senza essere convocato nello studio di Sua Maestà. Se davvero avesse tanta sfacciataggine, lo butterei fuori personalmente con il mio bastone da passeggio.»

L'idea che Sandhurst corresse dietro a un altro nobile, brandendo un bastone, mi divertì, ma solo per un attimo. Poi mi tornò alla mente cosa significava la mia presenza qui.

«Incredibile che io abbia scatenato tutto questo» risposi, fissando la mia tazza di caffè con aria triste. «Forse avrei fatto meglio a rifiutare l'invito.»

Il mio interlocutore non sapeva però che non era solo il furto dei miei angioletti a farmi parlare così.

«Vi sbagliate!» protestò lui. «Mio ero raccomandato con mio figlio che in tal caso avrebbe dovuto convincervi. Forse è proprio per questo che ha architettato tutta la messinscena. Avrà pensato che avreste più facilmente prestato ascolto a un vostro pari, credendo così che esistesse una possibilità anche per voi.»

«Gli avrei creduto anche se si fosse presentato con il suo vero nome.» E probabilmente mi sarei innamorata di lui comunque.

«Vedete! Ogni persona merita una possibilità, o almeno io la penso così. E non ha senso restare ancorati al passato. Mi ha molto colpito quando John mi ha raccontato come abbiate trovato la forza di realizzare nuovi angioletti. Questo dimostra il vostro grande talento.»

«Il talento mi sarebbe servito a poco se non avessi avuto a disposizione la fornace di Mister DeVries.»

«Be', quella è stata una vera fortuna. Ma se non fosse stato così, non avreste cercato altre vie per giungere allo scopo?»

«Forse» ammisi, un filo insicura. «Ma senza la fornace mi sarei comunque rimessa sulla strada di casa.»

«Ma la fornace c'era, no? Nient'altro conta!» Sandhurst levò la sua tazza di caffè per brindare a me.

Nelle ore successive rischiai di perdere la testa. Camminavo inquieta su e giù per la stanza, controllando compulsivamente se gli angioletti erano ancora al loro posto. Assurdo: chi avrebbe dovuto rubarmeli da sotto gli occhi?

Continuavo a pensare alle ultime settimane. Nemmeno un mese fa avevo lasciato Spiegelberg, avevo perso quasi per certo il posto presso mastro Philipps e rifiutato la corte di Wenzel. Quanta strada avevo fatto!

Avevo percorso più miglia che nel resto della mia vita, con un uomo che si era rivelato figlio di un Lord. Mi ero innamorata di lui e lo avevo già perso per sempre.

Avevo perduto i miei angioletti e ne avevo creati di nuovi, avevo conquistato l'amicizia di un vecchio vetraio amareggiato e ora stavo per conoscere la sovrana inglese. La maggior parte dei miei compaesani non metteva insieme esperienze simili nemmeno in una vita intera!

Ero tesa e allo stesso tempo euforica, passavo dal caldo al freddo per l'eccitazione e, sebbene l'udienza un po' mi intimorisse, non vedevo l'ora di essere lì.

Mi infilai il mio abito migliore e lisciai nervosa le pieghe della gonna. La stoffa color crema mi pareva d'un tratto troppo sottile e terribilmente inadeguata, ma gli altri due vestiti erano ancora più leggeri, nonché stropicciati per il viaggio. D'altra parte, la regina sapeva già che ero un'umile vetraia.

Quando arrivò l'istante atteso della partenza, nel mio abito migliore e con la valigia in mano scesi al piano di sotto.

Avevo sperato che John tornasse per la mia partenza. Che davvero si fosse allontanato solo per sbrigare qualche faccenda. Ma ormai mi ero convinta che non lo avrei più rivisto. Era stato al mio fianco tutto quel tempo, e ora, nel momento decisivo, mi lasciava sola.

Però non potevo prendermela con lui. Dopo quello che era successo ieri, anch'io mi sarei vergognata e avrei cercato di tenermi lontano. In fondo era fidanzato!

«Dunque, Miss Härtel, mi auguro siate pronta a conoscere il castello di Windsor.»

«Lo sono» risposi.

«Bene. Allora venite con me. La regina sarà felice di incontrarvi.»

Non ero sicura che fosse così, ma seguii Lord Sandhurst.

Salita nella carrozza, mi avvolsi in una coperta. L'aria pareva persino più fredda. Con il vento che soffiava forte, i finestrini si appannarono e gli angoli del tettuccio della carrozza si coprirono di cristalli di giaccio. Strofinai un pezzettino di vetro nella speranza, nonostante tutto, di intravedere il viso di

John. Ma scorgevo solo case che sfilavano una dopo l'altra davanti a noi.

Il castello di Windsor appariva ancora più imponente di Buckingham Palace. Le mura chiare si innalzavano maestose contro il cielo pomeridiano che si colorava gradualmente di rosso. Le innumerevoli torri e i camminamenti di ronda erano più antichi, e davano al castello l'aspetto di un maniero da fiaba. La mia sensazione di essere piccola e insignificante si accentuò quando scendemmo dalla carrozza.

«È un edificio antichissimo» spiegò Sandhurst quando il cocchiere mi passò la borsa con gli angioletti. «Già nell'Undicesimo secolo esisteva qui una roccaforte, poi modificata da Edoardo III nel Quattordicesimo secolo per farne la residenza della corte inglese. Dalla morte del consorte, la regina Vittoria si trattiene qui molto spesso, e non stupisce, visto lo splendore di questi giardini. Ora purtroppo lo si intuisce a fatica, ma d'estate è uno spettacolo grandioso.»

Mi guardai intorno, ma a parte alberi spogli e qualche cespuglio non vedevo nulla di tale splendore. Ma Lord Sandhurst aveva sicuramente ragione: doveva essere ben diverso quando tutto era verde e in fiore.

Entrammo nel castello attraverso l'ingresso riservato ai visitatori e di nuovo rimasi impressionata dalle dimensioni delle stanze. Il mio sguardo era magicamente attratto dalle pannellature in legno, intagliate e decorate con stemmi cavallereschi. Purtroppo non avevo molto tempo per ammirarli, perché Lord Sandhurst invitava ad affrettarci.

Fummo accolti dal maggiordomo che mi aveva mandato la lettera, poi fummo condotti alle stanze della regina.

Non eravamo soli, però, e con grande sconcerto mi accorsi che uno dei presenti non mi era affatto sconosciuto.

«Quell'uomo là» bisbigliai a Sandhurst facendo cenno con il mento alla figura in fondo al corridoio, che si intratteneva con un uomo vestito di un'elegante finanziera.

Sandhurst si guardò intorno e d'un tratto impallidì.

«Quell'ignobile...» borbottò. «Ma ora è venuto allo scoperto.»

«A chi vi riferite?» chiesi. Lo conosceva?

«Bannister. Se ne sta lì con il suo fido compare. Connor.»

Connor? Mi aspettavo che la spia avesse un cognome tedesco. Perché diavolo si era incontrato con Bannister in un pub? Aveva paura che il suo piano andasse all'aria?

«Immagino parliate dell'uomo con l'abito marrone» suggerii, domandandomi nel frattempo perché John non avesse intuito chi fossero i potenziali responsabili dei nostri guai. O forse lo sapeva e non me lo aveva svelato?

«Sì, come lo conoscete?» chiese stupito Sandhurst.

«Ci ha seguito tutto il tempo. A Heilbronn mi ha approcciato in stazione ed era nel Duomo di Colonia mentre noi eravamo lì a visitarlo. Deduco che fosse anche a bordo del nostro traghetto, ma evidentemente lì deve essersi nascosto meglio.»

Tremavo in tutto il corpo. Avrei voluto avvicinarmi a quei due e dirgliene quattro.

In quell'istante si girarono entrambi verso di noi.

L'uomo accanto al nostro pedinatore si inchinò beffardo e Sandhurst restituì il gesto. Alla luce vidi scintillare una spilla fermacravatta, rossa come un rubino. Poi l'uomo ci girò le spalle perché Sandhurst non capisse cosa diceva.

«La spilla!» mormorai.

«Quale spilla?»

«Quella che indossa Bannister. Sono sicura che sia l'uomo che ha parlato con il nostro pedinatore. Sappiamo che aveva una gemma rossa.»

Sandhurst si voltò a guardarlo, ma Bannister era ancora girato verso il suo accompagnatore.

«Bene, dovevamo aspettarci che si presentasse. Non è da lui arrendersi così in fretta.»

«Può essere pericoloso?» chiesi preoccupata, spiando oltre le sue spalle. I due continuavano a guardarci.

«Non ho idea di cosa stia tramando, ma ormai siamo qui. Non può più impedirvi di mostrare i vostri angeli alla regina.»

Aveva appena finito di dirlo quando il segretario della regina fece ritorno. «Sua Maestà è pronta ad accogliervi.»

Le sue parole furono come una stilettata in pieno petto. Proprio ora che ero così agitata dovevo presentarmi alla sovrana? Se almeno ci fosse stato con me John! Sicuramente sarebbe riuscito a tranquillizzarmi meglio di suo padre.

In quell'istante sentii la mano di Sandhurst sul mio braccio. «Venite. Di Bannister e del suo compare ci occuperemo più tardi. E ricordatevi che sono con voi. Ora l'importante è che la regina veda le statuine. È questa la sconfitta più grave che possiate infliggere a quei due.»

Io trassi un profondo respiro. Non bastò a tranquillizzarmi, ma Sandhurst aveva ragione. Dovevo fare ciò per cui ero venuta fin lì. Tutto il resto in quel momento era secondario.

A differenza delle altre stanze, lo studio della regina era arredato con una certa semplicità. Anche lì c'erano preziosi dipinti e arazzi, un folto tappeto e mobili antichi di valore, ma tutto appariva più modesto. Sulla scrivania in mogano campeggiava un grosso scrigno rosso con le iniziali della sovrana, davanti al quale erano schierati numerosi documenti.

L'aspetto della regina Vittoria mi stupì. Una volta avevo visto un suo ritratto, nel quale indossava un lungo abito bianco e una corona. La donna che mi trovavo dinanzi, invece, sembrava una nonnina benevola ed era vestita completamente di nero. Persino i capelli candidi erano coperti da un velo nero.

La fissai per un attimo stupita, poi mi sentii pungolare delicatamente alla schiena.

Feci un profondo inchino e mi bloccai in quella posizione, lottando per non perdere l'equilibrio.

«Alzatevi» mi invitò lei in un tedesco con un lieve accento straniero. Evidentemente sapeva da dove venivo.

Obbedii al suo comando e la guardai in volto. Non era più alta di me, eppure emanava un'aura di autorevolezza.

«Allora, ragazza mia, raccontateci perché arrivate tanto tardi. L'udienza originaria era fissata più di una settimana fa, ma ci è stato detto che sono subentrate delle complicazioni.»

Io trasalii. Ovvio che mi chiedesse subito del mio ritardo, infrangendo la mia speranza che si sarebbe parlato solo degli angioletti.

Guardai dubbiosa in direzione di Sandhurst, che mi fece un cenno di incoraggiamento.

«Raccontate tranquillamente, sono tutta orecchie» riprese la sovrana, incrociando leggermente le braccia di fronte a sé.

Io cominciai a parlare, senza tacere neppure l'incontro con Connor a Heilbronn. Le spiegai che ci aveva seguiti e che le statuine erano state rubate, senza possibilità di recuperarle.

«Se posso permettermi di intervenire, abbiamo notato che Mister Connor è presente a palazzo e immagino che più tardi Lord Bannister avrà udienza presso di voi» si intromise Sandhurst.

La regina lo invitò a tacere con un rapido gesto. «Continuate il vostro racconto, bambina.»

Le riferii che John mi aveva portato da DeVries e che l'anziano vetraio mi aveva proposto di utilizzare il suo forno.

«Avete dunque realizzato gli angioletti appositamente per presentarli al Nostro cospetto?»

Annuii. «L'unica altra alternativa sarebbe stata rinunciare, ma non volevo farlo. Lo dovevo alla mia famiglia.»

Vittoria annuì in segno di approvazione, poi rivolse lo sguardo alla mia borsa che mi sembrava ormai pesare un quintale, tanto che temevo mi scivolasse da un momento all'altro dalle mani bagnate di sudore, perché non avevo osato posarla.

«Mostrateci dunque cosa avete portato» mi incoraggiò, accennando a un tavolino lì accanto. Io poggiai la borsa per terra, ne estrassi la scatola e la sistemai sul tavolino.

Sollevando il coperchio trattenni per un istante il respiro. Gli angioletti scintillavano alla luce del giorno, riempiendo l'ambiente di bagliori colorati.

La regina si avvicinò, avvolgendomi con il suo profumo di lavanda.

Tirò fuori un angioletto dopo l'altro, osservandoli.

«La confezione risulta inconsueta» commentò, guardando Lord Sandhurst.

«Questo è solo ciò che rimane della confezione originaria. Ognuno degli angioletti che mi sono stati rubati era custodito in una scatolina da fiammiferi. È così che li vendo anche al mercato.»

Notai che la regina nascondeva un sorrisetto divertito. Già, dove avrei dovuto procurarmi un cuscino di seta?

«Una ragazza che vende angioletti in scatoline di fiammiferi... Mi ricorda una fiaba.»

Stavo per esclamare che ciò che a lei sembrava una fiaba era per noi un indispensabile mezzo di sostentamento, ma per fortuna mi morsi la lingua in tempo.

«Il viso di questo angioletto...» proseguì la regina, estraendone uno dalla scatola, «mi risulta familiare.»

«Ne ho realizzati alcuni prendendo spunto da un Vostro ritratto da bambina» ammisi, curvando involontariamente la testa. E se non le fosse piaciuto?

Lei lo osservò ancora qualche istante, poi sul suo viso guizzò un sorriso. «Ad Albert questa idea sarebbe piaciuta.» Ripose la statuina nella scatola. «Non sono un'esperta di vetro, ma direi che sono meravigliosi. Io...»

D'un tratto si spalancò la porta, lasciando entrare prima delle esclamazioni rabbiose, poi un uomo.

Bannister!

Sandhurst cercò di bloccarlo, ma l'intruso non gli prestò attenzione.

«Cosa sta dicendo?» chiesi in un bisbiglio al mio accompagnatore. Lui squadrò l'intruso con occhi infuocati, prima di tradurmi le sue parole. «Vi accusa di essere un'imbrogliona.»

Il mio cuore prese a galoppare. Io un'imbrogliona? Adesso non potevo più trattenermi. Bannister forse non mi avrebbe compresa, ma la regina sì.

«Non sono un'imbrogliona!» protestai. «Questi angeli li ho fatti qui, con le mie mani! Con l'ausilio di una fornace inglese!»

Bannister si bloccò. Evidentemente non capiva una parola. Poi tornò a rivolgersi alla regina.

Non sapevo cosa avesse detto, ma ero sicura che mi stesse diffamando. Ora non mi rimaneva che una possibilità.

«Mi avete fatta pedinare dal vostro galoppino che vi aspetta dietro la porta» gli gridai in faccia. «È stato quel Connor a trafugare le mie statuine, l'ho riconosciuto!» Ero stupefatta io stessa dal volume della mia voce, ma in quell'istante era in gioco il mio onore.

Sandhurst gli tradusse soddisfatto le mie parole, mentre gli occhi di Bannister ardevano d'ira. Mi sorpresi di riconoscere nella sua espressione anche un certo timore. Evidentemente le mie accuse lo avevano colpito!

Sandhurst si chinò a tradurmi lo scambio in corso tra Bannister e la regina.

«Lord Bannister!» esclamò gelida la sovrana. «Cosa vi salta in testa di piombare qui e mettere in dubbio la Nostra capacità di giudizio?»

A quel rimprovero lui si fece piccolo piccolo. «Perdonatemi, Vostra Maestà, volevo solo mettervi in guardia...»

Bastò un solo sguardo della regina Vittoria per farlo tacere all'istante. «Dovreste attenervi all'etichetta» proseguì lei, «ma visto che ormai siete qui, questa giovane dama afferma che uno dei vostri uomini l'abbia seguita. Volete per cortesia far entrare Mister Connor?»

Bannister sbiancò. «Io... Lui...»

«Insomma, andate a chiamarlo!»

Così, non gli rimase che voltare le spalle e lasciare la stanza.

Il viso della regina era duro come pietra e non lasciava trapelare i suoi pensieri.

Poco più tardi tornò Bannister, con l'aria di un cane bastonato, accompagnato dall'uomo che mi aveva rivolto la parola a Heilbronn e che ora mi trafiggeva con lo sguardo.

«Dunque, Miss Härtel» chiese la regina Vittoria in tedesco, «è questo l'uomo che vi ha avvicinato?»

«Sì, è lui» risposi con voce ferma. Con o senza barba, non avevo dubbi.

Poi Bannister prese a replicare con fervore, e di nuovo Sandhurst mi riferì la traduzione.

«Vostra Maestà, la ragazza mente solo per trovare scuse! In realtà non aveva con sé alcun angioletto e vuole unicamente attirarsi la vostra benevolenza.»

«Non è vero!» sibilai io. Non mi importava che fosse un nobile. Mi ero già infuriata con John quando mi aveva chiesto se davvero avevo le statuine con me. «Avevo messo in valigia tutti gli angioletti che avevo realizzato negli anni, e siete stato voi che li avete fatti sparire.»

«Mio figlio può testimoniarlo» intervenne Sandhurst, ripetendo la frase sia in tedesco sia in inglese. Aveva un'espressione truce e stringeva con forza il bastone da passeggio. Speravo solo che non lo usasse per colpire i suoi rivali al cospetto della regina. Ma per fortuna la sua mano rimase ferma mentre proseguiva: «E non vorrete insinuare che mio figlio sia un bugiardo!».

A voler essere precisi, in realtà, John non aveva mai visto gli angioletti nelle loro scatoline.

«Signori miei!» si intromise la regina sollevando una mano. Bannister si ammutolì, mentre Sandhurst traduceva le sue parole. «Ci è nota la ruggine tra di voi, ma non tollereremo litigi in Nostra presenza. Ci pare inoltre che in questa occasione la vostra condotta lasci molto a desiderare, Lord Bannister.»

«Vostra Maestà, volevo solo...»

«Sappiamo cosa volevate!» ribatté la regina. «Danneggiare questa giovane, perché vi disturbava l'idea che Lord Sandhurst esercitasse un influsso a corte. Ma adesso è ora di finirla! Vi obbligo a risarcire Miss Härtel del valore degli angioletti andati persi, e ritengo cinquecento sterline una misura adeguata.»

«Cinquecento sterline?» trasecolò Bannister. «Ma Vostra Maestà!»

«È una cifra irrisoria, se consideriamo che un vostro collaboratore ha compiuto un furto su vostra commissione. Questo sarà tra l'altro oggetto di ulteriori conversazioni, ve lo assicuro. E adesso andate, prima che la vostra presenza qui provochi ulteriori conseguenze!»

Il colorito dell'uomo passò dal pallido al paonazzo. Poi voltò le spalle furibondo. L'aiutante fece un inchino profondo per poi seguire il suo signore.

Io tirai il fiato. Non era la punizione che mi ero augurata per il responsabile di quel pasticcio, ma ero felice che se ne fosse andato... e che la regina fosse dalla mia parte.

«E ora torniamo a voi, Miss Härtel. Spero siate d'accordo con la cifra pattuita come risarcimento.»

«Sì, certo.» Non avevo idea di quanto valessero cinquecento sterline, ma sembrava più di quanto avessi mai guadagnato per i miei angeli.

«Bene e Noi vi offriamo altre cinquecento sterline per questi nuovi. Vi pare una somma adeguata?»

Cinquecento sterline per trenta angeli?

Fissai sbalordita Sandhurst, che con un leggero sorriso mi consigliò di accettare la proposta... anche se pensavo fosse un po' eccessiva.

«Mille grazie, Maestà, è molto generoso da parte vostra.»

«Bene. Daremo disposizione che il denaro vi venga consegnato. E naturalmente che vi venga anche pagato il viaggio di ritorno. Immagino vogliate trascorrere le festività con la vostra famiglia.»

«Sì, lo desidero tantissimo.»

«Lord Sandhurst provvederà a organizzare il tutto. Ci ha fatto piacere conoscervi.»

Mi porse la mano e, obbedendo a un cenno di Sandhurst, gliela baciai.

Uscita in corridoio, mi lasciai cadere su uno sgabellino, con le ginocchia tremule. Non potevo credere di avercela fatta. La regina aveva comprato le mie statuine!

Avevo ancora timore che potesse arrivare qualcuno a distruggere tutto. Ma Bannister e Connor parevano scomparsi.

«Be', è stata un'udienza interessante» esordì Sandhurst, tirando fuori un fazzoletto dalla manica e tamponandosi la fronte. «Notevole come avete affrontato Bannister.»

«Se non sono troppo invadente: da dove nasce la vostra inimicizia?» domandai mentre ci allontanavamo dallo studio della sovrana.

«È a causa di sua sorella» rispose lui, senza distogliere lo sguardo dal corridoio che stavamo percorrendo. «La famiglia, e lei stessa, speravano che io la sposassi, ma il mio cuore apparteneva già a Maria e non c'era nulla che potesse farmi cambiare idea. Il fratello fu profondamente ferito dal fatto che l'avessi respinta e da allora tenta di rendermi la vita difficile.»

«Ma cosa c'entra tutto questo con me?»

«Immagino che dipenda anche dalle vostre origini. Se avessi raccomandato un vetraio di qui, avrebbe comunque tentato di sabotarmi, ma quando ha saputo che si trattava di un artigiano tedesco deve essergli ribollito il sangue nelle vene.»

«La sorella non ha trovato marito?»

«Certo che l'ha trovato! Una figlia dell'alta nobiltà non rimane sola, a meno che non sia lei a volerlo. Direi persino che abbia trovato un buon partito, seppure di rango lievemente inferiore al suo. Lei pare comunque esserne felice.»

«Ma non il fratello.»

«Non avete fratelli, giusto?»

Scossi il capo.

«Dunque non sapete nulla di quanto siano restii a perdonare. Bannister, quanto meno, lo è, e dal momento che adesso ha subito una tale umiliazione non si lascerà sfuggire l'occasione di attaccarmi di nuovo. Ma la prossima volta sarò preparato.»

Lasciammo il castello per dirigerci alla carrozza. I fiocchi di neve scendevano dal cielo e si adagiavano sul pelo dei cavalli e sul mantello del postiglione. Ero felice e confusa, ma anche triste. La regina aveva comprato i miei angioletti e mi aveva aiutato a ottenere un risarcimento per il furto. Inoltre avevo scoperto chi mi avesse causato tutte quelle difficoltà.

Eppure mi rodeva il pensiero che John fosse semplicemente svanito. Continuavo a chiedermi quale ne fosse il motivo. Era stato il rimorso a spingerlo tra le braccia della fidanzata?

E cosa mai potevo pretendere? Avevo ottenuto ciò che speravo, e anche di più. Grazie a Lord Sandhurst e a Mister DeVries avevo concluso con successo il mio viaggio e nell'invito a corte non si accennava al fatto che io potessi innamorarmi e coronare i miei sogni romantici.

«Cosa ne direste di festeggiare con una bella cena stasera?» chiese d'un tratto Sandhurst. «Dovete essere molto affamata e il vostro coraggio merita comunque di essere celebrato.»

«Molto volentieri» risposi, anche se la cosa che desideravo di più al mondo era rivedere John.

«Perfetto! Appena saremo tornati darò indicazioni alla cuoca.» Mi aiutò a salire e si accomodò a sua volta in carrozza.

# 34

Nel tardo pomeriggio, dopo il nostro ritorno a Londra, scrutavo ansiosa dalla finestra, confidando di veder apparire John. Quando mi pareva di udire un calpestio di zoccoli, balzavo in piedi a guardare, per poi sprofondare di nuovo nella poltrona accanto al letto un istante dopo, delusa.

Dovevo dimenticarlo, ma come potevo riuscirci?

Giunta la sera, mi recai in sala da pranzo con lo stesso abito che avevo usato per l'udienza e vi trovai una tavola splendidamente imbandita: decorazioni floreali composte di edera e stramonio, ma anche sorbole, scintillanti palline d'argento e delicati nastri rossi. In uno dei mazzolini riconobbi due degli angioletti che avevo venduto al Lord in passato e mi si dipinse in volto un involontario sorriso. Dovevo assolutamente raccontarlo a Elisabeth.

Osservai ancora un istante le due statuine, poi il mio sguardo proseguì oltre.

Alti candelieri diffondevano una luce calda, i piatti erano della più fine porcellana e l'argenteria da tavola brillava come uno specchio. Quando mi accorsi che c'erano tre coperti, il mio cuore si fermò.

Evidentemente ero in lieve anticipo, perché Lord Sandhurst non era ancora arrivato. Potevo perciò osservare le cameriere e il maggiordomo, che era venuto a controllare la disposizione delle posate.

«Ah, Miss Härtel, siete puntuale!» risuonò la voce del padrone di casa alle mie spalle. Mi girai nella speranza che ci fosse anche John con lui, e che mi fosse sfuggito il suo arrivo.

Invece al suo braccio c'era una dama in abito verde, con i capelli biondi raccolti in uno chignon in mezzo al quale brillavano dei fiori di cristallo.

«Posso presentarvi mia moglie? È arrivata mentre eravamo dalla regina. Maria, questa è la ragazza di cui ti ho parlato.»

«È un piacere conoscervi» esordì Lady Sandhurst. «Finalmente incontro di nuovo un connazionale che mi offre l'opportunità di praticare la mia lingua madre. Purtroppo non accade spesso.»

«Fa molto piacere anche a me, Lady Sandhurst.»

Le porsi la mano facendo un piccolo inchino e lei mi rispose con un sorriso. «Sono molto impaziente di sentirvi raccontare le vostre esperienze. Mio marito ha tessuto le lodi della vostra condotta al cospetto della regina.»

Le aveva raccontato della disputa? A quanto pareva sì. Mi sentii avvampare, ma non di imbarazzo: ero orgogliosa di me stessa.

Prendemmo posto a tavola e pochi istanti dopo comparvero un paio di cameriere con delle scodelle d'argento piene di una zuppa color arancio. Riconobbi il sapore della zucca, insaporita da spezie diverse da quelle che usavamo noi. Il maggiordomo servì vino bianco nel calice più slanciato dei due bicchieri di cristallo posati accanto a ogni piatto.

Morivo dalla voglia di chiedere dove fosse John, ma mi trattenni. Non volevo che Lady Sandhurst si facesse un'opinione sbagliata di me.

«Mio marito mi ha raccontato che siete figlia di un vetraio» riprese la dama, dopo che avemmo assaggiato la deliziosa zuppa.

«Sì, è così, Madam.»

«E raccontatemi in che modo la vostra famiglia è finita in difficoltà. Ammiro il fatto che abbiate proseguito il lavoro di vostro padre. È inconsueto per una giovane ai nostri tempi.»

«Mio padre mi ha introdotto presto all'arte vetraria. Un giorno avrei dovuto ereditare la sua officina, ma le cose non sono andate come credevamo.»

«Eppure non vi siete mai arresa!» Lady Sandhurst mi studiava con attenzione. Era davvero splendida e potevo capire perché il marito l'avesse scelta, anche a costo di sfidare l'ira di Bannister.

«No, per fortuna mio padre aveva fatto in tempo a insegnarmi come si fonde il vetro e un suo collega mi ha presa come sua assistente. I miei angioletti li realizzavo la sera.»

Mi sembrava tutto lontanissimo, come se appartenesse a un'altra vita.

«Quindi deve esservi sembrata una fiaba quando è spuntato mio figlio con la lettera della regina.»

Chissà se John le aveva confessato di essersi presentato a me come il servitore del padre. Di nuovo rinasceva in me il desiderio di sapere dove fosse e perché non avesse accompagnato la madre. Si vergognava di presentarsi di fronte a me? Era per il bacio, forse?

«Sì, è stato così. Mia sorella ha solo quattordici anni, mia madre è malata e con il denaro che ho guadagnato potrò finalmente procurarle medicine più efficaci.»

«Be', con quella somma potete fare molto di più!» si intromise Sandhurst. «Mille sterline vi saranno sufficienti per aprire un vostro laboratorio. E sono certo che, appena la regina decorerà il suo albero di Natale con i vostri angioletti, riceverete anche altre commissioni.»

«Sarebbe meraviglioso! Avere un laboratorio di proprietà è sempre stato il mio sogno. A essere sincera, non ho molte altre alternative, dato che mastro Philipps di sicuro non mi vorrà più dare impiego.»

«Mah, quando sentirà che siete stata dalla regina ci ripenserà.»

Sandhurst scoppiò in una risata.

«Mi colpisce davvero sentire quanto vi siete data da fare per il bene di vostra madre e di vostra sorella. Avrete senz'altro nostalgia di casa, vero?»

Sorrisi tra me. «Sì, molta. Il pensiero di rivederle mi riempie di gioia.»

«Allora brindiamo alla vostra famiglia!» Sandhurst alzò il bicchiere e subito la moglie e io lo imitammo. «A proposito di rimanere colpiti, mia cara: avresti dovuto vedere come si è difesa da Bannister» riprese poi. «La sua faccia sbalordita era davvero impagabile! E anche la multa che sarà costretto a pagare lo ha visibilmente scioccato. Come vorrei che John fosse stato presente!»

A quelle parole, lo sguardo di Lady Sandhurst cadde su di me. John le aveva accennato qualcosa? Io posai bruscamente il bicchiere, evitando il suo sguardo.

«Non dovresti metterla così in imbarazzo, tesoro» intervenne lei. «Ditemi, Miss Härtel, c'è qualcosa che vorreste portarvi in Germania come ricordo?»

Scossi il capo. Tutto ciò che avrei voluto portare con me, ovvero John, avrei dovuto lasciarmelo alle spalle. «Ho tutto ciò di cui ho bisogno.»

«E per vostra madre e vostra sorella? In fin dei conti non avete avuto l'opportunità di comprare loro dei regali per Natale.»

Esitai. I Sandhurst mi avevano dato già tanto sostegno che mi pareva sfacciato esprimere un desiderio.

«Forza, non siate timida!» mi esortò allegro il marito. «Qualunque cosa sia, mia moglie ve la procurerà.»

«Qualcosa con un pettirosso, magari» risposi. «L'ho visto in una locanda e John mi ha spiegato che per voi ha un significato particolare, legato al Natale. A Elisabeth piacerebbe molto, ne sono sicura.»

*E anche a me*, pensai. Da allora, ogni volta che avessi visto un pettirosso o il vischio avrei pensato a lui.

# 35

Quando tornai nella mia stanza poco prima della mezzanotte, avevo il viso colorito per il vino e il buon cibo. Era stata una serata molto piacevole, durante la quale mi era apparso chiaro di non essere più quella di prima. Stentavo ancora a credere alla fortuna sfacciata che avevo avuto, ma le parole di Lady Sandhurst mi avevano dato la consapevolezza di aver ottenuto un risultato incredibile, di cui poter essere fiera. E lo ero.

L'unica nota stonata era stata l'assenza di John. Mi sarei mai rassegnata? E perché il cuore mi faceva tanto male quando pensavo a lui?

Alla fine, quella notte riuscii in qualche modo a scivolare nel sonno, finché al mattino non fui svegliata dal rumore di una carrozza.

*John?* mi domandai in silenzio, ma il cuore mi diceva altrimenti. Probabilmente era solo qualcuno che veniva dai Sandhurst in visita.

Era la quarta domenica d'Avvento e tra pochi giorni sarebbe stato Natale. Chissà se ce l'avrei fatta ad arrivare a casa. Lord Sandhurst mi aveva assicurato che avremmo potuto prendere il traghetto veloce. Previdentemente mi aveva già prenotato una cabina singola. Non era ancora certo se avrei preso in tempo il treno, ma mi auguravo con tutto il cuore che ce l'avremmo fatta.

Ma anche se fossi arrivata a casa con un paio di giorni di ritardo, avrei comunque portato buone notizie, con le quali avremmo potuto affrontare il nuovo anno.

Quando apparve Liza, mi sentivo le palpebre pesanti e, appena tirò le tende, la luce del sole mi accecò.

«Lord Sandhurst vi attende» mi annunciò con voce flautata. «È appena arrivato qualcuno dal palazzo con una busta per voi.»

«Una busta?» chiesi interdetta, anche se poi immaginai che dovesse essere il mio denaro.

Fino a poche settimane prima era quella l'unica cosa che contava per me, il solo motivo che mi aveva spinta a intraprendere quel viaggio: mantenere la mia famiglia. Ma ora non desideravo altro che rivedere John.

Quando arrivai di sotto, in sala da pranzo, il corriere si era già dileguato, perciò Sandhurst in persona si alzò per porgermi il plico. Aveva un sorriso largo fino alle orecchie.

«Ve lo siete guadagnato. E, per quanto incredibile, Bannister ha già versato il suo risarcimento. Eccolo» proseguì, porgendomi un secondo plico. «Mi sono permesso di mandare il mio maggiordomo a cambiarvi l'assegno. Con questo dovreste cavarvela per parecchio tempo.»

Il denaro mi pesava in mano, ma nel mio cuore pesava ancora di più che John non fosse ricomparso.

«Tra l'altro, Mister Brady vi riaccompagnerà in Germania» riprese Sandhurst, quando fu tornato al suo posto. «Bannister avrà il dente avvelenato, per cui mi preme che non viaggiate da sola. Il nostro maggiordomo ha esperienza nell'esercito e saprà prendersi cura di voi.»

Io annuii e mi sedetti. Avrei preferito mille volte John al maggiordomo ex militare, ma evidentemente il figlio non era disponibile.

«Avete avuto notizie di vostro figlio?» chiesi esitante. Volevo fare un ultimo tentativo per sapere cosa gli fosse successo, prima di partire per Dover, nel pomeriggio.

«No, o meglio, ho saputo che è arrivato a casa, ma cosa debba fare là non ve lo posso dire, perché lo ignoro.»

«Bene. Grazie» risposi, prendendo una tazza di caffè.

Nel pomeriggio Lord Sandhurst mi guidò con fare amichevole attraverso la sua impressionante collezione di oggetti in vetro. Aveva pezzi meravigliosi da ogni parte del mondo. Vidi vasi e ciotole orientali, statuine e bicchieri italiani, e persino un vetro color rubino, risalente a oltre duecento anni prima. Aveva anche uno specchio riccamente decorato.

Il fatto che i miei angioletti facessero parte di tale collezione mi rendeva orgogliosa e di certo mio padre ne sarebbe stato molto felice.

Infine giunse l'ora. Raccolsi le mie cose e scesi nell'atrio con la valigia. Malgrado le parole del padre, nutrivo ancora la segreta speranza di rivedere John un'ultima volta... ma rimasi delusa. A salutarmi c'erano solo Lord Sandhurst e la moglie.

«Vi auguro ogni bene, bambina cara» mi disse lui, porgendomi la mano. «È stato un piacere avervi conosciuta.»

«Io avrei un paio di pensierini per vostra madre e vostra sorella» aggiunse lei. «Le palle di vetro con la neve sono molto amate qui da noi e, su vostro suggerimento, ne ho trovata una con un pettirosso. Questa pashmina persiana, invece, terrà ben calda la vostra mamma d'inverno.»

«Pashmina?» chiesi.

«È una parola persiana per indicare un tipo di tessuto di lana e seta.»

Era davvero troppo pregiata per noi, ma sapevo che la mamma ne sarebbe stata contenta. «Vi ringrazio di cuore» risposi. «Mi dispiace non avere niente per voi.»

«Non è necessario. La vostra presenza è stata un regalo sufficientemente prezioso.»

E con queste parole Lady Sandhurst si congedò. Il marito mi accompagnò invece fino alla carrozza.

«Fatemi un piacere, Lord Sandhurst» gli chiesi, mentre infilavo la mano in tasca. Già mentre facevo i bagagli mi era venuta un'idea che ora volevo tradurre in pratica.

Se era destino che non rivedessi più John, volevo almeno che gli rimanesse qualcosa di me. Qualcosa che gli ricordasse della nostra avventura. Sfilai l'angioletto zoppo dal fazzoletto di Elisabeth e lo porsi a Lord Sandhurst. «Dareste questo angelo a vostro figlio? È un piccolo ringraziamento per tutta la pena che si è dato per me.»

«Quindi ne avete tenuto nascosto uno alla regina?» chiese lui scherzando.

«No, è il primo che io abbia mai realizzato. Vedete, gli manca un piedino. L'ho tenuto come portafortuna e ora vorrei che lo avesse John, come ricordo.»

Lui mi guardò serio, poi annuì: «Glielo darò».

«Grazie. E grazie di tutto quello che avete fatto per me. Sono molto felice che la vostra strada vi abbia condotto da me al mercato.»

# 36

Il maggiordomo di casa Sandhurst era un uomo piuttosto freddo e austero. Parlava molto poco il tedesco e ci intendevamo per lo più a gesti. Il viaggio di ritorno era terribilmente noioso, così passavo il tempo completando i miei appunti sul taccuino.

In valigia, oltre agli abiti, c'erano i doni della padrona di casa. Il denaro l'avevo cucito nel vestito, per prudenza.

Il galoppino di Bannister non si era più visto, eppure salendo sulla passerella del traghetto, a Dover, avevo avuto la vaga sensazione di essere osservata. Ero andata dritta in cabina e vi ero rimasta anche durante la partenza. Non c'era nessuno a salutarmi sulla terra ferma, che motivo avrei avuto di starmene affacciata al parapetto? Inoltre volevo tenermi nel cuore il ricordo di quando John e io eravamo insieme sul ponte. Vedere le scogliere allontanarsi mi avrebbe solo messo tristezza.

Meglio concentrarsi sul Natale che mi attendeva. Elisabeth sarebbe rimasta sbalordita vedendo la palla con la neve e leggendo tutti i miei resoconti del viaggio.

Durante la traversata e anche nella tratta da Calais a Parigi, Mister Brady mi tenne sempre sotto controllo.

A Parigi non potei fare a meno di pensare alle cose che io e John ci eravamo detti sul Louvre e a quanto avrei voluto vederlo. Ma avevamo poco tempo e Mister Brady non capiva abbastanza bene le mie richieste.

Tra l'altro, ero sicura che il giro al museo mi avrebbe divertito molto di più se ci fosse stato John al mio fianco.

John. Era il mio pensiero fisso. Quando mi riscossi dal sonno, in treno, ebbi per un istante la sensazione che fosse lì.

Alla stazione di Heilbronn cambiammo un po' di valuta in un baracchino, poi il maggiordomo si congedò da me con un vago sorriso. Lo spirito del Natale aveva contagiato anche lui. Mentre affittava una camera nello stesso albergo dove si era fermato anche John, io decisi di prendermi una carrozza e dirigermi immediatamente verso casa.

Anche qui si erano formati alti cumuli di neve e l'odore di fumo si mescolava a quello consueto del mio paese. A Londra si sentiva sempre un lieve odore di pesce, mentre da noi si respirava profumo di boschi, terra e neve.

Quando arrivai a Spiegelberg, già calava il buio. Era come rimettervi piede dopo molti anni di assenza. Niente era cambiato... tranne me, forse. Da bambina il paese mi era sembrato enorme, ma ora, in confronto a Londra e Parigi, mi pareva un minuscolo villaggio.

Nella notte che precedeva quella santa del Natale, alle finestre brillavano le candele e qua e là sulle porte si vedevano corone di agrifoglio e di rami d'abete. Ovunque regnava la quiete.

Quando la carrozza ripartì, rimasi un istante in mezzo alla piazza del mercato, chiedendomi se andare al cimitero per raccontare a papà le mie esperienze. No, in quel momento erano più importanti i vivi. A Colonia avevo spedito un telegramma, annunciando il mio imminente ritorno.

Quando raggiunsi la casa dei Niedermayer, mi fermai un minuto sulla scala, guardando su. Nel nostro appartamento c'era la luce accesa e potevo quasi percepire dall'androne di casa il profumo di zuppa.

La gioia mi riempì il cuore. Ero finalmente a casa.

L'istante dopo bussavo alla porta. Contavo sul fatto che uno dei Niedermayer sarebbe venuto ad aprire.

Invece, quando l'uscio si aprì mi trovai di fronte il viso di mia sorella, con l'azzurro cielo dei suoi occhi inondato di lacrime. L'abbracciai e la strinsi a me.

«Sono felice che tu sia qui!» le dissi, mentre anche i miei occhi si riempivano di lacrime.

«Anche io! Non sai quanto!»

Così salimmo su per le scale e poco dopo eravamo tra le braccia di mia madre, piangendo di felicità.

Per tutta la notte dovetti raccontare le mie avventure inglesi. Una delle mie lettere era già arrivata, mentre per le altre evidentemente ci sarebbe voluto ancora un po'. Ma non importava. Mia madre era stupefatta dalla quantità di denaro con cui ero tornata ed Elisabeth mi tempestava di domande per sapere i dettagli di tutto ciò che avevo visto.

Andammo a letto solo quando già sorgeva l'alba.

Ero sicura che avrei dovuto ripetere la mia storia anche ai Niedermayer, ma prima diedi un'occhiata al cielo del mattino che ardeva di sfumature arancioni e mandai da lontano un saluto a John.

# 37

Grazie al denaro della regina fu una delle più belle feste di Natale della nostra vita. Eravamo sedute sotto il piccolo abete che il signor Niedermayer aveva preso per mia madre, ad ammirare i regali di Lady Sandhurst.

Io raccontavo del vischio e del pettirosso e dovevo ripetere ogni volta nei minimi particolari la storia della mia udienza a corte.

Con le monete che avevo cambiato, il primo giorno di festa mi procurai da un contadino un'oca e comprai nel negozio dei Niedermayer, che lo avevano gentilmente aperto per me, dolciumi e gli ingredienti necessari per fare qualche biscotto. Subito dopo le feste sarei andata in farmacia a comprare medicine migliori per mia madre, per lenire quanto più possibile i suoi dolori.

Non sapevo per quanto tempo mi sarebbe bastato il denaro e se sarebbe stato sufficiente per avviare un laboratorio mio, ma sapevo già a chi rivolgermi per trovare il locale e il forno. Il signor Niedermayer ci aveva riferito di un tizio che possedeva un vecchio fienile ormai dismesso, che, essendo costruito in solidi mattoni rossi, sarebbe stato ideale per una vetreria.

Volevo contattarlo con l'anno nuovo e intanto organizzarmi per costruire un forno.

Wenzel non si era ancora fatto sentire. Forse non sapeva del mio ritorno. Oppure non gli importava. Sarei comunque andata a trovarlo nei giorni a seguire, almeno per scusarmi con il padre di averlo piantato in asso.

Appena avessi avuto il mio laboratorio, avrei anche saldato il debito con il professor Bezelius e gli avrei portato uno dei miei angioletti. Ero già andata a trovarlo e il racconto delle mie esperienze gli aveva fatto molto piacere.

Ero piena di speranza. L'unica punta amara era che non avevo più avuto notizie di John. Aveva ricevuto il mio regalo? In segreto speravo che mi scrivesse, ma i giorni passavano senza novità.

Forse per lui non aveva alcun significato e mi aveva già dimenticato. Io invece pensavo incessantemente a lui, chiedendomi cosa stesse facendo e perché fosse scomparso senza salutarmi. Potevo capire tutto, anche che volesse rimanere con la fidanzata, ma dileguarsi senza nemmeno una parola mi sembrava una cattiveria.

Quella sera stavo passando in rassegna gli stampi che mi erano rimasti per gli angioletti. Con quelli che avevo riportato dall'Inghilterra ne avevo più di una dozzina. Ne avrei potuto ricavare angeli a sufficienza per anni. E il fatto di averne venduti alcuni esemplari alla sovrana inglese mi avrebbe garantito una buona pubblicità. Forse avrei potuto riportare in vita, almeno in piccolo, l'impresa di mio padre.

«Ora non dovresti pensare al lavoro, Anna» risuonò la voce di mia sorella alle mie spalle. Evidentemente la mamma si era addormentata. «Il Natale è passato e nessuno al momento ha bisogno di angioletti natalizi.»

«Certo, ma l'anno prossimo vorremo venderne alcuni, no?»

Ridendo, chiusi la scatola in cui conservavo gli stampi.

«La regina ti ha per caso detto che ne vorrebbe altri anche per l'anno prossimo?»

«No, questo no. Ma chissà...»

Le sorrisi, cercando di nasconderle quanto desiderassi fare un nuovo viaggio in Inghilterra. Anche solo per rivedere John e sapere perché non mi avesse degnata nemmeno di un saluto.

«Pensi ancora a lui, vero?» chiese Elisabeth, prendendomi la mano. Nonostante fosse più giovane, sognava il matrimonio più di me. Ma, insieme a John, si erano dileguati per me anche tutti i pensieri in proposito.

Ma potevo di nuovo sognare un mio laboratorio con cui mantenere le due persone che più avevo a cuore.

«Non dire sciocchezze» replicai, ma aveva ragione. Pensavo a lui. Ancora e ancora. E avevo commesso l'errore di confessarlo a mia sorella.

«Magari lo rivedrai, se torni in Inghilterra.»

«Se» sottolineai io. «Sta tutto nelle stelle. Dovremmo smettere di fantasticare e concentrarci su ciò che è raggiungibile.»

Elisabeth annuì, ma sapevo che dentro di sé immaginava come sarebbero andate le cose se io fossi stata con John.

E se dovevo essere onesta, di tanto in tanto me lo concedevo anch'io.

Quella notte, mentre ci accingevamo ad andare a letto, risuonò davanti alla casa uno scalpitio di zoccoli. Io non ci feci granché caso, perché negli ultimi tempi era frequente che i nostri vicini ricevessero visite o che qualcuno degli avventori dell'osteria tornasse a casa tardi.

Ma quando sentimmo dei colpi alla porta trasalii.

«Chi sarà?» chiese Elisabeth, andando alla finestra.

«Come posso saperlo?» le risposi.

«C'è un uomo a cavallo.»

«Andrà di sicuro dai Niedermayer» commentai, soffocando la minuscola fiammella di speranza che si era accesa in me.

«I Niedermayer sono dal padre della signora. Non c'è nessuno che vada ad aprire!» Mia sorella si ritrasse dalla finestra. «Anna, devi scendere a vedere chi è.»

Avevo completamente dimenticato che i Niedermayer erano fuori.

Mi misi sulle spalle una mantellina e mi affrettai di sotto, mentre si sentiva di nuovo bussare.

«Arrivo!» esclamai, andando alla porta.

Aprii e... rimasi di sasso, incontrando lo sguardo di due occhi d'argento.

John!

Lo fissai, come se avessi di fronte un'apparizione.

«John... io...»

Lui sorrise. «Mi riconosci ancora?»

«Perché non dovrei?» protestai. Avevo le stesse sensazioni di allora, quando mi camminava al fianco nella casa del padre. Mi sentivo le ginocchia molli e di nuovo avvertivo quello sfarfallio nello stomaco.

«Posso entrare? Fuori non si sta poi così bene e tu non hai un mantello.»

«Sì, certo» risposi, facendo un passo indietro e chiudendo la porta alle sue spalle.

«Cosa... cosa cerchi qui?»

«Be', volevo renderti il tuo talismano.»

«Ma voglio che appartenga a te!» obiettai, mentre una punta di tristezza si mescolava alla mia gioia di rivederlo. Teneva così poco al mio regalo che voleva restituirmelo?

«Lo so, ma penso che tu possa averne bisogno per il futuro che ti aspetta.»

«E che futuro mi aspetta?» scossi il capo senza capire. «Ma...»

Lui estrasse una lettera dalla tasca. «Purtroppo non ti porto buone notizie.»

«Non mi porti buone notizie?» gli feci eco. Forse Bannister aveva convinto la regina che i miei angioletti non avessero valore? O magari si erano danneggiati mentre erano sull'albero e la sovrana voleva riavere il proprio denaro?

Avrei voluto afferrare la lettera, ma John la tirò indietro e mi prese la mano.

«Prima che tu la apra, c'è un'altra cosa che devi sapere. Ho sciolto il mio fidanzamento.»

Il pavimento parve aprirsi sotto i miei piedi e inghiottirmi.

«Cos'hai fatto?»

«La sera dopo... che ci siamo baciati... anzi, no, molto prima... ho capito che il matrimonio con Elaine non mi avrebbe reso felice. So di averti nascosto la verità, ma solo perché temevo di non interessarti. E dopo che ci siamo conosciuti... o, per meglio dire, dopo che io ho saputo qualcosa di te, non potevo raccontarti di lei. Semplicemente perché avrei voluto che lei non esistesse. Perché avrei voluto essere uno di voi, un uomo comune, che può fare della sua vita quello che vuole.»

«Ma tu sai che nemmeno noi siamo liberi di fare quello che vogliamo» ribattei io, ancora frastornata dalla sua confessione.

«Questo lo so. Be', l'unica cosa che davvero mi importa sarebbe poter amare chi desidero.» Trasse un profondo respiro. «Devi capirmi: noi inglesi siamo molto particolari quando si tratta di sentimenti. Non sempre manifestiamo ciò che proviamo ed è per questo che la mia messinscena ha funzionato tanto bene.» Mi guardava con aria contrita.

Io avrei voluto gettarmi tra le sue braccia... ma mi era rimasta una domanda irrisolta...

«Perché sei scomparso senza una parola?» chiesi. «Dopo la sera in cui siamo andati a vedere la stanza esotica e... insomma, lo sai.» Avvampai, ma proseguii. «Speravo che tu mi accompagnassi dalla regina e sarei stata felice che tu vedessi gli uomini che ci hanno derubato redarguiti e costretti al risarcimento.»

«Mio padre me lo ha raccontato» rispose lui. «E sarei stato felice di assistere alla scena. Ma ero... confuso. Non sapevo cosa fare. Sapevo che non sarebbe stato facile per me continuare la storia con Elaine, dopo quello che c'era stato tra noi. Avevo bisogno di tempo per riflettere. Per capire cosa lei significasse per me, e cosa significassi tu. In seguito mi è dispiaciuto. In realtà, non è del tutto vero che io non ero presente alla tua partenza. Ero accanto al traghetto su cui sei partita, ti ho osservata salire a bordo con il maggiordomo. Ma non avevo il coraggio di mostrarmi a te. Spero che tu possa perdonarmi.»

Annuii. Forse non avrei avuto il coraggio nemmeno io, dopo essermi ripetuta mille volte che per lui non significavo niente.

«Quando mi è stato richiesto di tornare in Germania, ho accettato subito. Guarda la lettera, per piacere. E sii forte.»

Mi porse la busta, che non sembrava particolarmente pesante. Ma il timore di cosa potesse contenere le dava un peso che avrei preferito non sostenere.

La aprii e ne trassi un foglio con sopra una grafia vagamente incerta.

*Mia cara bambina,*
*tutti noi abbiamo i nostri segreti... voi, il giovane Lord Sandhurst e io stesso. So quanto male possano causare, ma mi auguro che nel vostro caso possano produrre anche qualcosa di positivo.*

*Quando avrete tra le mani la mia lettera, non sarò più in questo mondo. Vi chiederete come sia possibile, ma all'interno del mio corpo brucia lentamente e da molto tempo una malattia, di cui nessuno sa a parte me. Non ne ho mai parlato neppure al dottor Garland. Per il semplice motivo che lui avrebbe tentato di salvarmi. Ma io non lo volevo più. Ormai desidero solo stare vicino a mia moglie e a mio figlio, null'altro. Ho perciò deciso di intraprendere l'ultimo viaggio.*
*Sono comunque contento di avervi conosciuta! Come già vi ho detto, voi avete il merito di aver ridonato alla mia vita un barlume di luce. Forse non lo si intuiva dall'esterno, ma questi giorni per me sono stati i migliori da molto tempo a questa parte. Se c'è una cosa che avrei desiderato era avere una figlia come voi. Qualcuno che potesse prendere il posto vuoto rimasto nel mio laboratorio.*
*Quando vi ho rivolto l'invito a venire da me, quando ci siamo salutati, ero sincero. Voi, vostra madre e vostra sorella sarete sempre le benvenute qui. Perciò vi lascio in eredità la casa e la mia piccola officina. La cosa vi turberà, lo so, ma vi assicuro che mia figlia non ha alcun interesse per ciò che possiedo. Forse non verrà neppure al mio funerale. Esistono legami che si recidono per sempre, per quanto ciò possa addolorare chi rimane.*
*Ho pregato John Sandhurst di consegnarvi questa lettera perché intuisco che lui provi per voi più di quanto immaginiate. Non so cosa farà nei prossimi giorni, ma vi supplico: concedetegli una possibilità!*
*Per entrare in possesso della vostra eredità dovete solo accompagnare John a Londra e presentarvi presso il notaio di Lord Sandhurst. Sono sicuro che anche lui gioirà quando il fuoco tornerà a divampare nella fornace.*

*Rimanete una persona buona, quale io vi ho conosciuta.*
*Vi auguro amore e fortuna.*

*Il vostro Pieter DeVries*

Quando terminai la lettera, avevo gli occhi colmi di lacrime. Mister DeVries era morto. Avevo parlato così tanto di lui a mia madre e a mia sorella...

Alzai lo sguardo, fissando John in volto. Ero ancora turbata dalla notizia che avesse lasciato la fidanzata a causa mia, ma la scoperta di avere persino ereditato un'officina mi sconvolgeva ancora di più.

«Allora?» chiese John, pieno di aspettativa. «Accetterai l'eredità?»

«Che succede se non lo faccio?» gli chiesi.

«In tal caso dovremo cercare un acquirente, e il laboratorio di DeVries non tornerà mai più in funzione. Ma se posso darti un consiglio, approfitta di questa occasione. Al ballo di Natale erano tutti estasiati dalle tue statuine. Sono sicuro che riceveresti commissioni a palate.»

«E che ne sarà della mia famiglia?»

«Portala con te in Inghilterra. O hai dei legami qui che non puoi scindere?»

Scossi il capo. «No, nessun legame. Tra l'altro, stavo giusto pensando di acquistare un'officina nuova.»

«Be', potresti usare quel denaro per sistemare la casa. E avrai bisogno dei documenti per divenire cittadina inglese.»

Cittadina inglese. Suonava importante.

«Non conosco neppure la vostra lingua!» protestai, provocando una sua risata.

«Quella la imparerai. Mi offro personalmente di insegnartela! E anche a tua madre e a tua sorella.»

*E la tomba di papà?* mi chiesi in silenzio. D'un tratto, però, sentivo in me una vocina che somigliava in modo sospetto a quella di mio padre: la vita non deve orientarsi in base alla morte. Mio padre avrebbe sicuramente voluto che trovassimo un posto in cui io potessi lavorare ed essere felice. E perché non sarebbe potuto essere in un altro paese?

Sentii uno scricchiolio alle mie spalle. Elisabeth era rannicchiata nell'oscurità. Aveva ascoltato tutto... anche la confessione di John. D'un tratto mi sentii le orecchie roventi, come se fossi stata troppo davanti al fuoco.

«Bene, ci rifletterò» conclusi. «Vieni di sopra. Mia madre desidera sicuramente conoscerti. E anche mia sorella, per quanto abbia senz'altro già sentito tutto.»

Gli occhi di John si illuminarono e, prima che io me lo aspettassi, mi tirò a sé per baciarmi.

# Epilogo

Il vento mi strattonava il mantello e mi scompigliava i capelli. Quella fresca giornata di marzo portava già con sé un sentore di primavera, perfetto per l'inizio di una nuova vita.

Come già mi era capitato la prima volta, stentavo a credere che il traghetto si avvicinasse alla costa inglese. Questa volta raggiungemmo l'isola sotto la luce abbagliante del sole che faceva risplendere come un diamante la bianca scogliera.

«È persino più bello di quanto immaginassi» esclamò Elisabeth prendendomi a braccetto. Nostra madre era rimasta sotto coperta. La traversata era molto faticosa per lei, ma ormai non sarebbe durata molto. «Peccato che la mamma non possa vederlo.»

«Forse dovresti ricamarle questo panorama su un cuscino. La renderebbe senz'altro felice.»

Non mi era stato facile lasciarmi alle spalle Spiegelberg e partire per l'Inghilterra. Mia sorella era ovviamente entusiasta, ma la mamma aveva i suoi dubbi.

«Vi sarei solo d'impaccio» aveva commentato.

«O ci trasferiamo tutte alla nuova vetreria o non se ne fa niente» avevo risposto io, in tono perentorio. «Non ti lascerò mai sola e lo sai, mamma.»

Dopo un po' si era arresa. Le nuove medicine la facevano stare un po' meglio, così si era decisa a venire con noi.

Poi era successo tutto molto in fretta, cosa di cui dovevo ringraziare soprattutto John, che adesso era sul pontile con noi e mi teneva stretta a sé.

Mi voltai e mi accorsi che mi stava fissando.

«Come ti senti?» mi chiese, guardandomi negli occhi. Avrei voluto baciarlo, ma temevo che le altre persone affacciate al parapetto lo avrebbero trovato sconveniente.

«Semplicemente una meraviglia!» esclamai.

«Non hai nostalgia di casa?»

«Sì, un pochino. Ma mi riempie di gioia pensare alla vetreria.»

«Solo alla vetreria?»

«E anche al tempo da passare con te!»

Lui mi accarezzò la guancia. Il bacio me lo sarei preso dopo, quando fossimo tornati sotto coperta.

Ci lasciavamo alle spalle un periodo turbolento. Dopo il suo ritorno, non solo aveva provveduto a farmi intestare la casa di DeVries, ma aveva anche comunicato ai genitori l'intenzione di sposarmi.

«A papà è quasi caduto il cucchiaio di mano e mamma si è pietrificata» mi aveva raccontato, sorridendo compiaciuto. «Entrambi avevano già intuito qualcosa, ma, quando gliel'ho annunciato ufficialmente, sono rimasti per un attimo sorpresi.»

«E cos'hanno detto?» chiesi. Avevo le mani fredde come allora, quando avanzavamo a fatica attraverso la neve.

«Mi hanno avvisato che la cosa avrebbe fatto scandalo in società, dato che la rottura del mio fidanzamento aveva già sollevato un polverone. Ma quando ho ricordato che anche la loro unione si era attirata molte critiche mi hanno dato ragione.»

«Davvero?»

Mentre annuiva, gli gettai le braccia al collo.

«Dovremmo prepararci a scendere» disse lui, spegnendo il

mio ardore. «Tra l'altro, fra un paio di giorni vi aspetta la prima lezione con Mister Hopkins.»

Daniel Hopkins era un insegnante privato dal quale io ed Elisabeth avremmo imparato l'inglese. Non appena ci fossimo destreggiate con la lingua, lei avrebbe ripreso la scuola e io avrei potuto comunicare con i miei clienti. In effetti le mie statuine avevano trovato grande favore tra i nobili. Una rivista aveva ripreso la notizia e, in seguito all'articolo, John mi aveva spedito un'intera cartellina di lettere contenenti nuove ordinazioni per i miei angioletti. Fino al prossimo Natale sarei stata ben impegnata... e chi poteva sapere cos'altro sarebbe successo dopo?

John mi mise un braccio intorno alle spalle e mi stampò un bacio sulla fronte. «Vieni, andiamo a vedere cosa fa tua madre.»

«Posso rimanere qui ancora un po'?» chiese Elisabeth, che non riusciva a saziarsi di quel panorama.

«Va bene, ma occhio a non sporgerti troppo!» le risposi.

Poi mi incamminai con John, verso la nostra nuova vita.

MISTO
Carta da fonti gestite
in maniera responsabile
FSC® C107127

Stampato presso Puntoweb Srl
Ariccia (Rm)